JN114601

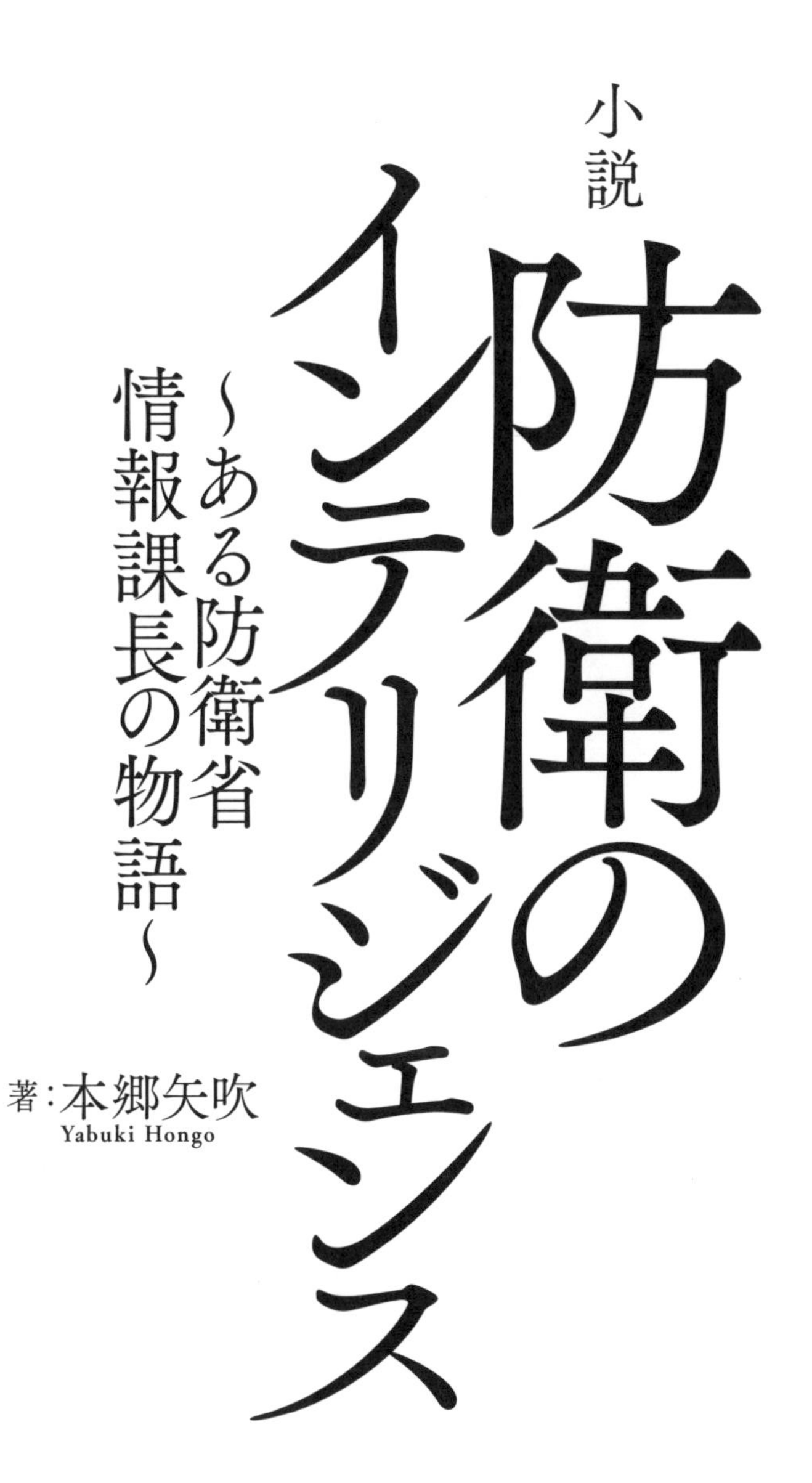

小説

防衛のインテリジェンス

～ある防衛省情報課長の物語～

著：本郷矢吹
Yabuki Hongo

ART NEXT

目次

第一幕

第二幕

第三幕

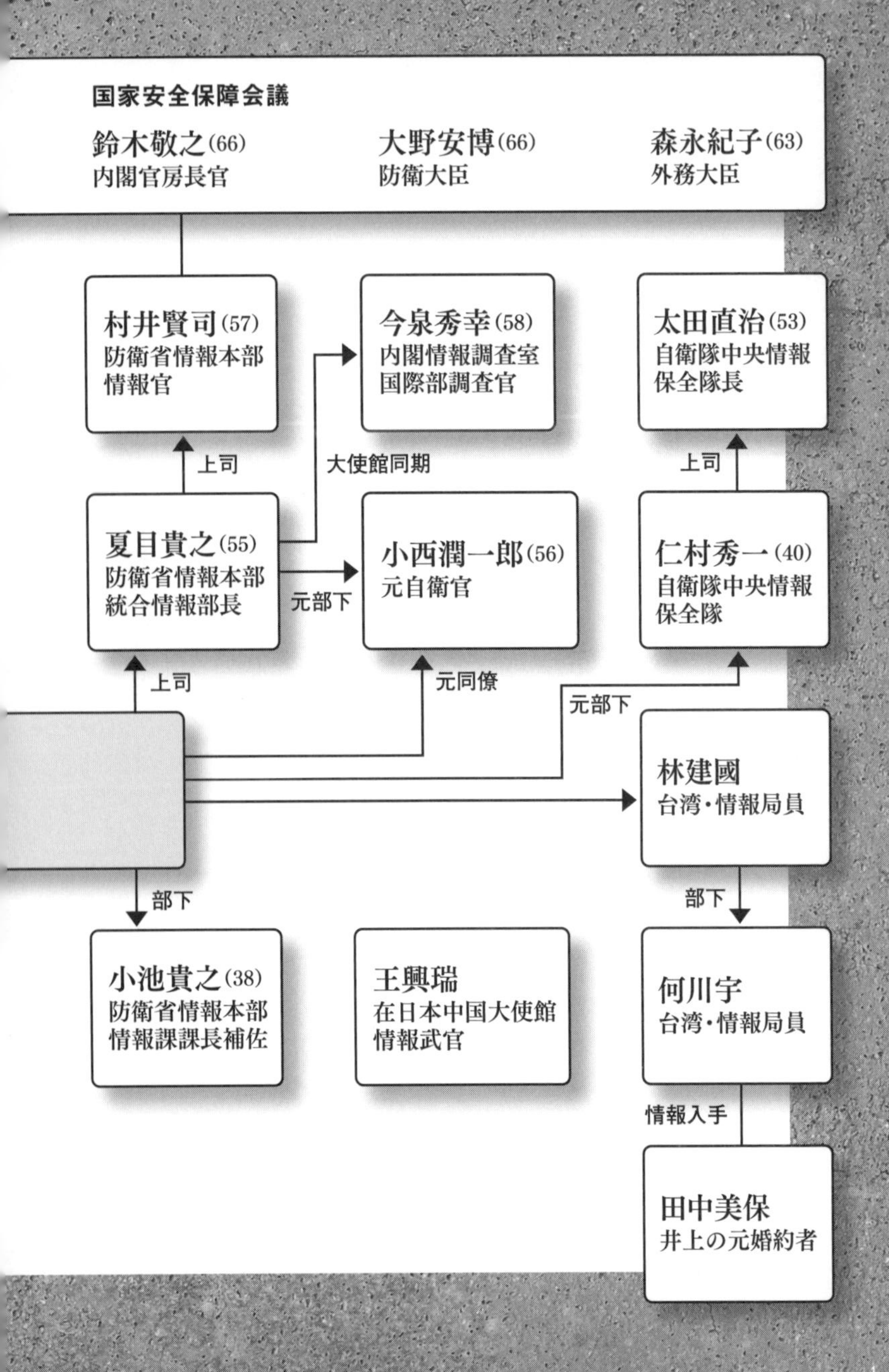
国家安全保障会議
鈴木敬之(66)
内閣官房長官
大野安博(66)
防衛大臣
森永紀子(63)
外務大臣
村井賢司(57)
防衛省情報本部
情報官
今泉秀幸(58)
内閣情報調査室
国際部調査官
太田直治(53)
自衛隊中央情報
保全隊長
上司
大使館同期
上司
夏目貴之(55)
防衛省情報本部
統合情報部長
元部下
小西潤一郎(56)
元自衛官
仁村秀一(40)
自衛隊中央情報
保全隊
上司
元同僚
元部下
林建國
台湾・情報局員
部下
部下
小池貴之(38)
防衛省情報本部
情報課課長補佐
王興瑞
在日本中国大使館
情報武官
何川宇
台湾・情報局員
情報入手
田中美保
井上の元婚約者

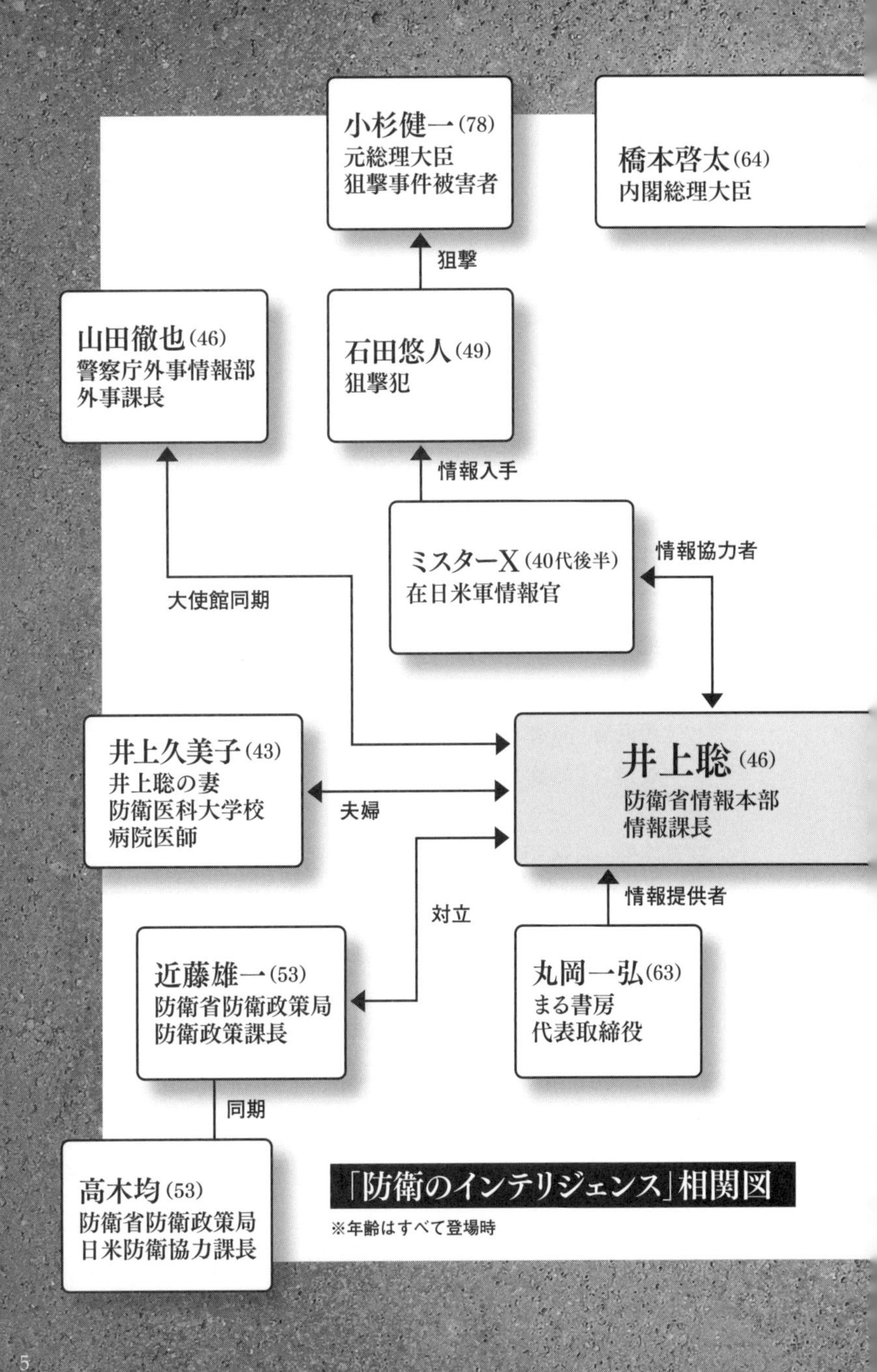

小杉健一(78)
元総理大臣
狙撃事件被害者
橋本啓太(64)
内閣総理大臣
狙撃
山田徹也(46)
警察庁外事情報部
外事課長
石田悠人(49)
狙撃犯
情報入手
ミスターX(40代後半)
在日米軍情報官
情報協力者
大使館同期
井上久美子(43)
井上聡の妻
防衛医科大学校
病院医師
夫婦
井上聡(46)
防衛省情報本部
情報課長
対立
情報提供者
近藤雄一(53)
防衛省防衛政策局
防衛政策課長
丸岡一弘(63)
まる書房
代表取締役
同期
高木均(53)
防衛省防衛政策局
日米防衛協力課長
「防衛のインテリジェンス」相関図
※年齢はすべて登場時

登場人物

井上聡・46歳　防衛省情報本部情報課長

山田徹也・46歳　警察庁東京五輪警備プロジェクト理事官→
警察庁外事情報部外事課長

～防衛省等関係者～

ミスターX・40代後半　在日米軍の井上のカウンターパート
ウィリアム・グリフォス

村井賢司・57歳　防衛省情報本部情報官

夏目貴之・55歳　防衛省情報本部統合情報部長

小池貴之・38歳　防衛省情報本部情報課課長補佐

仁村秀一・40歳　自衛隊情報保全隊中央情報保全隊

太田直治・53歳　自衛隊情報保全隊中央情報保全隊長

近藤雄一・53歳　防衛省防衛監察本部監察官→
防衛省防衛政策局防衛政策課長

高木均・53歳　防衛省防衛政策局日米防衛協力課長

小西潤一郎・56歳　元自衛官

～海外機関員～

王　興瑞・47歳　在日本中国大使館・情報武官

林　建國　台湾・国防部参謀本部軍事情報局

何　川宇　台湾・国防部参謀本部軍事情報局

～日本人関係者～

井上久美子・43歳　井上聡の妻・防衛医科大学校病院医師

丸岡一弘・63歳　まる書房代表取締役

竹内清喜・39歳　埼玉県警察本部警備部機動隊中隊長

今泉秀幸・58歳　内閣情報調査室国際部調査官

白石哲也　東都大学教授～中国・国家安全部とのパイプ役

南英二　警察庁外事情報部長

～政治家～

小杉健一・78歳　元内閣総理大臣

橋本啓太・64歳　内閣総理大臣

鈴木敬之・66歳　内閣官房長官

大野安博・66歳　防衛大臣

森永紀子・63歳　外務大臣

～外国首脳～

ドボルコビッチ　ロシア大統領

ジョージ　アメリカ前大統領

バークリー　アメリカ大統領

李　善仁　韓国大統領

第一幕

第一章　プロビデンスの目

1

　翌日から建国記念の日で3連休を迎える２０２２年2月10日、天気予報では午後から大雪という冷え込んだ朝を迎えた。玄関を開けると寒さが頬に突き刺すほどで、防衛省情報本部（ＤＩＨ）情報課長・井上聡（いのうえさとし）（46歳）と妻・久美子（くみこ）（43歳）が一緒に出勤しようとした時、先にドアを開けた久美子が、

「何だろう、これ……」

　と玄関先に茶色のハンバーガーチェーン店の紙袋が置かれていることに気付いた。

　自宅は埼玉県さいたま市内にある12階建ての高層マンションの5階で正面玄関はオートロックになっている。しかも紙袋は共用廊下の壁際に整然と置かれていたことを踏まえれば、意図的に置かれたのは間違いなかった。

「警察に通報するか」

　小型爆弾が仕掛けられていた場合、手首から先を失うだけでなく、殺傷能力を高めるため釘などが入っていれば死に至る可能性もある。またＣ－４と呼ばれる軍用プラスチック爆弾であれば、この袋には2kgから3kg入り、厚さ10cm程度の鉄板なら簡単に穴を開けてしまうほどの破壊力がある。それを考えれば迂闊（うかつ）に確認することはできない。そしてこのような不審物を発見した場合は自分で中を確

認せずに警察に通報するのが基本であった。井上はマニュアル通りに直ぐに警察へ通報した。

「私が警察の対応をするから、久美子は仕事に行っていいよ」

「でも……」

「大丈夫。おそらく、何でもないと思うから……」

井上は久美子の不安を払拭するように言うとひとり自宅に残った。井上は警察が臨場するまでの間、直ぐに上司である防衛省情報本部統合情報部長・夏目貴之（なつめたかゆき）（55歳）に連絡し、状況を説明するとともに登庁が遅れる旨を伝えた。

「爆発物ではないと思いますが、念のため……」

井上は夏目にそう言いながらも、

「例のことが関係しているのでしょうか……」

と相談するように話をしていると、パトカーのサイレン音が徐々に近付いて来た。そしてマンション前にサイレンを鳴らしながらパトカーが1台、2台と到着した。

到着した警察官はパトカーを降りると直ぐに防爆マットと呼ばれる爆発した際に威力を軽減するマットを手に5階まで上ると、そこからは慎重に紙袋へ近付き、マットで紙袋を囲むように覆った。爆発物であれば、ちょっとした振動を与えただけで起爆する可能性がある。その知識を踏まえ、警察官は慎重に対処していた。

「警察の者ですが、至急、避難してください」

防爆マットをセットする警察官がいる一方で他の警察官は井上や近隣、そして上下階の住民たちに避難を呼びかけた。住民たちは警察官の指示に従いながら避難を開始したが、井上は「マニュアル通りに通報したとはいえ、随分と大事（おおごと）になってしまったな、これなら自分で確認した方が良かったかな……」と内心では思っていた。

住民の避難誘導を終えた警察官は現場に黄色と黒の規制テープを張り巡らし、現場への立ち入り禁止措置を終えると、通報者である井上から発見時の様子などを聴取した。井上が発見時の状況を説明し終えると、その警察官は、

「何か恨みを買うような心当たりはありますか？」

と質問した。この質問に対して井上は答えに窮した。「まったく心当たりがありません」と言えば嘘になるが、業務での秘匿事項を警察の事情聴取とはいえ話すことはできない。

「そうですね……」

井上は答えを濁した。

赤色灯を点けたパトカーが3台も停まり、規制のテープが張り巡らされた物々しい現場に今度は液体窒素を積んだ埼玉県警の爆発物処理班が到着した。海外では爆発物の処理の基本は現場での爆破処理であるが、日本の場合には液体窒素の入った特殊なタンクに不審物を入れることで極低温にして起

爆用の通電を防ぐ方法で処理する。そして不審物を現場から安全な場所へ移動させるのが一連の処理方法になっており、そのタンクを積んだ特殊車両が到着した。

「現場に入る者は装備を完全着装！　その他はX線の準備！」

到着した爆発物処理班の責任者である埼玉県警察本部警備部機動隊中隊長・竹内清喜（39歳）は車両から降りると処理班の隊員にキビキビと指示した。

「中隊長、装備完着しました！」

準備完了の報告をしに来た隊員に対して竹内は自ら装備の装着状況を確認すると、

「現場は5階の共用廊下。そこに置かれた紙袋が今回の要請物件だ。すでに防爆マットで覆っているが油断することのないよう細心の注意を払え。分かったな！」

「分かりました！」

「最初にX線で不審物件を確認する。こちらで不審物件の確認をする間、処理隊員は遮蔽物を利用して待機！」

不審物を液体窒素のタンクへ移動させる前に必ずX線で確認を行うのが手順で定められている。竹内の指示を受けた隊員2名は防爆スーツに防爆ヘルメットを被り、防爆器材を完全装備すると不審物のX線撮影を行った。その間に避難した住民らは遠く離れた場所にいたため現場の緊迫感を肌で感じることはなかったが、離れた場所でも異様な緊張感が漂っていた。そんな張り詰めた空気の中、

「処理班、下がれ！」

と竹内の声がマンションの5階から聞こえてきた。「何かあったのか！」「どうなったんだ？」と避難していた住民たちは声が聞こえた方向を注視した。すると竹内が1階正面玄関から現れ、

「責任者の方、いますか！」

と声を上げた。そして現場責任者と二人で話をした後、現場責任者は拡声器を手にすると、

「安心してください！　爆発物ではありませんでした！　しかし処理が終わるまでの間、もうしばらくお待ちください。そして規制解除した場合には警察官の指示に従ってください！」

と避難住民に呼びかけた。それを聞いていた井上は「良かった」と安堵して、久美子や夏目に連絡をしようとした矢先、合図するかのように右手を上げた竹内が歩み寄ってきた。井上は「何だろう」と思いながら会釈をすると、

「ちょっとよろしいですか？」

と竹内は井上を避難住民から少し離れた場所に連れ出した。周囲に人がいないことを確認すると、

「あとで警察署の者から詳細な説明があると思いますが、紙袋の中に人の耳と血の付いた一ドル札が入っていました。その一ドル札は何かを包んでいるようでした。防衛省の方だと聞いていたので事前に話をしましたが、私から話を聞いたことは他言無用でお願いします。それでは失礼します」

と一礼して爆発物処理用の特殊車両の方へ走っていった。

竹内の話を聞いた井上はただちに夏目に報告と相談の必要があると思い携帯電話を操作していると、現場責任者が井上の前に現れた。井上は現場責任者に会釈をしながら携帯電話を耳にあてた。

「井上ですが。爆発物ではなかったのですが、警察の事情聴取に応じなければならないようです」

竹内から聞いた話を現場責任者に気付かれないようにするため、歯切れの悪い説明になったが夏目はそれを察していた。

「例のことと関係しているということか！」

「はい。おっしゃる通りです」

「分かった。とりあえず、その件は秘匿事項とするので、許可があるまで『心当たりはない』で対応しろ。その件はこちらで早急に協議しておく」

「分かりました。よろしくお願いします」

井上はそう言って携帯電話を切ると、待っていた現場責任者に一礼した。

「お待たせして、すいませんでした。この度はいろいろとお騒がせしました」

すると現場責任者は少し言いづらそうに、

「申し訳ないのですが、これから警察署の方でお話を聞かせていただきたいのですが大丈夫でしょうか。ちょっと時間がかかると思いますので、連絡するところがあれば、先に連絡して結構です」

と井上に任意同行を求めた。

井上が連れて行かれたのは大宮中央警察署という自宅マンションを管轄する警察署の刑事課だった。「相談室」と書かれた部屋に案内されたが、造りは取調室そのものだった。

2

「お忙しい中、大変申し訳ありません。実は紙袋の中には人間の眼球、それと耳が入っていました。眼球は一つで一ドル札に包まれていまして、左右のどちらなのか、これから鑑定する予定です。それと耳ですが二つ、左右それぞれ入っていました」

担当の刑事がそう言いながら撮影したばかりの写真を井上の前に並べた。時間が経過しているため血痕は黒く変色し始めていて、それがさらに異様さを増していた。えぐられた眼球も吐き気を催すほど不気味で気持ち悪かったが、切り取られた耳は力任せに切り落としたためか切り口がでこぼこしていた。その切り取られた形状を見ただけでも痛々しさが伝わるようだった。

「井上さんは防衛省にお勤めされているとのことでしたので写真をお見せしました。手口が極めて残忍なのですが、何か心当たりはないでしょうか?」

刑事はそう言った後、これはいたずらではなく何らかのメッセージであり、さらに言えば殺人事件として警察は捜査を開始したと付け加えた。

「心当たりは正直言ってないのですが、恨みを買うようなことですよね……」

井上は心苦しく思いながらもそう答えた。被害者が殺害されていることを思えばその無念に応える必要があり、決して殺人事件を軽視するつもりはなかった。だが、ここで軽率な発言は許されないのも事実であり、組織の判断を待つしかなかった。

「私も長年刑事をしていますので、猫や鳥など動物の死骸という話は聞いたことがあります。しかし人の目や耳というのは初めてです。これは相当な執着や憎悪があるのだと思うのです。それでは奥様の方はどうでしょうか？　それと自宅に無言電話が掛かってきたとかはありませんか？」

「妻は防衛医科大学校病院で医師をしているのですが、トラブルがあったような話は聞いていません。必要であれば直ぐに確認します。それと無言電話もありませんでしたし、身の危険を感じるようなことは特にありませんでした」

「そうですか……。でも何もないということはないと思うんです。何でもいいので気付いたことがあれば話していただけないでしょうか……」

刑事もどんな小さな出来事でも構わないと井上に質問を重ねた。

「もしよろしければ、妻に連絡してもいいですか？　妻も気にしていると思いますので」

「そうですね。聞いていただけると助かります」

井上は刑事課の外にある長椅子のところまで行き、久美子に連絡した。久美子は診察中だったのか直ぐには出なかったが、５分後には折り返しの連絡があり紙袋の説明をすると、

「それって本当なの？」

と絶句した。ただ医師だからなのか眼球や耳に対する異様さに恐怖した感じはなかった。

「私、どうしたらいい？　直ぐにそっちへ行った方がいいなら行くけど」

「今後のことは上司とも話をしないとならないので、連絡するまで病院にいてもらえるか。それと何があるか分からないから、気を付けてほしいんだが」

「分かった。じゃあ、連絡を待っている」

井上は夏目にも連絡したかったが、刑事課の入り口で刑事が電話が終わるのを待っていたため連絡するのをやめた。井上の電話が終わったのを確認して相談室に戻ろうとする刑事に井上は、

「すいません。もう一人、よろしいでしょうか」

と言って連絡をしたのは警察庁キャリアで警察庁東京五輪警備プロジェクト理事官・山田徹也（46歳）だった。

「実は自宅で爆弾騒ぎがありまして、地元の警察の方に来ていただいたのですが……」

井上は一連の事情を山田に説明した。

「分かりました。埼玉県警の方には私から連絡しておきます。何かあれば、また連絡してください」

「はい。その時はお願いします。みなさんにご迷惑をおかけしたことをよろしくお伝えください」

井上は今後山田の協力が必要になるような気がしたので、状況だけを伝える連絡をした。

「どうもお待たせしました」

井上は待っていた刑事に一礼すると一緒に相談室へ戻り、

「妻に話を聞いたのですが、やはり心当たりはないそうです。妻も必要があればこちらに来るということでしたので、必要であれば言ってください」

と説明した。そして説明を終えたタイミングを見計らうようにドアをノックする音がした。刑事が席を立ち、再び戻って来ると、

「上司の夏目さんという方から至急戻るようにと県警本部に連絡があったそうです。また改めてお話を聞くことになるかも知れませんが、その際はご協力をよろしくお願いします」

と言って刑事は井上を警察署の正面玄関で見送った。

井上はこの伝言が何を意味するかを直ぐに察した。井上は夏目に警察署を出た旨を一報すると脱兎の勢いで防衛省へ戻った。

3

「すいません。ご迷惑をおかけしました」

井上は登庁すると着替えもせずに防衛省情報本部統合情報部長室を訪ねた。情報本部は防衛省19階庁舎の8階フロアにあり、統合情報部長室は25平米程度の広さの部屋に少し厚めの赤い絨毯が敷かれ、大きなデスクの前には応接セットが置かれていた。そして壁には富士演習場で撮影された最新式「10

式戦車」が土を巻き上げながら砲弾を発射した瞬間の写真が飾られていた。

「警察に情報提供するか否かは協議中だ。今の方針では知らぬ存ぜぬで通す予定だが、やはり関係していそうか？」

「はい。耳は諜報を意味するメッセージで、目は一ドル札と一緒だったのでおそらく左目ではないかと思いますが……」

「『プロビデンスの目』ということか」

「はい。すべてを見通す目。それを意味するために一ドル札にわざわざ包んでいたのだと思います」

「プロビデンスの目はキリスト教の摂理だが、一ドル札で包むことで『神の目で人類を監視している』と伝えたかったのだろうな。ただそれはフリーメーソンの象徴、中国・国家安全部のメッセージとして使ったというのはどこか解せないが間違いないだろうな」

　国家安全部とは中国の情報機関である。諜報と防諜の両方を担当し、対外スパイは「反間諜情報局」と「反間諜偵察局」が担当している。その組織からのメッセージだと井上も夏目も考えていた。

「すべて見ている、知っているという脅しのメッセージなのは間違いないと思います」

　夏目は情報部門に精通するだけでなく、武闘派でもあった。若い頃はレンジャーに所属し、今でも空手道場に通う有段者だった。そのため身長が１６７㎝とやや小柄でありながらがっちりした体格で、白髪交じりのスポーツ刈りの風貌は威圧感さえ感じさせた。

そんな夏目が認めた人物が井上だった。二人は単なる上司と部下ではなく、夏目は井上を情報課長に引っ張り上げた。本来では2ポストも早い情報課長だったが、夏目には時間がなかった。防衛省の規定では来年一佐で56歳を迎える夏目は退官の対象となる。夏目は最後に弟子と呼べる井上にすべてを教えておきたかった。そして井上にとっては、夏目は師と仰ぐ人物であり、情報（インテリジェンス）の面白さとともに苦悩をも教えた人物でもあった。

夏目はソファに目を移し、「座って話をしないか」と暗に伝えた。井上は黙って頷くと二人はソファに腰を下ろした。

「ところで例の件では今後も接触する必要があるのか？」

「私個人としては必要がありません。ただ中国情報に関してはかなり有用であるのは間違いないとは思っています」

「そうか……。どうすべきかだな」

「とおっしゃいますと？」

「俗に『情報機関の掟』と言われているものがあってな。情報機関同士でのトラブルは第三国で協議するのが慣例になっている。この場合は韓国になるのだろうが、それをどうするかなんだが……」

「それは大使館を通じてということになるのでしょうか？」

「大使館にも伝えない極秘事項だよ。お互いの情報機関だけしか関与しないというのがルールになっている。今回の件も本来であればこんな事件を起こす前に話し合いになるはずなんだが……」

「申し訳ありません。そのルールを知らず、こんなことになってしまって。自国であれば手を出したりはしないだろうと甘く考えていました」

「だから手を出さなかったんじゃないか？　絶対はないが、当事国内での手出しは御法度だからな」

「やはり私は『別室』の時代を経験していないので、その辺の駆け引きが難しいです」

「何か最近は『別班』と呼んでいるらしいが、冷戦という時代背景がそうさせただけだ」

夏目は「別室」と言われる在日米軍と合同で情報活動をしていた生粋の情報屋で、情報本部の設置に伴い「別室」が解体された時にそのまま情報本部へ異動した。別室は在日米軍の要請に基づき設置された組織で、60年と70年の安保闘争で日米安保に反対する勢力の情報収集をしていた。

「別室」の一部を併合した情報本部は１９９７年に防衛計画の大綱に基づき設置され、防衛局調査第一課、第二課、そして陸海空の幕僚監部調査部を統合して外国の軍事情報を収集、分析している。

「夏目一佐は『別室』で伝説的な成果と結果を出した人と聞いています。ただその内容を知る人が皆無というのが『別室』の口の堅さというか、情報統制が徹底されているんでしょうね」

「井上は私が手腕を買われて情報本部の設置後も呼ばれたと思っているが、行くとこがなかっただけだといつも言っているだろうが。ところでこの話はミスターXの方には伝えてあるのか？」

「いいえ、まだ連絡はしていません。例の関係を教えてくれたのは彼ですが、彼自身は直接関係していないので、連絡はまだ……」

「そうか。分かった。情報官の方には警察の対応が決まってから相談することにするか。まずは事件の対応が先だろうからな」

「分かりました」

井上は一礼して統合情報部長室をあとにした。

井上は２０１８年に深緑色から紫紺色に変わった制服に着替えると事務室に戻った。防衛省も国や地域、情報内容により部屋が細分化されて、井上のいる事務室は各情報が集約、分析される分析班の部屋と一緒になっていた。広さ２００平米の事務室には15人の分析担当者が配置されていた。

井上は１７４㎝のがっちりした身体にまとった制服の左胸に輝く「徽章」付近のほこりを二度ほど手で払うと、一度大きく深呼吸して席に座った。井上は久美子に連絡したかったが、いまだに組織の最終的決定が出ていない。久美子の心中を察すれば現状だけでも伝えるべきなのか考えていた時、

「よろしいでしょうか?」

と部下である課長補佐・小池貴之(38歳)が井上の前に立って一礼した。小池は身長が１７０㎝ありながら制服姿が華奢に見えるほどの痩せ型で、とても防衛大学校の卒業生には見えなかった。また、今までは陸上自衛隊情報学校などの教官勤務が長く、実践的な情報分野の勤務経験がなかったため、七三分けの色白の風貌は教員そのものだった。したがって井上の右腕的存在として気は利くが、線の

細いところが難点だった。

「どうした？」

不安そうな小池の表情に井上は自分のこととは思わず、何かの業務連絡かと逆に質問した。

「ご自宅で大変なことがあったとお聞きしたのですが……」

井上はどこまで説明するか一瞬考えた。小池たち部下には今回の原因を話していないが、自宅に不審物が置かれていたことは知っているようだ。小池を含め部下を信用していないわけではないが、情報は管理しなければひとり歩きするのも事実である。しかし、見ると小池以外の部下たちも心配そうにこちらを見ていることに気が付き、何らかの説明はすべきだと感じた。

井上はゆっくりと立ち上がると、

「みんなに心配をかけたようだが、今後の対応は現在検討中だ。方針が決まれば、またみんなに伝えようと思っている。とりあえず、私の方は心配しないで大丈夫だ。気にかけてくれてありがとう」

と明るく振る舞ったが、やはりどこか無理をしていたのだろう。小池は不安そうな顔をしたままだった。そして何か言いたそうな表情をしていたので井上は、

「心配をかけたな。本当に私は大丈夫だから安心してくれ」

と自分に言い聞かせるように小池に言った。すると卓上の電話が鳴り、ナンバーディスプレーを見ると夏目からだった。

「分かりました。直ぐに伺います」

井上は統合情報部長室へと向かった。そこで待っていた夏目にともなわれて次に向かったのは防衛省情報本部情報官・村井賢司（57歳）の部屋だった。情報本部は空将の本部長を筆頭に副本部長、そして情報官が4人配置されている。副本部長は背広組と呼ばれる国家I種採用の防衛キャリアで、情報官4人のうち一人は陸将補で一人は背広組、そして残りの二人は海空自の一佐で構成されている。情報官の中で村井だけが陸将補であることを踏まえれば筆頭の情報官だった。

「井上一佐、大変だったな」

村井はそう言うと卓上にあった老眼鏡を手にして立ち上がり、180㎝もある柔道の重量級のような大柄な身体を揺らしながらソファに向かってゆっくりと歩き始めた。

統合情報部長室よりも一回りくらい大きな情報官室は絨毯に違いはなかったものの、ソファは明らかに座り心地が良かった。座るとゆっくりと沈み込む牛革の柔らかさは落ち着いて話をするには最高の環境だった。

村井の正面に井上が座り、夏目は井上の隣に座った。スキンヘッドに手ひとつ見ても大きい村井は情報官という肩書以上に堂々としていた。そんな村井が正面に座ると迫力さえ感じさせた。

防衛省内では「井上課長」という言い方はせず、名前と階級を併せた「井上一佐」という言い方をしている。ただし防衛省の身分が分かると支障がある場合には「情報課長」と役職で呼ぶ。井上は一佐だが、陸海空自を区別するときは「一陸佐」、「一海佐」、「一空佐」という言い方になる。夏目は井上の直属の上司でありながら同じ「一陸佐」だが、階級は同じでもポストによって上司と部下の関係になる。

井上は一度座った後、改めて立ち上がると、

「大変ご迷惑をおかけして申し訳ありませんでした」

と頭を下げた。村井は井上に座るように促すと、

「まず警察への協力だが『殺害されたのは外国人で間違いないのか？』と本部長も懸念されていた。そこは大丈夫なのか？　被害者が日本人だった場合は協力しないのは倫理的問題の方が大きくなると考えていらっしゃるようだ」

「警察のＤＮＡ鑑定結果が出ないと断言できませんが、現時点で被害者となった日本人は判明していませんし、部下も全員登庁しています。おそらく被害者は井上一佐が出入りしていた中華料理店の関係者ではないかと思います。ＤＮＡ鑑定の結果、日本人の場合には協力するでいかがでしょうか」

と夏目が答えると村井は頷き、

「分かった。本部長が警察への対応をお決めになるだろうから決定したら連絡する。それと井上一佐の身辺問題だが本部長も中国・国家安全部の『暗殺対象者（ブラック）リスト』に名前が載ったと憂慮されている。そのため暗殺対象者リストの対策も検討するよう下命された」

と言い、それに夏目も頷いた。その後、村井は井上に対して、しばらくの間防衛省内で生活するか、もしくは護衛を付けることを提案したが井上は、

「ご配慮いただき、誠にありがとうございます。護衛の関係は自分で対処しますので大丈夫です」

「しかし……改めてもう一度聞くが、本当に大丈夫なのか？」

「はい。問題はありません」

「分かった。井上一佐の意見を尊重することにするが、何かあれば遠慮なく、直ぐに報告するということでいいかな？」

「はい。そうさせていただきます」

村井は井上が遠慮していると思っていたが、井上は遠慮したつもりはなかった。また中国の国家安全部を軽く考えていたわけでもない。国家の情報機関であり、暗殺部隊を有する組織であることを考えれば思うところは当然あった。しかし「死」に対する恐怖はなかった。井上は情報担当者として生きると決めた時、さかのぼれば防衛大学校へ入学した時にすでに覚悟を決めていた。

夏目は井上の意見を尊重しながらも、

「村井将補も私も最優先でまず身辺の安全を確保する必要があると判断した。相手は中国・国家安全部だ。その恐ろしさは、私はよく知っている」

と念を押すように、また釘を刺すように井上に言うと、村井も黙って頷いた。

井上は二人の気持ちが痛いほど伝わり理解もできた。井上自身、２００９年に34歳で在中国日本大使館の在外公館警備対策官として北京に派遣された時にその恐ろしさを実感した。在外公館警備対策官は大使館の警備を任務としているが、実質的な警備は警備会社に委託している。井上は在外公館警備対策官として派遣されたが、裏では情報収集もしていた。そして２０１０年に起きた中国の国家安全部の事件情報を摑んだ時、井上は情報担当者として人生観が大きく変わるほどの衝撃を受けた。

その事件は北京の地下鉄で発生した変死事件だった。地下鉄が終着駅に到着してすべての乗客が降りる中、ひとりの中年男性だけが車内の座席で寝ていた。車掌は男に終点であることを告げながら揺すって起こそうとした。しかし男は座席に座ったまま死んでいた。

直ぐに地元の警察が来て男を調べたが身分証明書を所持しておらず、それを理由に国家安全部が事件を引き継いだ。事件を引き継いだ国家安全部は身元不明の変死事件として処理し、死因は脳卒中とされた。

しかし真相は別のところにあった。この男は北朝鮮から派遣された工作員で中国の国内においてスパイ活動をしていた。それを知った中国の国家安全部は北朝鮮の人間であっても容赦なく殺害した。しかも身分証明書など所持していないことを知っていたので、国家安全部は意図的に即座に介入した。死因も脳卒中ではなく、本当は隣に座った国家安全部の暗殺者が毒針を刺した毒殺だった。

井上は「同盟国でも国内でスパイ活動をすれば容赦なく暗殺する」というスパイの厳しさを再認識

させられる事件となった。さらに言えば北朝鮮工作員も警戒しながら活動していたはずである。そんな工作員でさえ狙われると逃げ切れない中国の国家安全部の恐ろしさも併せて知るのだった。

したがって井上自身も覚悟はできているつもりだった。だが、それが自分以外の、特に大切な人が狙われるとなると話は違った。それは今回の「プロビデンスの目」の事件にも繋がることだった。

4

井上には久美子と結婚する前、結婚を決意していた女性がいた。その婚約者は田中美保(たなかみほ)という銀行員の女性だった。美保とは、在外公館警備対策官の任務を終えて帰国後に結婚するつもりでいた。しかし井上が帰国直前の2011年、美保は北京市内で交通事故により30歳の生涯を閉じた。井上は病院に駆け付けたがすでに息を引き取ったあとだった。悔やんでも悔やみきれない井上は、事故後もしばらくの間、美保の夢を見続ける日々が続いた。

眩しいほどの笑顔で微笑む美保の夢では涙し、見てもいない交通事故の現場で苦痛に顔を歪める美保の夢ではうなされた。井上はそんな日々を無理に贖(あがな)うことなく、時間がゆっくりと解決してくれるのを待った。

しかし10年後、この交通事故は偶然ではなく、中国・国家安全部の計画殺人だという情報がもたらされた。情報をもたらしたのはミスターXだった。

ミスターXは本名をウィリアム・グリフォスといい、二人が出逢ったのは2014年に井上がアメリカ陸軍指揮幕僚大学に留学した時だった。カンザス州フォートレブンワースにあるこの大学はアメリカ陸軍で大佐以上になるには卒業が必須で、井上はここに一年間留学していた。本来この留学は単身は認められないが、井上は前例のない独身での留学を果たした。

当初は父親が元陸上総隊司令官で、兄が航空幕僚監部防衛部航空第一班長の一空佐だったことから「七光り人事」と言われた。しかしこの独身留学の決定をした人事担当者が上司から、

「どれだけ優秀でも妻帯者が選考基準の基本なのに、独身での留学など前例もないだろう！」

と叱責されたことが明らかになるとこの風評は鳴りを潜めた。

留学に際してはシビリアンスポンサーと呼ばれる行政の支援者と、ミリタリースポンサーと呼ばれる軍支援者に支えられ家族ぐるみで交流を持つが、井上は独身でも支援者らに歓迎された。そのミリタリースポンサーだったのがミスターXで、大学での同期でもあった。

そのミスターXが2021年10月に在日米軍の情報担当者として防衛省情報本部との間を繋ぐ連絡のため着任した。勤務地は在日米軍司令部がある神奈川県座間市の「キャンプ座間」だが、在日本アメリカ大使館にも籍を置いていた。本来、情報課長であれば情報交換の現場には出ないが、相手がミスターXであればそんなことは関係なかった。

スポーツ刈りに身長が180㎝はあろうがっちりした体格は元海兵隊の兵士をイメージさせ、白人

系で年齢も井上と同じ40代後半だった。井上がミスターXと呼ぶようになったのは、すでにウィリアムが周囲からミスターXの愛称で呼ばれており、このニックネームが定着していたからである。

来日したミスターXは早々に井上と再会すると、

「ミスター井上の交際相手だった田中美保だが、本当は交通事故ではない。真実は中国・国家安全部が暗殺したという情報がある」

と話したのがすべての始まりだった。ミスターXは留学時に井上が独身だったことを疑問に思い、美保の話を聞かされるうちに「それは交通事故ではないな」と真実を調べていた。井上も美保の交通事故には疑問を感じていた。正直、心の片隅では「もしかすると」という思いもあった。しかし中国・国家安全部とのトラブルはこの事故の一年も前には解決したものと思っていた。

また自分の中で「殺人」と認めたくない思いが「事故」という結果に傾いていったのも事実だった。振り返れば「現実逃避」というよりも「認知バイアス」であり、美保の死を受け入れられなかった。それだけにミスターXの情報は事実と向き合うきっかけとなる衝撃的な話だった。

「私は案内できないが、新宿に台湾人が経営する台湾料理店がある。そこで林建國(リンチェンゴー)という人間がいるので話を聞くといい。その店は台湾の国防部参謀本部軍事情報局のセーフティハウスにも使っている場所なので、当然中国側も店は監視しているだろう。林は軍事情報局員なので中国情報は相当確度の高いものが摑めると思う。もう一度言うが、絶対に私のことは言うなよ」

セーフティハウスとは情報交換をするための場所で、窓ひとつない部屋は絶対に盗聴ができないようになっている。セーフティハウスは各国必ず有しているが料理店の他、商社などのダミー会社を設立している場合もあり、在日本大使館が表の顔であれば、裏の顔がこれらの店や企業である。

国防部参謀本部軍事情報局は台湾、つまり中華民国の情報機関で別名を「芝山荘」という。この別名は情報局の本部が台北市用陽山の麓にあって、その地名に由来する。

井上は何度かミスターXから紹介された台湾料理店「陽山苑」に通った。町中華のような造りの店で4人掛けテーブルが6席、カウンター席が5席あり、メニューも定食からラーメンまで特に印象に残るような店ではなかった。通い始めた2021年11月、12月は毎週のように定食だけでも食べに通ったが、来店する客層も老夫婦からサラリーマンまで店を間違えているのかと思うほどだった。

「林建國さんという方と話がしたい」

「そんな人はいません」

声をかけては断られる日々が続いたが、2022年1月に従業員のひとりが、

「今日はこっちの部屋で」

と案内されたのが地下にある完全防音の部屋だった。携帯電話は部屋にはもちろん、店舗にも持ち込むことは許されず、指定されたコインロッカーに預けてその鍵を店のテーブルに置いておくのが合図になっていた。

「聞きたい話は何ですか？」

「実は田中美保という女性が北京で２０１１年10月に交通事故で亡くなったのですが、事故ではないという話があります。その話を聞きたくて林建國さんにお会いしたいのです」

「分かりました。２週間後に今度はロッカーの鍵をまわりから気付かれないようにしながら、テーブルに置いてください。その時は店の中では林建國の話は絶対にしないようにしてください」

話はたったこれだけだった。そして話が終わるとそのまま店を出された。本当に情報提供してくれるのか井上は不安だったが、２週間後に店に行くと、今度はアイマスクをさせられ車で別の場所に連れて行かれた。時間にして10分程度の距離で、アイマスクを取るとやはりその場所もセーフティハウスだった。

入室前に身体検査で盗聴器などの確認が行われ、窓もなければコンセントのひとつもないコンクリートが打ちっぱなしの部屋に椅子とテーブルだけが置かれ、目の前に一人の男が座っていた。

「私が林建國です。あなた、防衛省の情報課長ですね」

井上が話をする前に人定事項は調査済みだった。そして黒系の背広を着て七三分けのエリート情報官を思わせ、林の緩むことのない険しい表情は中国と最前線で戦う男を感じさせた。

「手間を取らせて申し訳ありませんでしたが、安全のためですのでご理解ください。目的は２０１１年10月に北京で起きた交通事故の話をお聞きになりたいということでしたが、被害者はあなたの婚約者でしたね。それでもお話しして大丈夫ですか？」

「はい。心の準備はできておりますので、よろしくお願いします」

「私たちが摑んだ情報によると……」

２０２２年1月が間もなく終わろうとしていた時、井上は美保の死の11年後、その死に関する衝撃的な事実を知った。心の片隅で否定していた「自分の責任」がつまびらかにされるにつれ、井上は手で耳を塞ぎたくなる思いがした。心の片隅で不自然な交通事故死に「もしかしたら……」という覚悟はしていたが、そんな覚悟を真実が凌駕した。

自分で「真相」という扉を開きながら頭の中では扉を開けたことを後悔する自分がいる一方で、真実を否定する自分もいた。そして真実を否定すれば否定するほど美保の微笑む顔が脳裏をかすめ、心臓を抉られるように、また握り潰されるかのように苦しかった。

「以上が私たちの摑んだ情報です。これがすべてですが、情報源の秘匿は絶対に厳守してください」

そう言われた時、井上は真実を知った衝撃で林に感謝の言葉を伝えることができず、まるで廃人のように椅子に腰掛けたまま動くこともできなかった。時間にして3分程度の短い話であったが、これが禍機を招く素因になることをその時は想像もしていなかった。

第二章　中国・国家安全部の「暗殺対象者リスト」

1

「村井将補から来るように連絡があったので来てくれ」

事件当日の2月10日午後5時を間もなく迎えようとしていた時、井上と夏目は村井に呼ばれた。二人は呼ばれた理由が警察への対応ということは直ぐに理解し、揃って情報官室へ向かった。

「今回の件だが、『組織的には一切関与していない』という方針に決まった。つまり警察には情報提供はしないことになった。ただし、捜査妨害になるような言動には注意するようにとの厳命だ。それともう一つ。被害者が日本人だった場合、捜査に協力する予定だが機微な問題もあるので、その際は協力内容を再検討するよう下命された」

村井は井上と夏目に本部長から指示された「組織の決定事項」を伝えた。二人とも予想はしていたこととはいえ、目と耳を削がれた被害者がいることを思うと苦渋の選択に割り切れないものを感じた。その気持ちが結果として空気の音さえ聞こえるほどの静寂な時間を作っていた。

だが組織の決定は覆ることはない。指示を伝えた村井が立ち上がろうとした時、

「一つ質問があるのですが、よろしいでしょうか？」

と言って、井上は今後のミスターXとの接触に関して尋ねた。

「組織としては、井上一佐の在日米軍情報を高く評価している。そのためにもと言うか、それを守るためにもこの決断に至ったと思ってもらってもいい。したがって課長という立場での接触ではあるが続けてもらうつもりだ。大丈夫か？」

「はい。私としてもそうしていただけると助かります！」

井上は村井の言葉に力強く答えた。井上の言葉を聞いた夏目は二度頷いたあと、

「井上一佐の立場上の問題もありますが、表には出さないように活動を続けるべきだと私は思っています。その点はいかがでしょうか？」

と村井に尋ねた。

「もちろん、そのように頼む。特に日米防衛協力課長のポストは内局が持っている。したがって井上一佐のパイプは我々情報本部としては手放したくないというのが本音だ。ただし『個人的に勝手に接触している』という意味ではなく、『組織としての接触』を踏まえて今後ともよろしく頼む」

と村井は鋭い眼光で井上を見て答えた。

「分かりました」

井上は言葉を噛みしめるように返した。すると夏目も自分の見解を述べた。

「井上一佐にメッセージを送ってきたわけですが、私が思うにミスターXと言いますか、米軍にはメッセージが届いていないと思うのです。つまり国家安全部は井上一佐個人の行動と見ていたのか、防衛

省として見ていたのかは分かりませんが、情報の出所がアメリカだとは思っていないと思います」

「その件なのだが、夏目一佐の話だと国家安全部と話をする必要があるということだったが、その辺を検討しなければならんだろう。夏目一佐、その辺の関係をもう一度説明してもらっていいかな」

村井は陸上幕僚監部運用支援・訓練部と方面総監部の実働部隊の畑を歩んで来たため、情報分野に関しては弱かった。だが愚直なまでに分からないことがあれば質問し、部下を大切に思う人柄に魅了され夏目たちは村井を支えていた。

夏目は改めて村井に「情報機関の掟」を説明すると、

「仮に会議の場が韓国だとすれば、井上一佐が行くのか？」

「おそらく、私が行くことになると思います。接触は単独になりますが、護衛をお願いできればと思っていますが大丈夫でしょうか？」

「もちろんだ。ところで国家安全部との連絡はどうするんだ？」

「仮想敵国の情報機関ですから、直接的なパイプはありません。従いまして協力者を通じてコンタクトを取り、そしてメッセージを伝えることになると思います」

「けっこう時間がかかりそうだが、それまで井上一佐の安全が心配だな」

「今回のメッセージを受けて店に行かなければ大丈夫だと思います」

「その『情報機関の掟』というのがあるなら、向こうからアプローチがあって然りだと私は思っているのだが、その点はどうなんだ。そこも私には理解できないんだが」

「村井将補のおっしゃることはごもっともです。問題は被害者が誰かということです」

「なるほどな。では夏目一佐はその掟の関係を進めてくれ。本部長の方には私の方から説明をしておくので、報告は随時頼めるか？」

「分かりました」

夏目と井上は立って一礼すると、村井は改めて、

「井上一佐。くれぐれも注意だけは怠るなよ」

と気づかった。

部屋を出て廊下を歩きながら夏目は井上に統合情報部長室に立ち寄るように言った。井上自身も相談したいことがあったので二人は夏目の部屋で話を続けた。

「自宅を襲撃することはないと思うが、鉄パイプの一本も準備しておけよ」

夏目が井上に伝えたい話は襲撃に対する備えだった。武器の準備はもちろん、ベランダのサッシ戸などに鈴を取り付けるなどの防衛対策も講じるよう注意した。また鉄パイプは滑りやすいため握りの部分に滑り止めのテープを使うなど具体的に説明した。

井上は夏目の説明を聞きながら「やはりレンジャーにいただけあって、戦い方を知っているな」と、ある意味感心するほどだった。夏目の説明のあとで井上は、

「警察の方には連絡が来るまでこちらから連絡をする必要はないでしょうか?」

「積極的に連絡する必要はないと思うが、何かあるのか?」

「特にありません。おそらくマンションの防犯カメラには何も映っていないでしょうし、指紋なども残していないと思われます。ただ、なんで『プロビデンスの目』を示唆したのか気にはなりますが」

「そこは私も解せないと感じているんだが、在日米軍の関係を摑んでいる可能性はどうなんだ」

「ミスターXの家族を自宅に招待したこともありますので関係性は摑んでいる可能性はあります。ですが『芝山荘』と繋がっているのを摑んでいるとは考えられません。というのもミスターX自身、『芝山荘』には出入りしていないような感じでした」

「そうか。そうなると話は違ってくるな」

井上の話を聞いた夏目は台湾の国防部参謀本部軍事情報局とミスターXの接点がないことを意外に感じていた。

2

井上は久美子に連絡して自宅の最寄り駅で待ち合わせた。久美子の安全を考慮すれば職場である防衛医科大学校病院まで迎えに行くべきだが、

「人通りもあるほうがいいから駅の改札口で待ち合わせましょ」

と久美子が言うので井上はホームではできるだけ後ろに立つことなど注意を伝えた。井上自身も今日のことを含めて久美子に伝えていなかった話を伝える必要がある。それをどう伝えるべきなのかを考える時間が欲しかった。そして少しでも早く伝えるために自宅へ戻りたかった。

二人が初めて出逢ったのは２０１５年に流行した中東呼吸器症候群、通称「ＭＥＲＳ」の医学研究講演会の会場だった。井上はこのウィルス性感染症が人工的に作られた生物兵器の可能性があるのか否かを知るために聴講していた。一方の久美子は自己研鑽のために講演会場を訪れていた。

この会場で久美子は、

「人工ウィルスの疑惑が指摘されているのに、医療関係者としてその点を踏み込まないのはどうしてですか？」

と質問し、井上は「随分とはっきりと物を言う医者もいるんだな」というのが第一印象だった。井上は生物兵器の可能性を知るために久美子に声をかけたが、久美子が同じ幹部自衛官で防衛医科大学校の卒業生と知るとさらに会話が弾んだ。

久美子自身は30代後半まで独身でいることに抵抗はなかった。ただ井上とは結婚や夫婦生活に対する価値観に共通するものを感じて久美子の方から結婚を申し込んだ。しかし井上は結婚する気はまったくなかった。

「昔、ある女性と付き合って結婚する予定だった。だが交通事故で帰らぬ人となり、結婚することはできなかった。それから結婚を考えたことはない」

井上は昔の話を持ち出してまで申し出を断った。もともと久美子自身も「去る者は追わず」という主義だったので気にはしなかった。このまま仲の良い関係でいるのも悪くはないとさえ思っていた。

そこに「待った」をかけたのが久美子の母親だった。

「結婚したくないならしなくても構わない。だけどそんな良い人がいるなら一緒に生活すれば良い」

斬新な発想と考え方の母親は、何が大事なのかをきちんと理解できる人だった。

「傷を癒やそうとするから面倒なことになるんでしょ。井上さんは久美子に傷なんか癒やして欲しいと思っていないし、求める人でもないんじゃない？　昔のことなんか気にしてどうするの！」

母親の道理は二人を圧倒し、気が付けば二人は5年前に結婚したが子供はいなかった。

マンションに帰ると久美子は何事もなかったかのように、

「今、食事の支度をするから少し待っててもらえる？」

と食事の準備をしようとした。井上は「暗殺対象者（ブラック）リスト」の話を含めた今日の経緯を話そうと思っていたが、楽しそうに食事の支度をする久美子を見て「あとにするか」と思った時に携帯電話が鳴った。見ると発信元は山田だった。

「県警から話は聞きました。今さら昔のことが再燃したとは思えませんが、大丈夫ですか？」

山田は美保との関係までは知らないまでも、一緒に在中国日本大使館に勤務していたので国家安全部との問題を知っていた。さらに言えば大使館での難局を救ってくれた恩人とも言うことができた。

井上が国家安全部と初めて関わったのは13年前の在外公館警備対策官として北京に赴任した時だった。井上が派遣される直前の２００９年３月に中国の国防大臣が初めて「航空母艦の建造」意思を明らかにした。公的には防衛省から陸海空の一佐の防衛駐在官３名が派遣されていたが、井上は裏で動いていた。

特に問題になったのが２００９年７月に起きた「ウイグル騒乱」だった。この騒乱はウイグル族と漢民族の対立が新疆ウイグル地区で発生したもので、民族問題は中国にとって最も触れて欲しくない機微な問題の一つだった。この問題は国際社会で取り上げられ、中国は「内政干渉だ」と強く反発した。

中国が民族問題に敏感なのは内陸部の新疆ウイグル問題の他、台湾の独立問題にも波及しかねない絶対に看過できない問題だったからである。井上はそんな過敏に反応していた民族問題に対しても躊躇することなく情報収集を続けていた。

だが民族問題に対する情報収集はＣＣＰの指導部、つまり中国共産党の指導部を激怒させた。その結果、国家安全部を名乗る二人の男が、買い物をしていた井上の前に突然現れた。井上は１７４㎝で体格はがっちりとした筋肉質だが、二人はそれよりも低い１７０㎝程度で細身だった。外見的には恐れることはなかったが、サングラスもかけずに素顔をさらしても気にしない内から出る威圧感には相当なものがあった。一人が、

「中国の夜は月夜の晩ばかりではない」

と間接的な言い方だったが情報収集に対する警告をした。だがもう一人は国家安全部の意思がはっきりと伝わるように、

「中国では交通事故も起きれば、食事に当たって死ぬこともある」

と脅迫を交えた警告をしてきた。そして一方的な警告を終えた二人はそのまま姿を消した。

国家安全部は外交特権を持つ外交官に対して何の躊躇もなく脅しをかけてきた。日本大使館としては国家安全部への対策を講じる必要があったが、話は別の問題に発展した。井上が国家安全部にマークされているとの報告を受けた在中国日本大使館大使は、

「井上は帰国させるべきだ」

と大騒ぎした。特に中国クラスの大国に赴任する大使ともなれば影響力も強く、発言力も強力な一方、赴任国との揉め事を嫌う者が多い。そのため大使は井上のことをトラブルメーカーとしか思っていなかった。

その時に、山田は大使に対して、

「ここで井上警備官を帰国させれば、日本は何でも言うことを聞く国という印象を与えます」

と助言した。この助言で山田も反抗的な人物というレッテルを貼られた。しかし最終的には助言の意図を重く受け止めた大使は井上を任期満了まで勤務させた。

したがって山田は13年前の問題を今さらとは思いながらも、「眼球をくり抜き、耳を削ぐような、日本では例のない残忍な行為」なので国家安全部が関係しているのではないかと考えた。井上は山田には嘘を言いたくなかったが、決定を違えることもできないため、

「正直、困惑しています。何か分かったことはあるのでしょうか？」

と逆に質問した。

「話によるとマンションの防犯カメラには不審な人物の映像もなかったそうです。ですから井上さんの仕事を考えると……」

山田の話を聞き、井上は「やはり」と感じた。分かっていたこととはいえ、言葉にされると少し背中に寒気すら感じた。

「私も今さらあの組織が動くとは思えませんが、このような事件が起きたのも事実なので注意をしようと考えています」

「そうですね。私も情報があればお伝えします。それとＤＮＡ鑑定ですが、埼玉県警の刑事部長に連絡して早急に鑑定するように伝えました」

「いつ頃、はっきり分かりますか？」

「鑑定書は付きませんが、一日か二日あればデータは出ます。そうすれば、日本人かどうか直ぐに分かりますね」

「分かりましたら、連絡をお願いできますか？」

「もちろん大丈夫です。それと不審な人物を見かけたら直ぐに一一〇番してください。それと地元の警察にはパトロールを強化してもらうように言ってありますので……」

「いろいろとありがとうございます。私も何かあればご連絡いたします」

山田との話を久美子が心配そうな顔をしながら聞いているのを見て、このあと久美子にはきちんと説明する必要があると考えた。久美子の立場を考えれば「何も分かっていない」では不安は払拭できず、また妻である久美子には真実を伝えるべきだと井上は感じていた。

電話を切った井上は久美子に今までの経緯を説明した。

3

「そうだったの……」

久美子の声が暗く沈んだ。考え込む表情を滅多に見せない久美子が井上を見つめながら大きく息を吐いた。

「未亡人になったら困るわね」

井上は最初何を言っているのか理解できなかった。そして次の瞬間、冗談など言っている場合ではないと少し呆れた。そしてそんな気持ちが言葉にも表れ、

「国家安全部って組織を知らないからそんな冗談を言っていられるのであって……」

井上は少し声を荒らげるように言ったが、久美子はそれを制し、

「私は去年の4月、聡さんが情報課長になった時に、いいえ、それこそ結婚した時にすでに覚悟はしていたわ。ただ実際に聡さんを失ったらそれに耐えられるほど、私は強い女ではないと思う。それに私も防衛医科大学校に進んだ時からそういう覚悟は持っている。だから心配しないで大丈夫。私はこんなの絶対に乗り切れると信じている」

と井上の目を真っ直ぐに見つめた。

「中国は昔からスパイの摘発が強引だったけど、2014年に反スパイ法を施行してからは日本だけでなく、アメリカやカナダなど他の国の人間も逮捕しているんだ。そのほとんどが冤罪とも言えるもので中国は人質というか、取引材料にしているんだ。日本にいれば逮捕はされないけど、だから大丈夫という話じゃないんだよ」

事実、日本では2023年に拘束された製薬会社の男性を含めれば17人が2014年以降に拘束されている。それほどまでに中国が情報活動に敏感に反応していることを井上は伝えたかった。

「聡さんの言っていることは分かるんだ。でも正直、今はホッとしている。だって今年に入って聡さんの様子が少し変だなとは思って心配していたんだ。でも私のことじゃなかったのなら安心した。私ってこういう性格でしょ。だから……」

久美子は目を赤く染め、下まぶたにうっすらと涙を浮かべていた。それを見て、自分が気付かない間に久美子にも気苦労をかけていたことを知り、井上も目頭が熱くなる思いがした。井上は美保の事故を「情報」という客観的視点で考えるようにしていたが、久美子の涙がトリガーとなり一気に個人的感情へと傾倒した。

「昨年の暮れになって分かったんだが、実は……美保は私のせいで国家安全部に殺されたんだ。それも……私の身代わりに……」

井上は振り絞るようにして吐き出した。

美保が殺害されたのはトルコ共和国への旅行が原因だった。美保はヨーロッパと中東を結ぶオリエンタルな文化に魅了され、一度は訪れたい国として挙げていた。井上も大使館勤務が終われば長期休暇はもちろん、海外旅行も厳しい制約を受けることになるので北京を出発地として二人で出かけた。

イスタンブールを中心にトプカプ宮殿などの観光地を巡り、世界三大料理と言われるトルコ料理を楽しむありふれた観光旅行のはずだった。しかしここで歯車が狂い始めた。

「あなたは日本の軍情報部の人ですね」

井上はイスタンブールでランチをしようとした時、トルコ共和国国家情報機構の情報戦略局を名乗る二人の男に声をかけられた。当然、井上はこれを否定して人違いを装ったが、

「中国の日本大使館で中国のウイグル情報を収集していたのは知っています」

と言い、調べ上げたうえで接触を図ったことが窺えた。トルコ共和国は中国の新疆ウイグル自治区で積極的な情報収集をしている国の一つで、この他にはインドやカザフスタン、トルクメニスタンなども活発である。これらの国は当然のようにスパイを中国に入国させている。トルコの情報機関である国家情報機構情報戦略局は２００９年7月に、井上が中国・国家安全部がマークするほどの高い能力があると考え接触してきたのである。

「申し訳ないがトルコには旅行で来ただけだ。そのような話をしに来たわけではない」

井上は自らが大使館職員であることを認めながらも情報協力は拒否した。本来は海外で情報機関に働きかけを受けた場合には報告しなければならないが、「大使による帰国騒動」もあって井上はこの事実を誰にも報告しなかった。そのため日本人でこの事実を知る者は誰もいなかった。さらに言えば井上はこの事実を知るのはトルコの国家情報機構情報戦略局だけだと思っていた。

しかし中国・国家安全部は井上と美保が出国した時点でトルコにいる工作員に連絡していた。工作員は井上を尾行するなどして国家情報機構情報戦略局と接触した事実を摑んだ。そして井上は「海外に渡ってまで情報収集している者」として要注意人物とされ、その矛先は美保に向けられた。

トルコから北京経由で帰国を予定していた美保は日本への帰国前日、交通事故で病院に運ばれ帰らぬ人となった。交通事故の原因は「ハンドル操作の誤り」で暴走車両が歩道に乗り上げるという不自然なものだった。井上は国家安全部を疑いながらも関係を明らかにする情報力もなければ捜査力もな

く北京の任務を終えたことを、久美子に説明した。そして最後に、

「トルコで国家情報機構情報戦略局と接触した話は結局……最後まで……報告が……できずに」

と言葉を詰まらせた。

久美子は、好きだった女性が井上の身代わりに殺された事実も衝撃だったが、これほどまでに重たい過去を黙って背負っている井上の辛さと強さに衝撃を受けた。そして妻として、井上が当初結婚を拒んでいたことも、そして最近様子がおかしかったことも理解した反面、自分の力不足に言葉も出なかった。久美子は井上をそっと見て、

「でも今は……きちんと美保さんの死と向き合えているじゃない」

と井上の両手を包み込むように握った。これまで誰にも話すことのできなかった苦しさと、美保を失った原因が自分にあるとして自分を責めていた井上の心痛を感じた。

井上は話を終えて黙って俯いていたが、高まる感情から小刻みに全身が震え始めた。そんな井上を見ながら久美子は、美保の事故が井上のトラウマになっていたことに気付き、

「話をしてくれてありがとう」

と一言だけ口にした。久美子は「言わなかったのではなく、言えなかったのだろう。そして秘密にしていたわけでもなく、隠すつもりもなかったのだろう」と感じた。

井上は久美子の握った手の温もりが心の片隅にあった美保の事故のトラウマを浄化していくのを感

じた。再び井上が顔を上げた時、それはまさに美保の呪縛から、そしてトラウマから解放された瞬間だった。その顔を見て、13年という歳月をかけてやっと終止符を打つことができた表情だと久美子は感じた。

4

翌日の3連休の初日から夏目は水面下で交渉を進めるために極秘で動き始めていた。日本は休みでも中国は通常の金曜日である。そして井上の安全を考えれば週明けなどと暢気なことを言っていられるはずもなかった。

この頃の世界はコロナウィルスで苦しんでいた。日本では不要不急の外出は自粛するよう呼びかけられていた。そんな環境を利用して井上は自宅に籠もり安全対策を講じていた。襲撃に備えての鉄パイプを準備したり、鍵を二重ロックに強化したり、センサーを取り付けるなどできることはすべてやった。この安全対策を講じたことが井上の心境を大きく変えるきっかけとなった。

久美子にすべてを話したことで気持ちも整理できたが、一つ一つ対策を講じることで自分を責めていた気持ちが闘争心へと変わっていくのを井上は感じていた。そして週明けには完全に気持ちも落ち着いていた。3日間は自分だけでなく久美子とも安全対策を話し合い、気が付けば夫婦の絆はさらに強固に結ばれた思いがしていた。

「失礼します」

井上は統合情報部長室を訪ねると山田から聞いたＤＮＡ鑑定の結果を伝えた。山田は朝一番に埼玉県警に確認した情報を井上に伝えていた。

「やはり日本人ではなかったか」

「はい。アジア圏の男性らしいですが、これはオフレコにとのことでした」

「分かった。村井将補には私の方から伝えることにしよう。日本人でなければ情報提供はしない方針のままだろうな」

夏目が井上の話を報告に行こうと立ち上がった時、

「実はもう一つ、お話ししなければならないことがありまして……。申し訳ありません」

井上はまず頭を下げた。それからトルコ共和国での出来事を打ち明けた。

「そうだったのか……」

夏目はすべてが見えたような気がした。確かに中国・国家安全部が台湾の国防部参謀本部軍事情報局と接触するのを嫌うのは分かるが、人体の一部を自宅マンションに置くまでの強硬な姿勢がどこか腑に落ちなかった。しかし井上が中国での美保の事件を含めすべてを披瀝（ひれき）したことで、夏目の疑問は解消された。

だが、井上は美保に関する大事な部分を報告せずにいたことを心苦しく思い自省していた。その苦（く）

衷(ちゅう)を察した夏目はソファに座らせると、井上の気持ちを解きほぐすように、
「木曜日に『中国・国家安全部の恐ろしさは、私はよく知っている』と言ったのを覚えているか？私も国家安全部から働きかけを受けたことがあってな……」

と自分の話を始めた。そこには「誰にでも秘密はある」という思いが込められていた。

「実はな。私も昔、国家安全部に取引を持ちかけられたことがあったんだ。妻が慢性の肝臓病と診断されたのは10年ほど前だった。そして5年後には腎不全の疑いがあると診断された。妻も私もショックに打ちのめされていた時、中国の国家安全部の男が私の前に現れた」

夏目が話を切り出した時、井上は震撼する思いがした。井上は顔を上げて夏目を見た。夏目は回顧録でも読むように話を続けた。

「その男は『私たちに協力してくれれば、奥さんの腎臓移植を手配する』と言ったんだよ。そして『中国は人が大勢いるのでドナーの心配はいらない』とまで言いやがった。妻の命と国家を比べれば、妻の方が大事だと思ったよ。でも妻が喜ぶとは思えなかった。その時は妻を騙(だま)すことはできても、その後も騙し続ける自信はなかったよ」

夏目は誰にも明かしたことのない妻の臓器移植と引き換えに、中国のスパイを持ちかけられた過去を語った。この話は妻も知らず、知るのは夏目一人だけだと付け加えた。井上は夏目に5年前、そんな出来事があったとは夢にも思わなかった。そしてこの苦渋の決断がどれだけ悩み苦しんだ末のこと

だったのか想像すらできなかった。

「情報協力工作というか、スパイに仕立てるためにはハニートラップや現金が常套手段だったのが、最近では臓器移植が使われていると聞いたことがありましたが……」

井上は言葉を選びながら夏目の話に続けた。

「家族を含めて『命の延命』というのは倫理的問題があっても感謝しかない。どんな罠や報酬よりも効果のあるまさに悪魔のささやきだったよ。国によっては表向き『孤児院』と称して子供たちに食料を与えて健康な生活をさせているが、実態は臓器移植のための施設になっているという話もある。残念だが臓器移植は今、スパイがオルグに使える最も確率の高い手段だと言われている」

井上は夏目が美保の件を未報告だったことを非難せず、かえって自分の経験を語ってくれたことで救われた思いがした。そして二度と夏目を失望させないよう心に誓った。

5

明日でプロビデンスの目の事件から1週間になろうとしていた2月16日にミスターXから連絡があった。翌日、井上は指定された渋谷駅のセンター街にある雑貨屋に向かった。雑居ビルの3階にある30平米程度の小さな店で、50代の白人がひとりで経営していた。だが、この店舗の隣がセーフティハウスになっていて、決められた合い言葉を口にすると店主がバックドアまで案内してくれる。

そのバックドアの先が厚さ5㎝もあるアクリル板で囲まれた盗聴防止部屋で、入り口には金属探知機が置かれていた。井上はミスターXの指示通り防衛省に携帯電話を置いてきたので、探知機が反応することはなかった。

「実は陽山苑の連絡員だった『何川宇（ホーチュアンユ）』という人物が失踪しました。未確認の情報ですが、国家安全部に拉致されて殺害されたという話です」

ミスターXは井上が陽山苑に出入りした結果によって起きた事件だと考えていた。想定はしていたが、井上はミスターXの話を聞いて絶句した。

「私も話があって……。自宅に人の眼球と耳が置かれていました。眼球はおそらく左目で、耳は左右ありました。この話は上司に報告しましたし、警察も動いています。それとDNA鑑定の結果は日本人ではありませんでした」

「警察に陽山苑の話はしたのですか？」

「していません。それは組織の決定です」

「そうですか……。何川宇は殺害された後、船に乗せられて海上で投棄されたそうです」

「遺体が見つかることを警戒したのでしょうか？　DNAを調べれば私の家に置いた眼球と繋がりますから」

「あの組織はそんなこと、微塵（みじん）も心配していませんよ。それに死体が見つかってもそれを台湾側も届けたりはしないと思います。交渉の中でアドバンテージを与えたくないという考えはゼロではないかもしれませんがね。私が伝えたかったのはそういうことではありません」

ミスターXの言葉に井上は困惑すら覚えた。何川宇の件ではなく別の件が何であるのか、井上は思い至らなかった。

「国家安全部を含めて中国は台湾統一問題で日米関係の情報を入手できるパイプが欲しいのだと思います。つまりミスター井上に働きかけがあるかもしれません。そこは十分注意してください。そして周囲の人物に対しても同じことが言えると思っています」

「そういうことですか……。では開戦が近いということでしょうか？」

「その可能性は否定しませんが、私はそこまで危機的な状況にあるとは思っていません」

ミスターXは現在の情報体制をさらに強化させるための動きだと指摘した。

「ロシアが昨年12月にウクライナへ軍を移動させましたが、最近の電波状況を傍受する限り、開戦は近いと見ています。開戦した場合の日米の動きを知ることが目的なのかもしれません」

「その可能性もありますね」

中国の最終目的ははっきりしていないが、情報のパイプを欲していることは間違いなく、そんな中で井上が陽山苑に出入りしていることに目を付けた可能性が高いとミスターXは分析していた。そしてこのミスターXの分析が驚くほど的中することになる。

第三章　「ウクライナ侵攻」──その時、防衛省は

1

　ミスターXの予想は的中した。無線の使用状況からの予想だったが2022年2月24日、ロシアはウクライナへ侵攻した。ウクライナの現地時間で朝5時という住民が寝ている時間にロシアは複数の国境沿いの街に大規模なミサイル攻撃を仕掛けた。

　どこが狙われているのかも分からず、自分のマンションにもミサイルが飛んでくるのではないかという恐怖は市民をパニックに陥れた。しかし逃げるにも安全な場所などはない。「シュッ」と空気を切り裂くミサイル音とともに噴き出すロケット燃料の青い炎は、「BLUE　FIRE」というよりも「BLUE　DEVIL」とも言える悪魔の炎だった。

　巨大なマンションさえも破壊するミサイルは容赦なく市民に襲いかかった。路上には爆撃とともに吹き飛ばされた片腕が転がり、真っ黒に焼けただれたその片腕は男のものなのか、女のものなのかも判別できず、そして手首から先はどこか別の場所へ吹き飛んでいた。他にも上半身のない死体が転がっていた。中には形も残らないほどの肉片と化した死体も転がっていた。

「至急SOPに従って行動を開始せよ！」

日本時間の2月24日午後0時8分。ロシアのウクライナ侵攻を知った防衛省は直ぐにSOPを発動した。SOPとは「標準作業手順書」のことで、緊急事態発生時に指示を待つことなく初動対応ができるよう、緊急事態対応要領が定められていた。

日本の防衛省は制服組による暴走を防ぐためシビリアン・コントロール下にあるが、任務遂行を目的としてSOPによる初動対応は許容されている。近年ロシアとは経済的な結び付きを強めていたが、仮想敵国の一つであることに変わりはない。防衛省は躊躇なくSOPに従い行動を開始した。

「至急、開戦について全隊へ通達！」

「各部隊の状況を至急把握！　各部隊との通信体制を確保せよ！」

内閣衛星情報センターから市ヶ谷にある防衛省にロシア侵攻の第一報が入ると、ただちに直属の上司である陸将補に報告が行われた。報告を受けた陸将補はSOPに従い統合幕僚長への報告を行った。この初動対応は統幕だけでなく、陸上自衛隊、海上自衛隊及び航空自衛隊にも同時に発令された。これにより陸海空自が一斉に初動対応を開始した。そんな中、特異な動きをしている部署があった。通称「DIH」と呼ばれる防衛省情報本部である。

情報本部はロシアの侵攻に伴い周辺諸国の情報収集に動いていた。井上は部下たちに、

「NSC開始までに在日米軍の動き、それとロシアの兵力は分かる範囲でいいから、大至急情報をまとめておけ！」

と緊迫した空気の中、次々と指示を出した。

「ロシア兵力の資料、準備できました！」

「よし、あとはロシアの軍事動向をまとめた資料があっただろう。それも準備しておけ！　あと残り5分を切ったぞ！　急げ！」

ロシアの侵攻により緊急召集された国家安全保障会議、通称NSCが間もなく始まろうとしていた。総理大臣、内閣官房長官、外務大臣及び防衛大臣のメンバーによる「4大臣会合」の国家安全保障会議において、防衛省は防衛大臣が総理に報告する資料を取りまとめ、その資料の中に情報本部の情報も加えるよう下命されていた。昼休みののんびりしていた時間に飛び込んできた「開戦」の一報は、「緊張」という名の空気で霞が関、永田町、そして市ヶ谷を一瞬で飲み込んだ。

下命された瞬間、井上は外務省の情報と重複しない独自の情報を報告したいと考えた。そのためにも在日米軍の動きとロシアの初期戦力の情報は必須だった。この事態を想定して資料は事前に準備していたが、一つ気になる箇所が見つかると他の箇所も気になり情報の集約に苦慮していた。

「井上一佐、アメリカのデフコンは3のままのようです」

井上は報告を聞きながら「アメリカはいつ、デフコンを引き上げるんだろうか」と考えた。少し日に焼けキリッとした顔立ちの井上は軽くパーマの掛かった髪に手を入れながら、「アメリカが何もせずに傍観しているはずがない」と即座に反応しないことを気にした。

「分かった。引き上げる動きがあったら私に速報するように！」

デフコンとはアメリカ国防総省の戦闘準備態勢を数字で示したもので５段階に分けられている。デフコン５が平時で、危機が増すごとにデフコン１へと順次上がっていく。アメリカはロシアがウクライナ国境沿いに兵を動かした２０２１年12月の時点ですでにデフコン３を発令していた。

「もう時間だ！　これで一旦情報をまとめる。だが引き続き情報収集を継続してくれ！」

井上はそう指示すると資料をまとめた。

ロシアとウクライナとの問題は２０１４年にロシアがウクライナ領だったクリミア半島の編入を宣言し、併せてウクライナ南東部のドンバス地方の親ロシア勢力を支援した時から始まっていた。そして２０２１年12月３日にはアメリカのワシントン・ポストが情報機関の報告書を情報源として、

「２０２２年早々にロシアが17万５０００人の兵力でウクライナへの侵攻を計画している」

と報じていた。

だがこの報道に注目したのは一部の専門家たちだけで、大半の者たちは「ロシアが侵攻することはないだろう」と考えていた。もちろんロシアとウクライナとの関係がどれほど険悪な状態なのかは、国際政治学者ら専門家であれば理解していた。

しかし防衛省ではロシアが使用する無線を傍受しながら動向を探っていた。盗聴ができないまでも無線の使用量を見れば、今後の軍事動向を予測することができる。部隊の移動時には使用量が増える

が、開戦直前では司令部からの指令を傍受するため使用が制限される。これにより「戦闘が開始されること」を予測することができた。防衛省はもちろん、周辺国も2021年12月末にロシアが軍事演習と称してウクライナ国境付近に部隊を集結させていた時から無線は傍受していた。

さらに言えば、今は電波だけでなく偵察衛星による映像なども判断材料として活用される。メディアは開戦の可能性を騒ぎ立てるが、井上たちはロシアの動静を逐一監視していた。そしてミスターXは井上に誰よりも早く12月末の集結前に、

「ロシアが軍事侵攻する可能性は高い」

と警告していた。それによって井上は防衛省に最も早く情報をもたらした情報担当者として高い評価を受けた。最も早く情報をもたらした者として、そして中国・国家安全部に関わる汚名を返上するためにも、このウクライナへの侵攻情報で改めて結果を出して信頼を取り戻したかった。

井上は報告用資料の作成に力を注いで夏目に提出したが、

「先ほどの報告書だが、陸海空幕や各メジャーコマンドの情報は必要ない。その分、在日米軍の情報を詳細に入れて至急持ってきてくれ」

と国家安全保障会議に使用する報告書の訂正を指示された。「メジャーコマンド」とは地方総監部を意味するが、井上は一分一秒を争うように指示を受けてから6分後には訂正した書類を統合情報部長室に届けた。

「すいません。遅くなりました」

「米軍の参戦に関しては盛り込んであるか？」

「はい。今のところは否定で……」

「だろうな。よし」

夏目はそう言って紫紺色の制服の左袖付近のほこりを二度ほど手で払うと文書ファイルに報告書を入れて情報官室へ向かった。情報官への報告は通常井上が行うが、今日は夏目が向かった。時間的に余裕がなかったことも理由だが、おそらくは夏目の知識と経験を活かした説明を加えるために自ら持参したのであろうと井上は考えていた。それは裏を返すと井上の持参した報告書では不十分であることを意味していた。

「申し訳ありません」

井上は夏目を見送りながら黙って一礼した。

2

総理官邸では午後0時57分に「緊急の国家安全保障会議4大臣会合」が始まった。当初の予定は午後1時0分だったが、事態が事態だけに4人が集まると直ぐに開始された。

「防衛省としましては不測の事態に備えて、防衛準備態勢を採るよう各部隊に指示を出したところであります」

防衛大臣・大野安博（66歳）は内閣総理大臣・橋本啓太（64歳）に防衛省の動きを報告した。橋本は大野の報告内容をメモしながら、

「北海道の部隊はロシアの侵攻に即応できる準備が整っていますか？」

と質問した。事態は緊急を要するが誤った判断は絶対に許されない。急ぎながらも慎重に、そして確実に橋本は事実を確認した。

「北海道は北部方面隊の管轄になりますが、ロシア軍が南進した場合に備えて常時部隊運用が可能な準備はできております」

大野は自信を持って答えると後ろに座っていた防衛大臣秘書官がメモを渡した。それを見た大野は自分の説明を補足するように、

「はい。準備はできておりますが、改めて大規模侵攻に対しての準備を指示したところであります。先ほども申し上げましたが、北部方面隊は常にロシア軍の南進に対して即応できるようになっておりますので問題はございません」

と付け加えた。

北海道を管轄する北部方面総監部は札幌にあり、北方領土問題を抱えるロシアとの最前線として防衛省は防衛体制の強化を続けている。しかし１９７６年にソ連軍現役将校が操縦する当時最新鋭のミ

グ25が日本領土に侵入する事案が発生した。その時に千歳空港から航空自衛隊の戦闘機がスクランブル発進したが、結果的にソ連の戦闘機の侵入を許してしまった。

その後、亡命事案と分かり函館空港に緊急着陸させたが、この事件はロシアがその気になれば日本への侵入はいくらでも可能であることを証明することになった。時代とともに防空システムは強化されているが、いかにシステムが強化されようともロシアとの距離が離れるわけではない。防衛省はこの反省を教訓にしてより強固な防衛体制を構築するに至った。

大野の報告に橋本は軽く頷くと今度は、

「それと、在日米軍はどんな感じですか？」

と質問した。大野はその質問を想定していたが答える内容を失念していた。

「ちょっとお待ちください」

大野はそう言うと資料を捲り(めく)ながら説明を始めた。

「デフコン3ということで、今のところアメリカの警戒態勢は変わっていないようです」

「デフコン3ですか？」

「アメリカの同時多発テロの時に発動したレベルと同じものがデフコン3になります」

日本にはアメリカのデフコンのような戦争準備態勢を意味する指標がない。防衛省は災害対応と同じ考え方の緊急事態として「ファスト・フォース」という初動対応が陸海空のそれぞれの指揮下で運用される。特に陸上自衛隊は「初動対処部隊」という陸上自衛隊だけが有する危機対策部隊が常時運用可能な状態になっていた。

「そうですか……。また変わるようでしたら、報告をお願いします。それと北海道以外の部隊に対する指示は大丈夫ですか？」

橋本は具体的な国名は挙げなかったが、台湾有事を示唆する言い方の質問をした。日本周辺はロシアの侵攻に乗じて開戦を否定できない中国や北朝鮮という国があり、橋本は不安を感じていた。

「はい。全部隊に待機命令と、いつでも出撃できるように指示を出したところであります。特にロシアの侵攻に乗じた中国の台湾侵攻に対しては、一層の監視の強化を指示したところであります」

大野は国家安全保障会議前にＳＯＰで既に行動している全部隊に対して、改めて情報収集と有事に備えた準備行動を最優先で行うよう指示していた。その成果を間接的にでも報告したかった。

大野の報告を聞いた橋本は納得して二度頷きながら用意された報告書に目を通していた。

「『アメリカは今のところ参戦する可能性は低い』とありますが、根拠はどこに書いてあるのかな」

橋本はそう言いながら報告書を捲りはじめた。大野も一緒になって報告書を捲っていると、再び秘書官が書類を渡した。井上がまとめた在日米軍の動向に関する報告書である。

「その点につきましては……」

大野は懸命に報告書を目で追いながら一回黙読した後、

「アメリカはロシアが侵攻すると判断していたようです。ただ開戦になった場合は国連やEUとの協議を優先するということで、即座に参戦することはないそうです。それと情報本部の分析になりますが、中国の台湾侵攻を牽制する意味でも参戦することはないだろうということです」

と説明し、中国への牽制部分は夏目が情報官に口頭で説明したものが書き加えられていた。大野は防衛族と言われるほど、防衛業務に精通している自信があった。だが過去の国家安全保障会議とは違い、一つの判断ミスが国家の行く末を大きく左右することを、防衛族だからこそ知っていた。

「それともう一つ。日本がロシアや中国と開戦する可能性は現実問題としてあるんですか？」

橋本は大野を見ながら質問したが、大野は外務大臣の森永紀子（もりながのりこ）（63歳）を見た。なぜなら、開戦後は防衛省の判断になるが、開戦前は外務省が答える問題だったからである。大野は森永が答えそうもなかったので説明をはじめた。

「開戦の場合は各国の大使が全権大使となって、相手国の外務省に開戦の布告を伝えることになります。ですが戦後、開戦の布告をした国はありません。どの戦争も実質的な戦闘行為と判断した場合において開戦と見なしています」

「私も外務大臣をしていたのでその点は理解しているんですが、例えばミサイルの誤射があった場合とかはどうなるのかということを聞きたかったんですが」

「申し訳ありません。基本的には開戦意思が見られる場合には、着弾を以て開戦に至ります」

「では北朝鮮のミサイルが着弾した場合はどうなるんですか？　開戦ですか？」

「北朝鮮は直ぐに戦闘動員準備態勢を発令しますので、そこは個別に判断する必要があると思います。誤射と見なすのか、開戦行為と見なすのかは、あくまでも相手の戦争意思が重要になります」

「まぁ。世論もあるでしょうけど、やはりアメリカとの調整になるんだろうな。分かりました。では、ロシアの日本大使館の方はどうなっていますか？」

今度は森永に質問した。

「在ロシアの日本大使館ではアラートを配信していました。このアラートはメール登録をしている邦人に対して配信されるもので、旅行目的などの渡航者には配信はされておりません」

アラートとは外務省からの一斉メールのことで、警戒メッセージなど注意喚起が主であるためアラートと呼ばれている。

「アラートはどんな内容ですか？」

「配信前に報告させていただきましたが、『ウクライナ方面には行かないように』という内容で何回か配信しています。現在のところ、邦人が巻き込まれたという報告は上がってきておりません」

「渡航者に配信されないのは仕方がないのか……。ところでウクライナ在住の邦人の数はどれくらいですか？」

「一時渡航を含めると正確な数字は出ていませんが、昨年10月の統計ですとロシアが約２２００人で、ウクライナが約240人の駐在員数になります」

「そうですか……分かりました。大野大臣、自衛隊機の派遣も視野に検討をお願いします」

橋本は森永に対する質問を終えると、

「どうなるか分かりませんが、現時点ではロシアとウクライナの2ヵ国間から拡大する可能性は低い。それで大丈夫ですか？」

と橋本が大野、森永の順に顔を見ながら確認すると二人は黙って頷いた。すると今度は、

「他に何かありますか？」

と内閣官房長官・鈴木敬之（66歳）を加えた3人の顔を順番に見た。すると鈴木が、
とA4サイズの紙を一枚橋本に手渡した。橋本はその紙を受け取って黙読すると、

「談話内容なのですが、よろしいでしょうか？」

「これで問題ないと思います。特に談話の中では現地邦人の安全確保に務めることと、積極的な情報収集の2点を強調しておいてください。引き続き、よろしくお願いします」

と指示したのを最後に国家安全保障会議は終了した。そして日本政府は午後2時30分に「総理談話」として国家安全保障会議で決定した4つの方針を早々に発表した。

この時に動いていたのは防衛省と外務省だけではなかった。示された4つの基本方針は情報収集、G7との連携、邦人保護、そして日本の経済保護だったが、各省庁は4項目の達成に向けて全力で取

り組んでいた。

また現地時間の午前中にウクライナ政府は、ウクライナ上空の民間航空機に対する飛行制限の航空情報を発表した。これを受けて国土交通省では日本の航空会社への影響などの検討を開始していた。そして日本の各航空会社もモスクワへの就航を取りやめる決定を下した。

各省庁が自己業務に全力で取り組む中、政府も侵攻開始直後は「準備室」だったものを直ぐに「対策室」に格上げしてロシア動向に注目した。そして鈴木は午後の官房長官会見において、橋本に指示された2点を強調した後、

「ロシアを強く批難するとともに、制裁の検討を含め、アメリカを始めとする国際社会と連携して、迅速に対処していく」

とロシアに対する日本の立場を表明した。

3

デスクに戻った井上は次の報告の準備に取り掛かっていた。官庁では重大な事案が発生すると一定の時間、または事態の変化に応じて報告書を作成する。その報告書は「第二報」、「第三報」と一連番号が付されるため、前回の報告書と同じ内容の場合には「第二報　特異動向なし」や「第二報　追加情報なし」と記載する。だがそんな報告書を出したくないと思うのが担当者の気概である。

したがって「どんな些細な情報でもいいから報告内容を探せ」と思う一方で、「こんな情報では報告できない」というプライドが頭をもたげる。さらに言えば刻一刻と事態は変化しているのに「変化なし」では担当者としての存在意義が問われる。井上はそんな葛藤の中にいた。

井上は一度大きく深呼吸をして何ができるのかを考えた。

井上の気持ちの中では第一報の報告を夏目に委ねたことが引っ掛かっていた。情報課長は自分の天職であり、誰よりも自信があった。それだけに自分のプライドを後続情報の質で示したかった。

「どうした？」

小池と目が合った井上は自ら積極的に声をかけた。

「北部方面隊からの報告ですと『ロシアに特異な動向は認められない』とのことです」

「戦艦も航空機も部隊も動きはないということでいいのか？」

「はい。動きはないとのことです」

「分かった。ところで北朝鮮と中国の情報も集めてくれないか。どちらの国も動くとは思えないが、どちらの国の動きも上から報告を求められているからな」

「分かりました。至急確認します」

報告を終えた小池は一礼すると、自分のデスクに戻った。

情報課長は管理職ではあるが、指示だけしていればいいというものではない。井上は専用の秘匿電話でミスターXに在日米軍の動きを含むロシア情報を聞きたかったが、電話で情報提供を求めないというのが情報担当者間の暗黙のルールだった。もっとも、暗黙のルールではあるが「絶対的ルール」ではない。ミスターXとは特別な関係にあり、電話すれば応じてくれるだろうが心情として甘えたくなかった。

4

第二報の報告材料がなく焦る気持ちの中で井上は一度部下を見渡した。自分の仕事に集中し過ぎると部下が報告のタイミングを逸してしまう。部下は部下なりに「これは直ぐに報告した方がいい」と判断して待っている。だが上司の仕事に割り込んでまで報告する者はいない。部下のどんな情報も情報であり、その情報が次の情報に繋がることもある。そう夏目に教わって井上は実践していた。

課内を見渡している井上に気付いた小池が報告のために立ち上がろうとした時、

「そのままでいい。何だ」

と井上は声をかけた。

「確認中ですが、韓国が『珍島犬2号』を発令したとの情報があります」

珍島犬とは韓国版デフコンで非常事態体制を表す。3号が平時で1号が最高非常事態を意味し、韓国も緊急事態体制へ移行していた。周辺各国はロシアの侵攻に対して緊迫した状況になっていた。

「珍島犬は対北朝鮮警戒の警報だろう。北朝鮮がロシアに乗じて動いたということか？」

「そこを含めての確認中ですが、おそらく可能性を警戒しての発令だと思われます」

「分かった。発令の事実確認と、発令されていれば、その理由を改めて確認してくれ」

「分かりました」

下命された小池が直ぐに確認の電話を始めるのを見ていた井上も、「この情報を材料に連絡すれば、電話でも情報提供に応じるのではないか」とミスターXに連絡した。

「いくつか聞きたいのですが大丈夫ですか？」

ロシアが侵攻したこのタイミングで情報だけを聞こうとすればミスターXを失望させるのは間違いない。誰もが少しでも多くの情報を求めているのに、自分だけ聞くだけ聞いたのでは米国陸軍指揮幕僚大学の同期として、また卒業生として名折れである。井上はまず、自ら情報提供をした。

「韓国が珍島犬2号を発令したとの情報があります。北朝鮮が動いている情報は聞いていますか？」

「韓国が警戒を発令したとの情報は聞いていませんし、北朝鮮が動いたとの情報も聞いていませんが確認しますか？」

「聞いていなければ大丈夫です」

「ロシアの話ですが正規軍だけではなく、軍事会社を使っているとの情報があります」

「分かりました。ありがとうございます」

他にも聞きたいことは山ほどあったが井上は悠然とした態度で電話を切った。だが本音はもっと情報が欲しかった。しかし「軍事会社を使っている」という情報は初耳で、次の第二報の報告材料に繋がる情報になった。

「小池三佐。今確認したところだと、在日米軍では韓国の珍島犬2号の話は聞いていないそうだ。そして北朝鮮に動きはないということだから、単にロシア関係で警戒を出したのか、それとも情報が間違っていたかだな。だが日本がアメリカより早く韓国軍の情報を入手できるとは思えないしな」

「誤情報である可能性の高い情報を報告してしまい、申し訳ありませんでした」

「そんなことは気にするな。それにこちらの情報の方が正しいって可能性もゼロではないだろう」

「それは……。ただそう言っていただけると士気も上がります」

時間を確認するとすでに第一報の報告をしてから1時間が経とうとしていた。井上は第二報を至急まとめると統合情報部長室を訪ねた。井上は報告書を差し出しながら韓国の警戒情報及び北朝鮮動向など求められた周辺国情勢を中心に説明した。夏目は黙って一読し、

「今度は自分で情報官に報告してこい」

と受け取った報告書を机に二度ほど叩いて整えると井上に渡した。井上は一礼して情報官室へ向かった。そして、第二報の報告も順調に終わり、少しはプロビデンスの目の汚名も返上できた思いがしていた。

5

井上は事務室に戻り、犠牲者を出したことを思い出していると卓上の電話が鳴った。最初は夏目からの連絡だと思ったが、ナンバーディスプレーを見ると見慣れない番号だった。

「情報課長の井上です」

「忙しいところすいません。保全隊の仁村（にむら）です。10分後なんですが、お時間はありますか？」

電話の相手は自衛隊情報保全隊中央情報保全隊隊員・仁村秀一（しゅういち）（40歳）だった。自衛隊情報保全隊は司令の陸将補をトップに、中央情報保全隊、北部情報保全隊、東北情報保全隊など6つの保全隊に分かれ、情報管理能力強化を目的とした自衛隊の防諜機関である。単に防衛省が扱う情報の管理だけでなく、真の目的として二重スパイをはじめとする内部の人的調査も担当していた。

仁村は井上の6歳下の後輩で、防衛大学校を卒業した後の最初の上司が井上だった。身長１７０㎝の中肉中背で特徴がないのが特徴で、少し長めの真ん中分けの黒髪はどこから見てもサラリーマンにしか見えなかった。しかも面長な顔は表情も柔らかく、テンポの良い話し方に騙されて相手はうっかり情報提供してしまう穏やかな雰囲気の男だった。

二人は人事異動によって部署が換わっても年に一度は酒を酌み交わしていた。井上は仁村に対して、夏目との師弟関係と同じような関係を望むほど、仁村は頭が切れて度胸もある人間だった。

「大丈夫だが、どうした？」

「電話ではなく直接話をしたいので、10分後に食堂前の自動販売機でどうでしょうか？」

仁村はそう言うと電話を切った。中央情報保全隊は中央情報部と同じ市ヶ谷の防衛省の敷地内にある。訪ねて来れば終わる話であるのにわざわざ呼び出されたことを井上は不可解に感じた。

指定された10分後に食堂前へ向かうとすでに仁村は自動販売機の前にいた。その仁村は敢えて飲料水の購入を装っている。それを見ればことの重大さは肌で感じられ、井上も声をかけずに飲料水の購入を装った。横に並んだ井上を仁村は一度も見ることなく、自動販売機にお金を入れながら、

「久美子さん、防衛医科大学校病院でトラブルになっているらしいのです」

とだけ告げると買った飲料水を手にして歩き始めた。立ち去る仁村を目で追いながら思わず条件反射のように、

「どういうことだ！」

と口にしてしまった。仁村は足を止めたが振り返ることなく、

「詳しいことは分かりませんが、上司と折り合いが悪いようです。問題が大きくなる前にお伝えした方がいいと思いまして……」

「分かった。ありがとう。問題は大きくなりそうか？」

「今のところは大丈夫かと。ただ手遅れになる前に伝えておこうかと思いまして」

「すまん。感謝する」

井上は500㎖のペットボトルを手にすると事務室に向かって歩き始めた。井上は一歩一歩足を踏み出しながら「何をやったのだろう」と考えた。久美子に直接聞くしかないが、仁村がわざわざロシア侵攻の日に伝えたことを考えれば、どうでもいい話ではない。井上は何となく胸騒ぎがした。

6

帰宅した井上は仁村から聞いた話を確認するべきか考えながら着替えを終えて食卓へ向かうと、テーブルにはナポリタンとサラダが並んでいた。ナポリタンはホールトマトではなくケチャップベースの昔ながらの味で、タマネギにピーマンとベーコンが入ったシンプルなものだった。井上はこのシンプルなナポリタンが好きで、そこに多めのパルメザンチーズとタバスコで味を調えた。サラダはレタスを中心とした葉物野菜の他に、味噌とマヨネーズを混ぜたドレッシングを使った野菜スティックが添えられていた。

「ワイン、どうする？」

久美子はテーブルに着いた井上に尋ねた。

「今日はいいかな」

「じゃあ、私もいいかな」

食事が始まりしばらくして、井上が話すタイミングを見計ろうとした矢先、久美子はフォークをテー

ブルに置いた。そして正面に座っている井上に申し訳なさそうな顔をすると、

「疲れているのにこんな話をするのはどうかと思うけど、私のことで何か聞かされてない？」

と尋ねた。井上は仁村の話と察したが、「ここで知っているというよりは自分の口から話した方が気も楽だろう」と思って、考えているふりをしていると、久美子はニコッと微笑んで、

「何も聞いていないなら大丈夫」

と話を終えようとした。だが答えを知っている井上は久美子に話をするよう促した。

「実はね、コロナワクチンの接種の問題点を資料にして職場の先生たちに配ったの。その配った資料が大問題になっちゃってね。防衛医大って政府系の病院でしょ。だから政府の政策に反するような主張は駄目だって部長が怒っちゃったんだよね。でもその話について何も聞かされてないんでしょ。それなら大丈夫」

久美子が長らく独身だったのには理由があった。１６５㎝のスラッとした体型に黒いセミロングの髪型の日本美人だが、女性が好む化粧やファッションには興味がなく、暇さえあれば医学論文を手にしていた。仕事が好きというよりも医学研究が好きで、恋愛を楽しむよりも医学論文を読んでいる方が楽しいというタイプだった。

そして久美子の最大の特徴は破天荒な性格だった。医学研究になると周囲のことが一切見えず、我が道をただひたすら歩むタイプだった。本来そんな態度は摩擦を生んで問題の原因となるが、久美子

には悪意がなく、単に好きが高じて夢中になっているだけだった。出世などにも一切興味がなかったことで結果的に周囲との摩擦を起こさずに済んでいた。

久美子は抱えていた気持ちを吐き出すと明るく振る舞った。だが表情の下に見える悔しさははっきりと感じ取ることができた。井上は話を聞き終えた時、正直な気持ち「この程度の話か」と思っていた。仁村からの情報だっただけにもっと重たい話を想像していた。

「ところでどんな資料を配ったんだ？」

「簡単に言えば『ワクチンを打つと感染率が上がる』という話なんだけど、ワクチンの臨床実験に関するデータ不足は以前から疑問を感じていたの。だから私なりに提言したつもりなんだけど……」

久美子はそう言うと、1週間前の2月17日に配付した資料の説明を始めた。資料はA4サイズの用紙5枚にまとめたもので、「新型コロナウィルスワクチンは免疫力を低下させる可能性が高い」という題名だった。簡単に言えば「ワクチンによる免疫反応が抗体依存性感染増強を誘発している。その結果コロナウィルスの感染を促進するだけでなく、感染時の症状も重篤化させている」という内容だった。

その資料は未接種者と接種者、さらには接種回数による感染率の違いを学術誌「サイエンス」に投稿されていた論文を参考文献にするなど学術的にまとめたものだった。そして結言(けつげん)には「ワクチン接種に関して諸手を挙げて奨励することに疑問を感じる」と自身の見解を添えていた。

「問題となったのは政府の対応に反する意見ということだけで、医者としての道理に間違いはなかったんでしょ」

「もちろんいい加減な資料を配付したつもりはないわ。ただ政府がワクチン接種を推奨しているのに、政府機関で働く人間が反対の意見を持つことはどうなんだという話なんだけど、医学的に問題があるなら政府も反政府もないと思うんだけどね」

「その内容自体に問題はあるの？」

「問題なんかないわよ。私はコロナを感染症として否定したわけではないんだから」

久美子は呆れるように言った。日本のコロナ政策はワクチン接種を推奨しているため、これに賛同しない論文や主張は政府の方針、政策に反することを意味していた。したがって防衛医科大学校病院に勤務する医師として久美子の意見は不適切であり、組織人である以上は個人的な見解を差し控えるべきだと言われたことが、彼女は不満だった。

久美子が叱責された日の2022年2月17日の時点で、累計で新型コロナの感染者数は約423万人、死者数約2万1200人という数字に対して日本政府は「日本の新型コロナ対策は成功している」と判断していた。この判断と主張によって、政府が推奨するワクチンの接種に異議を唱えることができない医師は大勢いた。それが結果的に「無条件のワクチン接種」に繋がっていることに久美子は一石を投じたつもりだった。そこには悪意もなければ、新型コロナを否定する意思もなかった。

「それで処分的な話は出ているの？」

「処分はあとで伝えるとは言っていたけど、それよりも『こんなことすると旦那に迷惑がかかるぞ』くらいのことを言われたんだよね」

「そんな言い方の方がよっぽど問題に思うけどな」

「何か、ごめんね。私は医師として医師の仕事を全うしたいだけだったんだけどね」

「謝ることはないよ。でも実際の医療現場の意見としてはどうなの？」

「ＭＥＲＳの時だって医療現場の感染症対策はコロナと同じレベルで対応していたわ。日本で流行しなかったからみんな知らないだけで、発熱外来ではＭＥＲＳの時も大変だったんだから」

「そうだったね」

「私はウィルス学の専門ではないけど、ウィルスの考え方は変異というよりも淘汰だから感染率が高くなる反面、弱毒性になるはずなのに……」

久美子は言い終わると、井上を見てニヤリと笑った。それは出逢った当時と変わらず、知らない分野の話でも興味深く聞いてくれる井上に対する感謝の表情だった。

「何か話をしたらスッキリした。もうこの話は終わり！　ごめんなさい。そして話を聞いてくれてありがとう」

久美子は置いていたフォークを手にすると、再び食べ始めた。久美子は話をしてスッキリした様子だったが井上は納得していなかった。それは「昔と変わらない久美子の行動が、なぜ急に問題となって持ち上がったのだろう」という疑問だった。

そんな思案をしていた時に携帯電話が鳴った。着信を見ると山田からだった。

第四章　諜報は平時の戦争

1

井上は山田からの電話の着信音を聞きながら「事件の進展でもあったのだろうか」と思う一方で、「やはりロシア情勢の話だろう」と考えた。ウクライナ侵攻の当日の連絡を考えれば後者の可能性であるのは火を見るより明らかだった。

「まだ職場ですか？」

「先ほど帰って来たところです」

「そうだったんですか。おやすみのところすいません」

山田にはＤＮＡ鑑定などで協力してもらっているために無下にはできないが、考え方に大きな違いがあって井上には凝り（しこり）になっていた。その凝りとは２０２０年１月から流行したコロナウィルスで、以前は機会を見ては二人で酒を飲んでいたが、そのせいで二人は久しく会っていなかった。

ＣＯＶＩＤ－19、通称「新型コロナウィルス」は、２０１９年12月に中国湖北省武漢にて発生したものとされ、日本では正月休暇が明けた２０２０年１月６日に厚生労働省が、

「病原体が特定されていない肺炎の発生が複数報告されている」

と発表したことで幕を開けた。そして、政府は３ヵ月後の２０２０年４月７日に「緊急事態宣言」

を出した。

政府は緊急事態宣言に伴い数々の施策を打ち出し、その中の一つに「不要不急の外出の自粛」があった。飲食店、特に酒類を提供する店は自主規制を強く求められるとともに、企業には接待や飲酒会合の自粛を求めた。もちろん政府機関も例外ではなく仕事帰りに飲むことを禁止した。

井上は山田の第一声を聞いて「ロシア情勢の話だ」と分かっていながら、

「どうしたんですか?」

ととぼけた。そんな思惑を知ってか知らずか山田は素直に受け止めて、

「ロシアのウクライナ侵攻に関して話を聞きたいと思いまして」

と理由を正直に明かした。

「じゃあ、明日にでもどうですか?」

「いやいや。コロナで飲酒の会合を自粛するように指示している私が、それを無視することはできませんよ」

井上は山田が自粛を理由に断ると分かっていたが躊躇なく会食に誘った。確かに事件では惜しみない協力を得たが、心情としては「聞きたい情報があるなら、そんなことは気にしないで聞きに来る熱意」が欲しかった。情報担当者は相手との人間関係構築やその知識を習得するために日々努力している。そんな努力に対して簡単に電話で済ませようとする心根が、友人ながら許せなかった。

「そんなことは黙っていれば分からないじゃないですか」

確かに幹部が率先垂範して規律を守ることは大切である。しかし井上は、山田のように人の上に立つ人間は日々努力している担当者の気持ちを理解すべきだと思っていた。そこに井上の情報担当者としての信念が加わったことで、余計にぶっきらぼうな物言いになった。

情報屋として電話では話したくないという感情は自然なものだった。しかし自分の感情から生まれた底意地の悪い態度は自分でも醜く感じていた。省庁の枠を越えて親しく付き合っている山田に申し訳ないと思いながらも、譲れない自分がそこにいた。

「実は内内示と言うか、噂みたいなものなのですけど、次のポストが警察庁の外事課長になりそうなんです。ですから今からきちんと情勢を摑んでおきたいので、是非お願いできればと……」

山田は仕切り直すような言い方で改めて井上に話を聞きたいと伝えた。

東京五輪警備プロジェクト理事官であれば、このまま警察庁警備運用部警備第一課長への異動が濃厚に思われた。しかし異動対象者を見渡すと外事部門の経験者は山田だけだった。そんな台所事情から次期外事課長として山田に白羽の矢が立った。「警察庁外事情報部外事課長」に異動すれば、北京の大使館時代のように再び一緒に情報活動ができる。山田は内内示を聞いた時、絶対に井上も喜んでくれると思っていた。

「そうなんですか！　おめでとうございます。それは良かったですね！」

井上は歓迎してくれはするが、電話で話をする雰囲気はまったくなかった。期待した反応を示さなかった井上に、次の誘い水を思案していた山田は「うぅん」と鼻からゆっくり深く息を吐き出した。

だが井上も困らせるつもりはなかった。このままでは久美子の作ったせっかくの料理も冷めてしまう。そう思った井上は、

「では、山田さん。うちに来て話をするのはどうですか?」

と代案を出した。井上も山田とは良好な関係を続けたいと思っていた。しかし電話では話したくないという情報屋としての信念は譲れなかった。そんな中から生まれた代案だった。

「誤解を恐れずに言いますが、井上さんの家ならいいという話ではないと思います。だって発症したら行動確認の報告が求められるんですよ。外出していたことが分かってしまうじゃないですか」

「そんなの真面目に報告しなくたって……」

「井上さん、そこに嘘は駄目でしょ」

日本は「感染症の予防及び感染症の患者に対する医療に関する法律」、通称「感染症法」に基づき、感染患者を診察した病院は保健所への報告を義務付けられていた。コロナは当初「2類」扱いとされ、保健所がまとめたものを厚生労働省は「感染者数」として発表していた。

これとは別に各官庁では独自に感染者数の報告を日々求められていた。そんな報告を求められる中、警察庁の上級幹部でありながら友人宅へ出かけていたなどと報告できるはずがない。

井上なりの代案だったがコロナ政策が緩和しない限り、山田とは平行線が続くのだろうと感じていた。そんな食い違う考え方を議論しても二人の関係が悪くなるだけだと感じた井上は、

「会って話ができるようになってからでどうですか?」

と言って電話を切ろうとした。

「分かりました。では、私の自宅でどうでしょうか」

山田の気持ちの中で情報を聴きたいという探求心が、不要不急の自制心を完全に呑み込んでいた。井上は山田の言葉を聞いた瞬間、今まで抱いていた感情が一瞬にして吹き飛ぶ爽快感を覚えた。

井上は杓子定規な常識論ばかり並び立てる自己保身の官僚主義が嫌いだった。その官僚主義に山田が年齢とともに近付いていている気がしていた。そういう意味でも出逢った頃のように自分で正しいと信じるものへ向かっていく山田を井上は久しぶりに見た気がして嬉しかった。

その心情の背景には、防衛省内にある「制服組」と「背広組」の確執があった。実務主義の制服組に対して官僚主義の背広組とは水と油の関係で、相容れない溝が深く存在していた。背広組は国会の議会対応など政治の世界で活躍し、防衛省内では「内局」とまで呼ばれている。井上は防衛省内で感じる官僚主義を山田にも感じ始めていたため、今回の決断は山田に対する嫌悪感を払拭してくれた。

しかし山田の妻の知美（ともみ）（46歳）はひとり娘である美奈（みな）（15歳）が高校受験を控えていたこともあり、直ぐに折り返しの電話で、

「美奈の受験があるので、今回は自宅に来るのを避けてもらえませんか」

と言うので、最終的には山田が井上の自宅を訪ねることになった。

2

開戦の翌日、井上たちは開戦に伴うドボルコビッチの演説の分析に追われた。ドボルコビッチは演説の中で旧ソ連時代に味わった屈辱的感情を露わにしていた。屈辱の日々をロシアは30年間粘り強く忍耐強く耐え抜いたが、一向に収まることのない西側諸国のNATO勢力の拡大に憤慨していた。またアメリカに対する不信感とともにNATOがウクライナを軍事的拠点にしようとしていることを批難していた。一見すればロシアの侵攻理由はNATO拡大に対するロシアの対抗措置のように思えた。国家のトップが国民に行った演説であることを考えれば、それを疑う理由もない。

「小池三佐。この分析はドボルコビッチの主張をそのまま引用しただけで根拠がないぞ。ドボルコビッチが演説で明らかにしたウクライナへの侵攻理由はどこか違和感があると思わないか？　もう少し情報担当者ならば情報担当者として、分析官は分析官としての報告書をまとめないと駄目だな」

井上はドボルコビッチの主張が真の開戦理由だとは思えなかった。そして昨夜のニュースでは全テレビ局に専門家が出演して解説している。さらに新聞の朝刊でも全紙に専門家がコメントしていることを考えれば、提出された報告書は不十分としか思えなかった。

部下たちの士気を下げる言い方はしたくなかったが、「防衛省情報本部」という冠に恥じない報告書を期待したかった。そのためにも厳しい一言は必要だと報告書を見て感じた。

具体的に指示をしようとした時、卓上の電話が鳴った。ナンバーディスプレーを見ると夏目からで、直ぐに統合情報部長室まで来るようにとの指示だった。

井上が部屋を訪ねると夏目は井上をソファに座らせた。

「中国の国家安全部へのメッセージを伝える人間を選定して、メッセージを伝えてもらったよ」

「そうだったのですか。差し障りがなければ、誰なのか教えていただきたいのですが……」

「井上なら構わんよ。東都大学の白石哲也(しらいしてつや)教授だ。あの人は在中国日本大使館で専門調査員をしていたからな。その時のパイプもあるそうだ。それにうちの協力者でもあるからな」

「そうだったんですか。白石教授であれば権威もありますから、メッセンジャーとしてはこれ以上の人選は確かにありませんね。それで相手は何と?」

「先生は『防衛省の担当者が話をしたいので、適任者をお願いしたい』と伝えたそうだが、先生が知る国家安全部の人間は『相談して連絡する』と言ったそうだ。だから現段階ではメッセージを伝えただけということだ」

「分かりました。でも2週間でメッセージが伝えられたのであれば……」

「方針は組織が決めるので何とも言えないが、私個人としては井上には申し訳ないが、時間を稼がせてもらうつもりでいる」

「どういうことでしょうか？」

「久美子さんに手を出される危険性もあるので心配するのは無理もないが、国家安全部はＣＩＡのように他国での暗殺を簡単にする組織ではない。だからこれ以上井上には手を出さないと思っている。その上での話だが、交渉は正直簡単に受け入れられる条件ではないと推測されるので、急ぐとさらに事態を悪化させることになると私は思っているんだ」

井上は久美子のことが気になった。夏目には全幅の信頼を置いているが、それでも不安は払拭できず、井上は少しでも早く事態を収拾して欲しいというのが本心だった。

「交渉での条件というのは……」

「情報担当者との継続的な接触。つまり情報交換か、あとは機密情報を一つ提供するかだが、この機密情報というのは相当高いレベルが要求されるだろうからな。どちらを選んでも受け入れられるものではないからな」

「すいません」

「相手が提示した条件を持ち帰る。そして提案しては、また持ち帰る。私はこの方法が現状の対策としては一番良いような気がしている」

夏目はそう言うと腕を組んだ。夏目が腕を組んだのは組織の決定を思考するのではなく、どのように組織を誘導するかを考えているからだと井上は直ぐに察した。そんな夏目に対して井上が抗うことなどできるはずがなく、藁にも縋る思いで、

「よろしくお願いします」

と頭を下げた。

「交渉が始まれば、手を出すことはないだろうからな。問題は台湾と中国の関係だ。台湾は中国に報復措置を講ずるだろうが、それがどこまで発展するのかが一つ。それとなぜ、井上に脅しをかけたのかということがもう一つの疑問なんだが……」

「どういうことですか？」

「国家安全部が我々に協議を申し込んで来ても良かったのに、どうして脅すような方法を採ったのかなんだが、やはり井上の婚約者の件を蒸し返したことが原因だったと私は思っている。そうだとすれば井上がこれ以上台湾側に接触しなければ、正直事態は収束するような気もするんだが……」

「ミスターXも同じことを言っていました。私の個人的な問題でこんな災いを招いてしまって……」

「情報をやっている人間が目の前にある情報に手を出さないという方が無理だろう。『悠揚迫らざる態度』という言葉を知っているか？」

「はい。確か物事にこだわらず、ゆったりと落ち着いた様子だったと思いますが……」

「その通りだ。今の井上はそれくらいの余裕を持て。このことは私に任せて、ウクライナ侵攻の関連

情報に全力で臨め」

「分かりました。先ほどロシアがウクライナへ侵攻した目的の報告書が上がってきたのですが、ドボルコビッチの演説をそのまま引用していたので再作成を指示しました。私は真の目的は別のところにあると思っているのですが……」

「こういうのは平時の感覚で考えても分かるわけがないからな。攻め方を見れば直に目的も見えてくるんじゃないか。その報告書ができたら、私の方でも添削くらいは手伝うぞ」

夏目はそう言って立ち上がると、自分の席に戻りながら井上の右肩に軽く手を置いた。

3

翌日の2月26日、山田が井上のマンションを訪れた。

「土曜日は外来があるので、久美子は出かけています」

井上は玄関ドアを開けて山田を迎えた。

「例のものが置かれていたのはここですか……」と山田は視線を落とした。そして靴を脱ぎながら、

「県警も鋭意捜査しているのですが、被害者が分からないことには……。病院などもローラーをかけて当たったようですが、いまだに進展はないそうです」

「すいません。迷惑をおかけしてしまって」

「仕事ですから気にしないでください。こちらこそ、すいません。私がお願いしておきながら自宅にまで押しかけてしまって」

山田はリビングに置かれた革張りのソファに腰かけると、室内を見回した。

「随分とおしゃれな雰囲気ですね」

「絵とか置物は久美子の趣味でしてね。意外でしょ？」

井上は事前に用意していたティーポットを運んで来て山田の斜め前に座ると、山田と同じように室内を見回した。

リビングは白を基調とした壁紙で明るい雰囲気の部屋になっており、そこには50号の大きな油彩画が飾られていた。「富士山と箱根」という題名の油絵は青空の下に雪化粧の富士山が描かれた風景画で、白の壁紙が額縁のように思えるほど壁面にマッチしていた。部屋もマンションの5階のため、冬独特の低い太陽の光が室内全体を照らし、油彩の光沢を一層引き立てていた。

「この絵は……」

「勝間田英幸(かつまたひでゆき)さんという新生美術会の会長をなさっている方の作品だそうです。久美子の知り合いの先生で、久美子も油絵を描いていたことがあったみたいです」

大きな油彩画が飾られた部屋の隅には、観葉植物ドラセナ・マッサンゲアナ、通称「幸福の木」が置かれ、葉の緑が太陽光によって輝くように青々としていた。

「何か素敵な趣味ですよね」

そう言いながら山田は持ってきた鞄から大学ノートを出して開いた。大学ノートの1ページ目には別に用意されたA4用紙一枚が挟んであり、そこには質問事項が手書きで列記されていた。

「まず、ロシアのウクライナ侵攻ですけど、今後の展開はどうなるんでしょうか？」

話題を変え、山田は最も知りたい結論を最初に尋ねた。質問を受けた井上も気持ちを切り替え、

「それを知るのはロシアの大統領であるドボルコビッチしかいないでしょうね」

と言いながら説明をはじめた。

「ウクライナはNATOと接していますから、戦火を拡大すれば何が起きるのかをドボルコビッチは十分理解しているはずです。それを踏まえると戦火が拡大することはないと私は思っています」

「NATO軍や国連軍の参戦という展開はありそうですか？」

「政治的判断は私には分かりませんけど、戦争に反対してもロシアの正当性を否定しても参戦はまったく別問題だと思います。つまりウクライナへの支援をどれだけ表明しても、自国が参戦となればどの国も国民は反対すると思います」

「逆に言えば、国民が支持すれば参戦する可能性があるということですか？」

「真珠湾攻撃や同時多発テロをきっかけにした開戦は、まさに国民感情を操作した結果です。これからいろいろなプロパガンダが出てくるでしょうけど、国民感情を動かすには相当高いハードルを越え

る必要があると思います」

「政治的に『同盟を組んで一気にロシアを叩きたい』という思惑はあるんでしょうか」

「そこまで望んでいるとは思えませんし、NATO諸国が参戦してメリットがあるとも思えません」

山田は井上の話に納得しながらも説明にエビデンスがなく、持論に近い内容であることに少し不満を感じていた。井上は山田のそんな不満を感じ取ったのか、少し踏み込んだ話を始めた。

「今回の侵攻はNATO不拡大の公約をアメリカが履行しなかったことにあります。この公約は公文書での取り決めではないのですが、いろいろな交渉、会合においてアメリカがロシアに伝えていました。しかしウクライナをNATOに組み込もうとしたのでロシアは実力行使に出たということです」

「でも加盟をするかどうかはウクライナの話ですからね」

「ロシアが昨年12月に部隊を動かしていた時、アメリカは懸念を表明したんです。これに対してロシアはNATO不拡大の公約を正式に取り付けようとしました。しかしアメリカの国務長官がこれを拒否しただけでなく、書面で明確に拒否する回答をしました。ロシアはこれに怒ったと言います」

「確かにロシアが気にするのは分かりますけど、今さらって思いますけど」

井上はロシアにはロシアなりの理由があったという言い方をしたが、山田はそんなことは理由にならないと思っていた。そんな納得していない山田の表情を見て井上は説明を続けた。

「2014年2月にウクライナで政権交代のクーデターが起きたのは知っていますよね」

「ええ」

「アメリカのオドマ政権は工作費用として7000億円近くをウクライナの反ロシア勢力に渡していました。しかもキーウのアメリカ大使館で作戦の指揮を執っていた人物が現政権での国務次官です。アメリカはクーデターを仕掛けただけではなく、次の大統領候補まで人選を指示していたらしいです」

「なるほど。それで危機感をおぼえて侵攻したという話になるんですか」

「当初、アメリカは『そんな公約は存在しない』とロシアを足蹴にしていました。しかし実はアメリカが嘘をついていたことが分かったというおまけの情報まであるんです」

「とはいえ、今の日本でこの話を公然としてもロシアの正当性は共感を得られないと思います」

「情報戦は戦闘が始まってからも行われますが、開戦のはるか前から始まっています。特に世論操作は時間をかけて下地というか、プラットフォームを構築して刷り込む必要があります。この手法は昔からありますけど、今でも最も有効な手段の一つと断言できます」

山田は敷衍して論じた井上の情報に満足を露わにした。

「もうひとつ今年の1月2日に起きたカザフスタンの暴動は、実はウクライナが裏で糸を引いていたとの情報も出回っていたんですよ」

「本当ですか！」

「表向きは暴動の原因は『物価の高騰』ですが、実際は現政権と旧政権の権力闘争とされています。

前政権は旧ソ連から独立した時から28年も大統領だった人物です。したがってロシアの意向を強く受けて就任しています。そして現政権もロシアのドボルコビッチ大統領の後ろ盾で大統領になっています。そういう意味ではどちらも親ロ政権です」

「どちらも親ロ政権ですが、その中で権力闘争があったという話なんじゃないですか？」

「権力闘争に発展させるための工作活動をしていたのがウクライナだったという情報もあります」

「カザフスタンの暴動までウクライナが糸を引いていたというのは、謀略情報に思えますすけどね」

「逆に言えば、ロシアはいろいろな情報を拡散させて、侵攻の正当性を国際世論に訴えていると分析した方がいいと思います」

井上が山田に伝えたかったのは情報の内容ではなく、その見方であることをさり気なく伝えた。今後外事課長に就任するのであれば、個人的にも関係は太くしておきたい。そのためにも山田には「着眼点」を研ぎ澄ましてもらいたいという思いがあった。

「この情報は単なるプロパガンダではなく、ウクライナの関与を裏付ける情報まであるんですよ」

「どんな情報ですか？」

「暴徒化した勢力は政府施設やアルマトイ国際空港を占拠したのですが、これに対してカザフスタン政府は空挺部隊を投入しました。ですが奪還は失敗に終わった。つまり空挺部隊を退けた暴徒は組織化され、訓練されていたほど戦闘能力が高かったんです」

「それは暴徒化した勢力に元軍人がいたからではないのでしょうか」

「空挺部隊の投入は特殊部隊の投入を意味します。特殊部隊に元軍人程度が勝てるはずはありません。つまり海外の組織が暴徒化に関係していることを意味し、それがウクライナということです」

「そういうことですか」

「ただこの話はロシアメディアの主張なので、信憑性については大いに疑わしいと考えています」

説明を聞いては質問するを繰り返していると白い壁に掛けられたからくり時計の針が午後2時を指し、時計の中に隠れていた人形がオルゴールの音に合わせて踊り始めた。

「すいません。もうこんな時間だったんですね。休みの日にこんなに長居してしまって」山田は井上に礼をいうと、改めて姿勢を正し、「私も県警の方には中国の話はしていないのですが、実際はどうなんですか？」

しかし黙して語らない井上の態度にもどかしさを感じた山田は、

「ここで聞いた話を県警に伝えるつもりはありませんが、井上さん自身はどう思っているのですか？防衛省だってこれだけの問題を井上さんひとりに任せているはずがないじゃないですか！」

と語気を強めた。井上は山田が真剣に心配しているのを肌で感じたが、すべてを話すわけにはいかない。しかし嘘を言い続けることができないのも事実で、特に防衛省が現状認識の甘い組織と判断されるのは避けたかった。

「正直、国家安全部だと思っていますし、防衛省の方にもそう報告しています。ただ原因が何であるのかがはっきりしていないのも事実なんです。それともう一つ。あの事件以来、何の接触も、そして動きもないので、手の打ちようがないのも事実なんです」

「そうだったんですか……。防犯カメラに映像が残っていないと聞いた時点で『もしかしたら』とは思っていましたけど」

「『諜報は平時の戦争』ですから、無傷というのは難しいのだと思います」

「戦争……ですか……」

山田は何かを言いかけたが、

「そうだ。娘の受験も控えているので、早々に帰宅しないと心配しますのでこれで失礼します」

と腰を上げた。そして玄関先まで見送ってくれた井上に対して、

「捜査の進展があれば直ぐに連絡します。それとくれぐれも身の安全だけは注意してください。不審な人物がいたら躊躇せず直ぐに一一〇番してください」

と言って帰宅した。

4

翌日曜日はミスターXの家族と出かける予定でいたが、国家安全部の事件があったことから当面家

族間の交流は中止することにした。その代わりにミスターXと二人だけで食事でもという話になっていたが、ロシアのウクライナ侵攻があったので連絡したところ、

「日米が参戦することはないのですから、予定通りに食事をしましょう」

と意外な返事が返ってきた。

留学時代の恩返しをしたいという気持ちがあって、ミスターXとは家族ぐるみの時間も積極的に作った。それをミスターXの家族も歓迎してくれており、この関係を夏目も了承していた。

井上はミスターXを銀座にある「ざくろ」という日本料理屋に案内した。二人は休日なのでジャケットにスラックスの軽装ではあったが、銀座三越の隣のビルの地下に店があるため少しは気を遣った服装をしていた。

このざくろは棟方志功(むなかたしこう)の作品が多数飾られ、広い店内は落ち着いた雰囲気で上品な店だった。この店を案内したのは井上がここの「牛ロースバター焼き定食」が好物で、是非ミスターXに食べさせたいと思っていたからだ。炙(あぶ)った牛肉をマスタードの入ったタレにつけて食べるのだが、そこに蟹肉がアクセントとして添えられることで一層旨みを引き立てていた。そして添えられたトマトサラダはフルーツトマトのように甘く、そこに使われる特製のオニオンドレッシングも最高だった。井上はこのトマトサラダを日本で一番旨いトマトサラダだと絶賛した。

衝立(ついたて)もないオープンな店内だがテーブルどうしの間隔が広く、そのぶん部屋が細分化されているた

め、逆に話がしやすく感じられた。

「さすがミスター井上の推薦する店ですね。凄く美味しいです」

井上は互いに家族を置いての外食に気が引けていたが、ミスターXの顔を見て相好を崩した。この場での情報交換はどうかとも思っていたが、ロシア侵攻の直後だけに話が聞きたかった。しかし食事の途中に無粋な話もどうかと思い、食事を終えるのを待った。

来日してすでに5ヵ月が過ぎたことなど他愛のない話をしながら食事を終え、井上がタイミングを見計らっているとミスターXが一枚の紙を上着の内ポケットから取り出した。紙は中国語で書かれた新聞の切り抜きをコピーしたものだった。

「ウィリアムは中国語もできるんですか！」

と井上が驚いてミスターXの顔を見ると、ミスターXはニヤリと笑って、

「できないですよ。できるのは日本語だけです。防衛省には中国語のできる方がいるでしょ」

と言って、あとで誰かに翻訳してもらうように話した。

「何が書いてあるんですか？」

「これは5日前の2月22日付の『自由時報』という台湾の新聞の記事です。内容は花蓮港で身元不明の水死体が発見されたという記事です」

「その水死体が私の事件に関係しているということですか？」

「おそらく台湾側の報復措置だと思います。新聞など表向きの話ではいまだに身元がはっきりしないと発表していますが、台湾の国防部参謀本部軍事情報局では誰であるかを知った上で殺害しています。未確認ですが中国・国家安全部の連絡員らしいです」

「そうなんですか！」

「この花蓮港は台湾の真ん中にある太平洋に面した港なのですが、近くには花蓮空港という軍民共用空港もあります。ミスター井上のマンションにメッセージ性の高いことをしたので、台湾側もメッセージ性を意図的に演出した可能性がありますね」

「逮捕せずに殺害ですか……。両国の関係を考えると一触即発の事態にもなりかねないですよね」

「ですが、中国側は何の反応も示していません。それを考えれば、その可能性はありません」

「それは結果論であって、その可能性はあったと思いますけど」

「『エルサレムのアイヒマン問題』は知っていますか？」

「アルゼンチンに潜伏していたアイヒマンをイスラエルが連行した問題ですよね。イスラエルは戦後の国家なので、大戦中の事件に対して裁判権があるのか。そしてアルゼンチンの主権を無視した行為が許されるのか。あとは……裁判自体に正当性があるのかという話だったと思いますが」

「そうです。それを踏まえれば台湾の国防部参謀本部軍事情報局が台湾国内で行った行為です。仮に個人的な問題で殺害したと台湾側が犯人を逮捕すれば、中国側は犯人の引き渡しは要求できても国家主権を侵害してまで中国が捜査することはできません」

「確かにそうですが……。この後、両国が報復合戦ということに発展しないのでしょうか？」

「それは何とも言えません」

井上は美保の情報を聞きたいと軽率に行動した結果、二人目の犠牲者が出たことを心苦しく感じた。国家安全部は無関係な美保を交通事故を装って暗殺した組織で、その組織の人間が殺害されたとしても美保と無関係な工作員であることを思えばどこか後味の悪さが残った。

「せっかくの楽しい食事の時間に仕事の話をしてすいません。もう仕事の話はやめましょう」

ミスターXは雰囲気を変えようと自分で自分の話に終止符を打った。井上はロシアのウクライナ侵攻の話をしたかったが、終止符を打たれたのでこの日は何も聞けなかった。井上は近々の日程で改めて接触する約束だけ取り付けて帰宅した。

第五章　盗聴器

1

ロシアがウクライナへ侵攻して2週間が過ぎた3月10日、日本でも連日のようにウクライナ情勢がテレビや新聞で報じられているが、大半の専門家は開戦時、

「3日程度で戦闘は終わる」

「2週間もすれば停戦協定が結ばれる」

などと短期決戦を予想していた。この膠着状態が続いていたのはロシア情勢だけでなく、井上の事件にも動きはなかった。

自宅に目と耳が置かれて1ヵ月を迎え、手は出さないだろうと言われたが国家安全部を警戒する日々は続いていた。コロナ対策によるリモート勤務と時差出勤で通勤電車の乗客は少ない。しかしそんな余裕のある通勤電車の中でも北京での暗殺事件を考えれば緊張を緩めることはできなかった。

緊張するのは車内だけではない。交差点でも駅のホームでも後ろから押されないよう、後ろの方で待つようにした。そして人通りの少ない道を避けるなど気を遣った。情報担当者として常日頃、同じ場所を何度か回って尾行がいないかを確認する生活は慣れている。したがって日頃の生活と変わるところはないが、「暗殺対象者(ブラック)リストに載っている」という事実が同じ行動でも負担を感じさせた。

「一難去って、また一難」という言葉や「負の連鎖」という言葉があるが、まさにそんな思いに突き落とされる事件がふたたび起きた。その事件は業務開始時刻の前だったが、

「至急、私のところに来てもらえるか」

という夏目の一本の連絡から始まった。連絡を受けた井上は急いで統合情報部長室を訪ねると、

「じゃあ、一緒に行くか」

と夏目は席を立った。いつもより険しい表情にただ事ではない問題が起きていることを窺い知ることができた。だが「何があったのですか？」と聞ける雰囲気ではなかった。井上は夏目の後を黙ったまま歩き、情報官室に入室した。

「朝からすまんな」

と言った村井の卓上には透明なビニールが置かれていた。それを村井が手に取り夏目たちにかざした。最初は何だか分からなかったが、二歩、三歩と近づくと10円玉のような大きさの機械に2㎝ほどのコードが付いたものが見えた。

「これですか！」

夏目が声を上げた時には井上も掲げたものが盗聴器だと分かった。だが、村井がなぜ盗聴器を見せたのかまでは想像ができなかった。二人は村井に促されてソファに座ると、

「休みの間に保全隊が情報課内の盗聴器の点検作業をした時に発見したそうだ」

と話を始めた。防衛省だけでなく、情報を扱う各機関は定期的に盗聴器の点検作業を抜き打ちでしている。本来は関係者しか入室できないはずの部屋でも、清掃業者や保守点検業者など部外者が入室する。立ち会いを介しての作業ではあるが、それでも百パーセント安全だとは言い切れない。

「井上の事件と関係していると厄介な話になりますね」

井上が最も気にしていたことを夏目が指摘した。もし二つの事件が関係しているとなれば国家安全部が省内を自由に行動していることになる。そしてミスターXの話でも国家安全部は情報パイプを必死に探している可能性を指摘していた。となれば国家安全部との交渉も急ぐ必要がある。

「具体的にはどこに仕掛けられていたのでしょうか？」

課長として当然の質問だった。施設全体の管理者はその施設の長が担うが、各部屋はその課の課長と決まっている。井上は情報課の管理責任者として盗聴器が仕掛けられたことに責任を感じた。

「井上一佐の電話に仕掛けられていたのだが、気が付かなかったか？」

盗聴器が自分の電話から発見されたと聞いて井上は震撼した。課内に仕掛けられたことも問題だが、部下に情報管理を指示している自分が仕掛けられていたことに気付かなかったのでは話にならない。

井上はあまりの衝撃で放心状態に陥った。

「誰も自分の電話を毎回点検する者はいないから仕方がないだろう。それに自分の電話に盗聴器を付ける奴もいないから井上一佐ではないと思い、呼んだわけだ。このことは絶対に口外することはないように。分かったな」

村井は井上に釘を刺した。井上は盗聴器を写真に撮り、ミスターXにどこの国のものかを調べて欲しいとさえ思った。だが保全隊が調査をしているため自ら動くことを禁じられた。そして夏目も、

「改めて言うが、今は表立って動くのは避けた方がいい。井上一佐を個人的に狙った罠なのか、偶然が重なっただけなのか、そこを見極めることが先だ。そのためにも目立った動きはするな」

と忠告した。そして夏目は井上に対する不信感を防衛省内に作り出し、孤立することを画策した心理戦の可能性を指摘した。この分析はまさにミスターXの分析と同じといっても過言ではなかった。

「私につけ込む隙があると国家安全部は見ているのでしょうから、もっと脇を固めるようにいたします。大変申し訳ありませんでした」

井上は深々と頭を下げたが、隣にいた夏目は井上の肩に手を置いて言った。

「そういう考え方もあるが、それだけ井上の価値を高く評価しているんじゃないか？　そう考えると、そんな優秀な部下を持てて私は幸せだよ」

するとと村井も頷きながら、

「夏目一佐の言う通りだ。自信を持っていいぞ。情報本部の評価も格段に上がっているし、特にアメリカ関連の情報は日米防衛協力課よりも高く評価されていると聞いているからな」

と盗聴器を仕掛けられたことに責任を感じている井上を激励した。そして表情を一変させると、

「保全隊の説明では、前回の検査は3週間前でその時に盗聴器はなかったということだ。電話の盗聴器はモジュラージャックと呼ばれる配線の接続部分に仕掛けられることが多いがこの盗聴器は違って、受話器に仕掛けて微弱な電波で音声を飛ばす盗聴器で電波を受ける受信機が必要だという話だ」

と説明した後でさらに、

「ただ保全隊としては防衛省内の敷地は広く建物も厚いコンクリートで覆われているため、電波をほとんど拾えない『役立たずの盗聴器』をどうして仕掛けたのかは疑問に感じているようだった」

と保全隊の分析結果を付け加えた。

「使えない盗聴器ですか……。そう考えると国家安全部の可能性はかなり低いですね」

夏目は盗聴器の設置がどこか中途半端な印象を否めずにいるようだった。

2

「思った以上に戦闘が長期化しそうですが、アメリカはどう見ているのでしょうか」

この日の夕方、井上はミスターXとアメリカのセーフティハウスがある渋谷の雑居ビルで接触していた。会食では軽装の二人だがセーフティハウスでは背広姿で、この独特な空間が接触に対する緊張感をより一層高めた。特に今日は盗聴器のことがあって井上は何かに集中していたかった。

「タス通信が配信した『デニス・キレフ氏の処刑』は真実です。ウクライナの失敗がのちにどれだけ大きく影響を及ぼすのか心配です」

ミスターXは5日前の2022年3月5日に配信された記事を話題にした。

この「デニス・キレフ氏の処刑」はロシアのウクライナ侵攻情報を、事前にウクライナにもたらした人物が処刑されたという話である。この情報をもとにウクライナが防衛策を講じたことで首都キーウまでのロシア軍の侵攻を防ぎ、その結果ロシアの短期決戦の計画が頓挫したと言われている。

残念なことに、本来は情報をもたらしたデニス・キレフ氏は英雄とされるはずだった。だがウクライナの保安庁と国防省情報総局の間で情報交換ができていなかったため、ウクライナ保安庁が「ロシアのスパイ」として銃殺した。ウクライナは銃殺の理由を「ロシアとの二重スパイ」としたが、ロシアの空挺部隊がウクライナのアントノフ国際空港を強襲する情報をはじめ、ロシアの攻撃目標が事前にもたらされている。そのことを考えればウクライナの判断が正しかったのか大いに疑問が残った。

「デニス・キレフ氏はロシアとの停戦交渉でウクライナ側の代表メンバーの一員だったんですよね」

井上は配信されたネットニュース程度の情報しか知らなかった。配信内容を見るとウクライナは二重スパイとして尋問もほとんど行わずに即時処刑していた。

「デニスはウクライナの銀行幹部をしていた国防省情報総局の諜報員でした。ですがロシアでは『賢者』というコードネームで呼ばれ、ウクライナの武器情報を流していたということです。しかし本当かどうか、確認は取れていません」

「CIAはウクライナの現政権に深く関係しているので、処刑を防げたようにも思うのですが」

「確かにアメリカは深く関与していますが、スパイをひとりひとり把握しているというのは非現実的な話じゃないですか?」

「そうですね……」

ミスターXの言う通りだった。スパイが誰なのかを情報共有している国などない。そしてデニス・キレフ氏もそうであったように、どこの国でもスパイが特定されないようにコードネームが付与されている。さらに言えば有能なスパイになればなるほど「二重スパイ容疑」が付きまとう。

「私はこの処刑は当初、『アルカジー・バブチェンコ事件』と同じように偽装工作ではないかと疑ったのです。バブチェンコの時もウクライナが関係していましたからね」

「2018年5月29日にキーウで殺害されたジャーナリストですね。翌日に記者会見に登場してみんなを驚かせましたが、確か一ヵ月前に殺害の脅迫を受けたんですよね」

この事件はロシア人ジャーナリストであるバブチェンコの暗殺計画を防ぐために、拳銃で撃たれて救急車で搬送途中に死亡したとウクライナ当局が偽情報を発表した。その結果ロシアの暗殺者をおとり捜査によって逮捕している。

「ウクライナはロシアに死亡したことを信じ込ませるために帰宅時に銃弾3発を被弾した映像まで流しました。撃たれたバブチェンコは出血をリアルにするため豚の血まで使い、洋服にも銃痕を残すなど偽装工作を徹底しました。それを考えると『デニス・キレフ氏の処刑』を私は少し疑っています」

ミスターXはデニス・キレフ氏処刑の配信を個人的には懐疑的に考えていると説明し、さらに、

「開戦初日にウクライナのパイロットがロシア機を6機撃墜した情報は知っていますか？」

「その情報は知りませんが、何かあるのですか？」

「この撃墜の話は『キーウの幽霊』と言われ話題になりましたが、実はフェイクニュースなんです」

「戦争はある意味ではプロパガンダの応酬というのか、情報戦なので偽情報が多いのは仕方がないと思います。ただそれを日本人はそのまま信じてしまうので、それが私は問題だと思っています」

「今回の戦争もすべてロシアが悪いと言われていますが、今回はロシアに道理があると思います」

この言葉を聞いた時に井上は耳を疑った。二人だけしか知らない秘密だとしてもミスターXはアメリカの情報担当者である。しかも陸軍指揮幕僚大学を卒業したエリート幹部のひとりである。その人間が敵国ロシアの肩を持つなど聞いたことがない。だがミスターXはそんな井上の驚きを気にせずに話を続けた。

「ただ、ロシアが武力攻撃に踏み切ったことでウクライナに同情が集まりました。だとしたらウクライナは不信感を与えるような情報操作は控えるべきなのです。そうでなければ『正義と悪』というウクライナを支える構図を失います。この構図があるからこそ、国民の理解を得やすいのです」

井上はミスターXの発言に対して苦慮したことが何度かある。今回も「ロシアの道理」を憚(はばか)ること

なく口にしたが、始めは思想を確かめる「踏み絵」ではないかと疑ったこともあった。

だがミスターXは信頼を最も大事にし、嘘は最も禁じていた。そのために立場に囚われることなく、はっきりと自分の意見を口にしていた。確かに全体を通して考えれば、偽情報に基づいて誤った判断に導かれたこともなければ、絶対に話さないであろうと思われる情報も教えてくれた。そういう意味ではミスターXは接触した情報機関の中で最も信頼のできる人物だと井上は思っていた。

一方でミスターXの国家に対する忠誠心には揺るぎないものがある。アメリカの行動がすべて正しいと思ってはいないが、軍の決定した方針に異を唱えることはなく任務を確実に遂行する人間だった。

「日本ではロシアに道理があるとかないとか考えている人はほとんどいません。大半が侵攻したロシアが悪いと思っています。だからロシアを擁護する発言は批判の対象になりますよ」

「日本のロシア専門家の中には『ロシアは隣国で、しかもエネルギーと北方領土の問題を抱えているのだから、アメリカやNATOに追従するのは良くない』と言っている方もいます。対中国政策を考えればロシアを取り込むのは正しい戦略だと思います」

「そうは言ってもロシアは日本の仮想敵国の一つですからね」

「井上さんはもう少しアメリカを見た方がいいと思います。今はアメリカの中でもロシアに対する外交政策の失敗を指摘する専門家は少なくありません。ウクライナのNATO加盟問題もアメリカでは三つの主張に割れています。今のアメリカの外交政策は昔と違います。それに現政権とCIAは関係が深いですが、現ＣＩＡ長官のウィリアム・バーンズはウクライナの加盟に反対しているんですよ」

ミスターＸの話は井上も知っていた。現在のアメリカにおけるロシア政策は複雑になっている。冷戦時代は慎重に進めていたが、１９９０年以降は崩壊した共産主義国など力はないと傲慢な戦略を推進した。その結果ロシアでは冷戦時代以上にアメリカへの不信感が募っていると言われている。その極論としてアメリカの専門家の中には、

「再びキューバ危機のようなことが起きたら、話し合いで解決することはできないであろう」

という危機的状況を示唆する者もいる。

アメリカではＮＡＴＯの加盟に関してミスターＸの言ったとおりウクライナの加盟を反対する意見がある。しかし一方で、ネオコンと呼ばれる自由主義と民主主義を国益よりも優先して武力介入も辞さない新保守主義者は、ウクライナの加盟を積極的に推進している。そしてこの二つの意見に属さない新たな考え方として「ロシアもＮＡＴＯに加盟させれば良いのではないか」という第三の主張を唱えている専門家さえいる。

井上も情報機関の人間として主義主張に左右されず良識のある判断が求められる。だがミスターＸのように自分の意見をはっきり明言することはない。その理由は自分の発言が政府の見解と思われることは許されないからである。そんな違いからミスターＸに信頼を感じる分、違和感も覚えた。

「ところで、この前いただいた新聞のコピー、ありがとうございました。あの記事を見る限りでは、

国家安全部の問題は私から台湾へ移ったと考えてもいいのでしょうか？」

井上は腕時計を見ると時間が少し残っていたので話題を変えた。正直ミスターXが国家安全部に対する防衛省の交渉を知っているのか、またどう見ているのか知りたかった。

「防衛省が国家安全部と交渉しようとしているようですが、国家安全部はこれを期待通りの反応と見ているようです。ただ直ぐには動きません。時間を空けることで接触する価値を高めようとしています。ですからミスター井上の上司に焦らない方がいいとアドバイスした方がいいです。もちろん、私から聞いたことはシークレットでお願いします」

「分かりました。もう一つ質問ですが、国家安全部はパイプを持つために意図的に私の自宅に目と耳を置いたということなんでしょうか？」

「その点は分かりません。ただ婚約者の殺害の件を考慮すれば、結果的にパイプを作る材料に使っていると考えた方がいいと私は思います。ですから当分の間、国家安全部はミスター井上に攻撃することはないと思いますが、用心だけは忘れないようにした方がいいと思います」

「ありがとうございます」

井上は立ち上がって謝意を表わすと、セーフティハウスをあとにした。

3

盗聴器事件が発覚して1週間が過ぎた3月17日、井上は「二度あることは三度ある」と神経を張り詰めていた。井上の自宅の事件が進展せぬうちに盗聴器事件まで加わり、井上がピリピリしているのを久美子はもちろん、部下たちも感じていた。そんな苛立ちの原因は自分で動けないことでもあった。井上は気分転換を兼ねて午後一番で丸岡のところへ出かけた。特別な用件はなかったが情報が欲しい時だけ通っては相手に見透かされる。井上は平素からの人間関係が情報の確度や内容に大きく影響すると考え、時間があれば協力者のところへ顔を出すようにしていた。

井上には師と仰ぐ人物が二人いた。一人は夏目であり、もう一人はまる書房の代表取締役・丸岡一弘(まるおかかずひろ)(63歳)だった。丸岡は防衛大学校の先輩にあたる人物で、早期退官して軍事専門書籍の出版社を立ち上げていた。

井上と丸岡が知り合ったのは出版社を立ち上げた後だった。丸岡は軍事専門書の執筆を退官者や現役自衛官に協力依頼して、陸海空すべての本を出版していた。現役自衛官でも防衛大学校の先輩である丸岡に頼まれれば嫌だとは言えない。そんな協力依頼によって丸岡は多くの人脈を有していた。

井上は陸が専門であるが情報担当者として海空の知識も求められた。その知識を得るためにまる書房に出入りするようになり、ここで多くの人脈を紹介してもらっていた。

そして井上がまる書房を訪れる最大の理由は、ここに出入りする人物とその目的だった。まる書房には防衛省関係者ばかりではなく、中国やロシアの政府関係者も出入りしていた。この者たちは貿易企業や雑誌社などの名刺を出すが、その出された名刺を見ながら丸岡は、

「こいつは絶対にSVRだな」

などと思うという。SVRとは「ロシア連邦対外情報庁」のことだが、丸岡の勘が正しいかは分からない。だが軍事情報を求める人間が日本で一番集まる場所であることは間違いなかった。

丸岡はそんな人間が情報収集を目的に訪れるのは承知していた。面白いのはそれを逆手に取り、どんな情報が欲しくて訪れたのかを知ることによって価値のある情報に繋げていた。

井上は「三原堂」の最中を手土産に丸岡を訪ねていた。三原堂は池袋にある老舗和菓子店で、江戸川乱歩も作中に登場させるほどお気に入りの店だった。丸岡はこの話を知ってから三原堂の最中がお気に入りになっていた。

「失礼します」

「おぉ、よく来たな。入って、入って」

まる書房は千代田区神田神保町の雑居ビルの2階にあり、出版社と言っても丸岡が一人で企画から校閲までやっている個人企業だった。会社も6畳程度の広さの部屋が1室だけで、丸岡が使う机の上に電気スタンドとパソコンが置かれ、それと同じ高さのテーブルが一つ室内には置かれていた。

そしてテーブルを囲うように丸椅子が5脚ほど置かれ、背中の壁際には出版した本が、テーブルに

は原稿が山積みされていた。室内は窓らしい窓もなく、消防法という概念はまったくなかった。したがって初めて訪れた十人中十人が異様な雰囲気に言葉を失ってしまう。

丸岡は井上が入ると直ぐに鍵を締めた。井上もそうであるように、ここを訪ねる人間は事前に連絡を入れるのが暗黙の掟になっている。その理由は他の情報担当者と鉢合わせにならないようにするためだ。したがって鍵を締める必要はないが、丸岡は必ず来客があると鍵を締めた。

目的はなかったので雑談を1時間ほどし終えると、井上は防衛省へ戻ることにした。防衛省のある地下鉄都営新宿線の市ヶ谷駅を出て階段を上っていると携帯電話が鳴った。「何だろう」と思ったが周囲に気を遣って話すのであれば、あと数分で職場なので電話には出なかった。井上は少し早歩きで戻ったが事務室に入った途端、小池が走り寄り、

「夏目一佐から、戻ったら大至急、来るようにと連絡がありました」

と言った。井上は一瞬、「夏目さんからの連絡だったのか」と電話に出なかったことを悔やんだが、そんなことを悔やんでいる暇はなかった。焦る気持ちを抑えながら制服に着替えもせずに統合情報部長室へ向かった。

夏目は待っていたと言わんばかりに入室した井上に歩み寄ると、

「国家安全部から接触に関する連絡が入った」

と満足そうに語った。正直、井上は嬉しさよりもホッとした安堵感を覚えた。

「接触はいつ頃になるのでしょうか？」

「そう焦るな。国家安全部のメッセージは『では会いましょう』という程度しか来ていない。とりあえず『協議をすることになった』というだけだ。ただ本部長もこの報告に安堵されていた」

「分かりました。面倒をおかけしますが、よろしくお願いいたします」

井上は頭を下げながら「これで盗聴器の問題も同時に解決すれば」と叶わない願いを考えていた。仮に国家安全部が仕掛けたとしても絶対に言うはずがないことは分かっていた。だが盗聴器の問題が棚上げされたままでは釈然としないのも事実だった。

井上が自分の部屋に戻ると、呼ばれた理由を知らない小池が心配そうに井上を見ていた。それは小池だけでなく、部下たちの誰もが同じように心配した表情をしていた。そんな部下の心中を察した井上は、しかしすべてを話すこともできないため、

「私の自宅で起きた事件で犯人が分かりそうだとのことだ」

と呼ばれた理由を歪曲して説明すると、

「おぉー」

と歓喜の声が上がった。本来は自分が一番嬉しいはずなのに、自分以上に部下たちが喜んでくれていた。そんな部下たちを見て心を痛める自分もいたが、誰もが心配してくれていたことを改めて実感した。そして小池や他の部下たちが井上の机を取り囲むように集まり、

「良かったですね」

と井上に声をかけた。

そしてそんな祝福の声が続いた後、改めて小池が、

「本当に良かったですね」

と声をかけた。

井上は大声で「ありがとう！」と叫びたかったが、気が付けば集まった部下たちひとりひとりと握手を交わしていた。井上は集まった部下の顔を目に焼き付け、最近忘れかけていた絆というものを実感した。その一方で部下にさえすべてを話せない情報という仕事の厳しさを思った。

4

ロシアがウクライナに侵攻して間もなく3ヵ月になろうとする２０２２年5月中旬、戦争は膠着状態が続いていた。そして新型コロナウィルスも流行から2年半が過ぎたが、相も変わらずマスク生活は続いていた。世界はいつもと変わらず、新しいことが起きている印象もなかった。しかし確実に世界が、そして日本が何かに向かって動いていた。その「何か」は軍事的緊張で、自国の防衛が言葉だけで達成できないことは周辺国を見れば明らかだった。

「今月はすでに3回目だな」

井上は北朝鮮が発射したミサイルの分析が書かれた韓国軍合同参謀本部の資料に目を通していた。北朝鮮は昨日短距離弾道ミサイル3発を発射したが、２０２２年に入ってから1月には6日、2月は1日、3月は4日、4月は1日、そして5月も13日の時点で既に3日も発射実験をしていた。一日に数発もミサイルを発射するだけでなく、今年は発射実験の日数も多くなっていた。この状況を日本と韓国、そしてアメリカも危機感をもって注視していた。

繰り返される発射実験のミサイルも多種多様だった。大陸間弾道ミサイルや短距離弾道ミサイルだけでなく、5月7日は潜水艦搭載型弾道ミサイルの発射実験が行われた。北朝鮮の発射実験は頻度だけが問題なのではなく、実験と改良により性能も無視できないレベルになっていた。そして今では北朝鮮は8種類のミサイルを保有している。井上は核問題といい、ミサイル問題といい「北朝鮮のような貧困国に高度な技術開発力などない」と放置してきた結果だと思っていた。

これに対して日本でも２０２２年2月に対抗策を打ち出した。防衛省は産業界を巻き込んで陸上配備型、航空機搭載型のミサイル開発の研究会を発足させた。橋本は所信表明演説をはじめ施政方針演説でも軍事力の法的整備と強化を表明していた。

「Jアラートは今回も流しませんでしたけど、もう流さないんでしょうか」

小池は資料を読んでいた井上に尋ねた。

「確かにそうだな。そう言えばJアラートの最後は……」

「5年前の2017年が最後です」

「随分と詳しいな」

「少し携わっていたことがありまして。2019年に発令方法を地方のブロックから都道府県レベルに細分化した発想は良かったのですが、精度の高い着弾分析を求められるようになって……」

「それで、そのままか？」

「ということになっています」

「日本ではミサイルの迎撃システムを年々強化してきたが、迎撃率向上のポイントの一つはミサイルの発射情報の即時把握だからな。現在のシステムはミサイルから出るジェット噴射を赤外線で感知して、それを分析して着弾地点を予想しないとならないから難しいんだよな」

「北朝鮮の弾道ミサイルは液体燃料を使用するため、燃料注入時に偵察衛星で事前に確認できますが、車載式のような固形燃料になるとどこからでも好きなタイミングで発射が可能となります。そして北朝鮮が『火星12号』と呼んでいる中距離弾道ミサイル、通称『ＩＲＢＭ級』は発射後22分で着弾しますので、このわずかな時間に着弾地点を分析するのはかなり難しいです」

「確かにそれだけの情報を分析して配信するＪアラートは運用も難しいな。北朝鮮も長距離ミサイル用固形燃料の製造は時間の問題だと言われているからな」

実際Ｊアラートは2022年10月に5年ぶりに配信されることになるが、再び問題が露呈する結果となった。しかし、その次の２０２３年8月に北朝鮮が自称「軍事偵察衛星」を発射した時は無事に配信された。

また２０２３年11月15日に北朝鮮の朝鮮中央通信は「大出力固形燃料エンジン」と題して、中距離弾道ミサイルの固形燃料エンジンを開発したと報じた。

「ところで小池三佐、ちょっといいか?」

「はい」

「在日米軍の情報筋によると、今年の8月には米韓合同軍事演習が再開すると言うんだが、確認を取ってもらいたい。併せて事実なら報告する必要があるからな」

井上は前日にミスターXと接触した際に聞いた米韓合同軍事演習の情報を小池に話した。

「米韓合同軍事演習を……ですか?」

「昨日聞いたんだが、韓国の大統領に就任した李善仁(イソニン)は早々に合同軍事演習を再開したいらしい。だが10日に就任したばかりなので、発表はもう少し後を予定しているらしいんだ」

「前政権は親朝政策でしたからしばらく米韓合同軍事演習も実施していないですよね」

「そうだ。４年は実施されていない」

井上はミスターXの情報を疑っているのではなく、「どの程度の人間が知っているのか」を確認したかった。仮に米韓合同軍事演習が再開されれば、２０１７年12月を最後に終わっている日米韓の合同軍事演習も再開する可能性が高くなるため、報告は早急にする必要があった。

「日米もそうだが米韓もスポークス間同盟といってアメリカを中心に同盟が組まれている。参考までに言うと日韓はハブ・スポークス同盟というのだが、アメリカが基軸国の同盟関係ということだ」

「ということは、日米韓合同軍事演習の可能性も高いということですか……」

「そうだ。だから確認を頼む」

　そうして書かれた井上の米韓合同軍事演習の報告書を読み終えた夏目は、井上を統合情報部長室に呼んだ。

「ところで北は何でこんなにも発射実験を繰り返しているのか、ミスターXは何か言っていたか？」

「未確認ですが、『ロシアから金が出ている』という情報があると言っていました」

「ロシアから？」

「はい。ただ北朝鮮のミサイル開発は韓国の前政権が支援した2兆円近くの資金の一部を使っているという情報もあります。ですがやはり１２１（イチニイイチ）が年間20億もの金を稼いでいますから、それがミサイルの開発資金の一部になっているのではないかと」

　井上の言った１２１とは北朝鮮の偵察総局内にある「１２１局」と呼ばれるサイバー部隊で、この中に「ラザルス」と呼ばれるハッカー部隊が存在すると言われている。偵察総局は軍直轄の工作機関で、諜報活動から特殊工作活動まで様々な工作活動をしている組織である。

「ロシアからの金額はどの程度か言っていたか」

「詳細な額に関する話はなかったです。金が流れている情報自体、未確認の段階のようです」

「ロシアから金が出ていると言っても、1月は6日も発射実験をしているからな。侵攻前から支援していたということか?」

「その点は確認しませんでしたが、おそらく金が流れたのは最近ではないかと……」

「ロシアから金をもらって撃っていると考えるのは近視眼的過ぎるのかもな」

「また、石油と穀物がロシアから運び込まれているという情報もあると言っていました」

井上は夏目の指摘に答えられず、ミスターXから聞いた別の情報を答えた。

夏目は井上から一通り説明を聞き終えると、

「北朝鮮のミサイル問題も重要だが、中国軍の動きもしっかり監視する必要があるので、部下には広範な情報収集を指示してくれるか」

と言った後、具体的な情報項目を下命した。指示を受けた井上が自分の事務室に戻ろうと廊下を歩いていると、携帯電話が震えて着信を知らせた。

「今、大丈夫ですか?」

相手は山田だった。山田からは1週間ほど前に、

「井上さんの自宅の事件ですが、捜査は実質的に終了することになりました。犯人逮捕に至らず申し

訳ありません」

と連絡があった。その時に山田から予定通りに警察庁外事情報部外事課長に着任した話は聞いていたが、その時は、

「ちょっと時間を作る余裕がないほど忙しいです。電話での報告は重ね重ね失礼だと思ったのですが申し訳ありません」

と言っていたので連絡が来たのは意外に思えた。

「どうしたんですか？」

「なかなか連絡もできず、すいません。実は北朝鮮のミサイル関係で話を聞ければと思いまして」

「ちょうど金曜日ですから夜にでもどうですか？」

「そうですね。電話だと勘違いしてしまう点もあるでしょうから」

井上は山田の言葉に少し驚いた。いまだにコロナ政策で会食などは許可されていないため、山田は躊躇すると思っていた。井上はそんな山田を面倒に感じたこともあった。だが外事課長に就任した山田は井上が想像もしなかった積極的な人間に変わっていた。

仕事を終えた井上は更衣室で制服から背広に着替えると、期待感が込み上げてきた。山田と久しぶりに飲むことも嬉しかったが、それ以上に山田が積極的に自ら情報を求めるようになったのが嬉しく思えた。

第六章　ミスターX

1

井上と山田は赤坂にある「たなか畜産」という居酒屋で待ち合わせをした。有楽町周辺は誰かに会う可能性が高く、この店は地下にあるので安心ができた。本店は熊本の天草で天草黒牛を売りにしていた。そして簡易な仕切りではあるが個室があり、心配性の山田には向いていると思えた。

店の特徴は肉料理を自分で焼くのではなく、店が最高の状態で焼き上げた黒牛を提供することだった。また人気のウィンナーはドイツのヴァイスヴルストのような見た目で、食べた時のプリッとした食感はこだわりを感じさせた。その中で井上は卵焼きの上に明太子とチーズが絡まったトッピングが乗っている「明太子卵焼き」が好物だった。

「ここで知っている人に会ったら、それこそ驚きですよ」

井上はそう言いながら生ビールを注文した。注文は自分の携帯電話にQRコードを読み込ませる方式のため、料理を届ける以外は店員がテーブルを訪ねることもなかった。

山田は心のどこかに背徳感はあったものの、ビールを口にした時はそれを忘れるほどの感動があった。それは我慢していた生活の中で忘れていた至福の感覚で、そんな心情からか山田は思わず、

「あぁ、うまいっ」

という言葉を口にした。山田は無意識に出た言葉とはいえ少し反省すべきだと感じていたが、井上を見ると聞こえなかったふりをして頷いていた。そして満足げにビールジョッキをテーブルに置いた井上は、

「北のミサイルでしたね」

と言っていきなり説明を始めた。内容は北朝鮮の資金源が中心で、韓国の前政権やロシアとの関係なども説明した。山田は聞いた話をメモしながら頷き、

「韓国の前政権が北朝鮮に多額の資金援助をしていた話は聞いていましたが、ロシアの話は初耳です。基本的な話ですが北朝鮮はなぜ、こんなにミサイルの発射実験を繰り返しているんですか?」

「一般的には対米交渉の実現や国威発揚、あとはイランなどへの売却を目的にした性能の誇示などと言われています。しかし戦闘機や戦艦ではなくミサイルにこだわる本当の理由は別にあると見ています。それが何だか分かりますか?」

山田は軍事関係については愚鈍と言われても仕方がないほど無知だった。したがって考えて分かることでもなかったので黙っていると、井上が再び説明を始めた。

「コストパフォーマンスもありますが、策源地を含めた司令部、政治拠点の破壊に最も効率的な方法だからです。それは北朝鮮だけではなく、軍事作戦の常識でもあります」

「なるほど。で、策源地というのは何ですか?」

「策源地とは簡単に言えば、前線の部隊に物資を供給する後方の支援基地のことです」

「そこをピンポイントで攻撃するということですか？」

「占領するにはどうしても歩兵部隊が侵攻する必要があります。しかし単に勝ち負けだけを考えるなら、戦闘が継続できないようにすればいいわけです。そのためにミサイルを使って作戦基盤を破壊してしまうと考えた方が分かりやすいです」

「そう考えれば理解はできますが……」

山田は少し首をかしげながら眼鏡のブリッジ部分を押した。山田には無意識にブリッジを触る癖があり、その仕草をした時は何かを考えている時でもあった。

「ミサイルは発射するまで目的地が分からず、また迎撃も難しいという特徴があります。コストは安くはありませんが、コスト以上に心理的効果が十分にあります」

「確かにウクライナなんかもそんな感じですね」

「それと戦争はどう終えるかが重要で、ロシアとウクライナも同じです」

井上は停戦、休戦、そして終戦の違いを簡単に説明した。停戦も休戦も一旦戦闘を中止することを意味し、停戦は短期間、休戦は長期間という点が違っている。どちらの目的も終戦合意のために行われ、終戦は国際法上、戦争終結を意味する。すなわち停戦や休戦は戦闘が再開する可能性がある。

「では、ロシアはなぜ、ピンポイントの戦術を採らないんでしょうか？」

「戦勝によって目的を達成することが最も重要なことです。しかし再び戦いを挑んでこないよう相手国民に、敗戦の恐怖を刷り込むことも必要です。ただそこには禍根を残す問題があります」

「確かに日本もそうですが、敗戦国の国民は戦争に反対する意識が強くなりますからね」

「ロシアとウクライナとの停戦時期は分かりませんが、一つ言えることはドボルコビッチが目的を完遂しない限り、この戦争は終わらないということです」

「その目的というのは、ドボルコビッチが演説した内容のことですか？」

「私は演説が嘘だとは言いませんが、真の目的は違うと思います。ただ、ある情報によるとウクライナにある生物兵器の施設が攻撃目標だったとの話もあります」

「生物兵器の施設ですか？　そんな話は聞いたことがないですが、どういう話なのでしょうか？」

「ウクライナの施設で開発中だった生物兵器とは、特定の民族の遺伝子にだけ反応する兵器だそうです。その背後にはイギリスだったり、イスラエルの名前も出ています。ただそんな施設があったのか、そして他の国も関与していたのか真相は分かりません。しかしそういう情報も流れています」

「真実と言うよりも陰謀論を越えたデマとしか思えませんけどね。そんな特定の民族の遺伝子にだけ反応する兵器だなんて映画の世界ですね」

「私も信じてはいませんが、山田さんの考え方は非常に危険だと思います。兵器開発は人知の発想を超えて行われるのが常です。ですから最初から『遺伝子に作用する兵器なんてあるわけない』と考えてしまうのは危険すぎると思います」

「そう言われてしまうと……」

「中性子爆弾など存在しないですが、我々はその存在を信じて踊らされていました。完全に情報操作されたわけですが、一方でレーザービームはレーザーガンとしてすでに実戦配備されています。アニメの中でのような破壊力はありませんが、すでに使用されています。信じる必要はありませんが、根拠なく否定するのは危険ですよ、山田さん」

「しかし、それが事実であれば報道されていると思うんですよ。ドボルコビッチだって公言するんじゃないですか?」

井上は反論しようとしたがやめた。この議論は神や宇宙人を信じるか否かの議論と同じだと思っていた。それは神を信じるのが一つの信仰であるように、存在の否定も一つの信仰だと井上は思っていた。どちらにも根拠や理由はあるが、相反する相手が納得するだけの根拠や理由は存在しない。

生物兵器も化学兵器も禁止条約が結ばれている。したがって生物兵器の製造や存在を一般論では否定できても、本当に信じていいのかという疑問が残る。井上は具体的に明確な根拠が示されない限り否定するべきではないと考えていた。だが、それを山田と議論し続ける必要もないと思っていた。

「ところで今、ロシアの軍人が亡命したらどうなるんでしょうね」

山田は井上が話題を変えた趣旨は分からなかったが、官僚として重要な質問に思えた。亡命者に対するマニュアルは存在するが所詮はマニュアルである。山田は頭の中で法的な問題を考えながら井上が質問した理由も考えていた。すると井上は自分の前をおしぼりで綺麗に拭き直しながら、

「ベレンコ中尉亡命事件の時、警察と自衛隊が管轄権で揉めたらしいですよ。しかも奪い合いじゃなくて、なすり合いの方だったそうです」

と夏目から聞いた話をした。この話に山田が関心を示したので、

「当時のミグ25は最新鋭の戦闘機ですから返還請求があったそうです。防衛省は奪還や破壊の可能性を考えて、戦闘機周辺に迎撃用ミサイルを配備したそうです。ですから亡命事案は縦割り行政では対応できないと思います」

と説明した。井上は外事課長として重要な知識だと思い、自宅の事件のお礼に準備していた話だった。

2

2022年5月11日に「経済施策を一体的に講ずることによる安全保障の確保の推進に関する法律」、通称「経済安保推進法案」が参議院本会議で可決された。長期化するロシアとウクライナの戦争は世界に物価高を招き、貿易では相手国によって輸出制限をする国も現れた。世界はグローバル経済から再びブロック経済へ逆戻りを始めているかのようだった。

だが２０２１年10月に総理大臣に就任した橋本はこれを見越していたかのように、翌11月には「第１回経済安保推進会議」を開き全閣僚18人を委員として選出した。これを受けて今年３月には経済安全保障担当大臣が議長を務め、各省庁の官僚で構成された「経済安全保障重点課題検討会議」が並行して設置された。一見、経済安保推進法の可決は対ロシア政策に思えたが、真の目的は中国だった。

２０２２年５月12日からドイツで開催されたＧ７外相コミュニケは、中国に対し「ルールに基づく国際秩序におけるコミットメントを尊重し、国際安全保障に貢献」を促すというまさに中国を指摘した内容で幕が上がった。そして５月23日には東京で開催された日米首脳会談でも共同声明において、「民主主義的な2大経済大国として日米両国は」と意図的に中国を意識した声明が発表された。

この動きは一見ウクライナ問題の最中に中国が台湾に侵攻しないための牽制にも思えるが、ミスターＸの見方はまったく違っていた。井上は５月末に久しぶりにセーフティハウスを訪ねミスターＸと接触していた。最初の話題はやはりロシア問題だった。

「ロシアにこのまま戦闘を続けさせ、経済破綻するのを待つ戦略です」

１ヵ月前の２０２２年４月、アメリカの国防長官が「ロシアの弱体化を望む」という発言をしていた。その意味は戦力でなく国力を意味し、ソ連邦崩壊時にＣＩＡが目標とした「ロシア勢力の無力化」戦略が今も続いていることを示唆していた。

「ロシアが弾薬に困っているとの話も聞きますが、そんな簡単に国家が破綻するとは思えません」

「私もそう思います。ただ思惑として、徹底的に経済を破綻させたいということです」

「しかしロシアのSWIFTからの排除は、結局失敗に終わっています」

EUは開戦直後、ロシアの金融機関7行に対して国際銀行間通信協会、通称「SWIFT」からの排除措置に合意した。「相互依存の武器化」とも言える金融引き締め政策である。だがこれには抜け穴があり、ロシア最大のズベルバンクと天然ガスの代行決済を担うガスプロムバンクが除外されていた。

SWIFTからの排除は為替決済ができなくなることを意味し、発動時にルーブルの為替相場は大きく暴落した。しかし直ぐにロシアは金本位制を導入するなどして回復を見せた。

「私も確かに西側の制裁は効果がなかったと思っています」

「ロシアが金本位制を導入したのは想定外だったんじゃないですか？」

井上は西側の戦略ミスを指摘したが、ミスターXは、

「金本位制の導入は想定の範囲内だったと思います。しかし中国が積極的に金を購入したことで金の価格が高騰しました。それを読み切れなかったのだと思います」

と反論した。金の保有量はアメリカ、ドイツ、IMFの順に多く、ロシアは世界第6位だった。2022年5月の時点では動きを見せなかったが、その後にロシア、中国、インドが金を買い込み保有量を増加させた。特に中国は2022年11月から世界一金を購入する国となり、半年で約130ト

ン以上も購入するなど予想もしなかった政策に動いた。

「中ロ協力協定のことですか？　人民元とルーブルの貿易決済の合意は、逆にドルの締め出しに利用された印象もありますけど」

「人民元を介してドルと交換が可能なのは完全に抜け道になっています。しかし中国への経済制裁まで強行すれば世界の混乱は計り知れません。したがって経済制裁が難しいのも事実です」

「ところで、次のウクライナの戦略は決まっているんですか？」

「ウクライナに対する我々の支援の変更を見て、何か感じませんか？」

ロシア侵攻直後の3月にアメリカ及び欧州はウクライナに対する軍事支援を行い、5月にも追加支援を発表した。特徴として3月の支援は弾薬、つまりミサイルや銃弾が中心だったのに対して、5月の支援は戦車などが含まれていた。

「ロシアは地上戦を得意としています。ウクライナはそれを利用して市街戦を選び、その戦術に必要な携行型のミサイル、特にジャベリンを供与したのではないでしょうか」

「その通りです。ジャベリンは対ヘリ迎撃ミサイルとしても使用できます」

ジャベリンとは正式名が「FGM-148ジャベリン」という携行型ミサイルのことである。ジャベリンは事前捕捉のロック・オン機能はもちろん自律誘導機能も有しており、爆風が少ないため室内からでも発射できる特性がある。またタンデム成形炸薬と呼ばれる特殊な弾頭を備えているため、装甲増加部品を搭載した戦車でも破壊できる。

　この装甲増加部品は戦車の表面に付いている煙草の箱のようなもので、これが爆発反応装甲である。これはミサイルが命中しても戦車が破壊されないよう、爆発反応装甲がミサイルを意図的に爆発させることで戦車本体を守る装備である。しかしジャベリンは発射筒と呼ばれる外形が爆発反応装甲を破壊させた後、筒内のミサイルが戦車本体を破壊する仕組みになっている。

「市街戦になれば戦車などの装甲車両が通れる道は限られます。そこで装甲車両が通れる道で待ち伏せして、携行型ミサイルを使って破壊する。今まではその戦略でしたよね。違いますか？」

「さすがです」

「次は引き入れるのではなく、打って出るということですか？」

「という戦略になる予定です。そのために戦車などを供与します」

「しかしロシアに核を使わせるまで追い込むことはしないと思いますが、どうですか？」

　井上の話を聞いてミスターXは何も答えなかった。そこで井上は改めて質問を変えた。

「ところで米中関係はどうなりますかね」

「井上さんはどう思いますか？」

「経済効果によると思います。2027年にアメリカを抜いて世界一の経済大国になれば台湾有事の可能性はありますが、中国経済は失速傾向にあるので米中対立は沈静化すると思います」

「中国にとって台湾は核心的利益です。台湾を諦めるとは思えません」

「確かに中国が主張する第一列島線内には自国の領土がないので、台湾は第一列島線確保のためにも必要不可欠な領土なのは間違いありません。ですが上陸作戦を決行するのは無理だと思います」

「中国は上陸作戦などしません。砂浜からの上陸など台湾でできる場所は10ヵ所前後です。合同演習の映像では砂浜ですが、それはメディアに洗脳された幻覚です」

「私もそれは知っていますが、日本も過去に政治家や元防衛省や元外務省の幹部などの有識者が集まって、台湾有事を想定したシミュレーションを行いました。しかし実際に開戦になった時、兵器があっても使わずに終わってしまう結果となり、関係者は憂慮していました」

「そうなんですか！」

「この様子はＮＨＫでも一部放映しました。武力行使には法的解釈の問題が多すぎるので、その判断をするのに情報収集や確認で命令が後手にまわる結果になったようです」

「命令はおそらくアメリカが出すことになるので、日本の独自の判断は必要ないと思います」

「しかし法的な問題が多いので、そう簡単に共同の軍事作戦が展開できるとは思えませんが……」

「そのために法整備をする必要があります」

　このミスターＸの言葉が何を意味するのか、この時の井上は理解できていなかった。井上は抽象的な法整備と解釈の問題程度にしか感じていなかった。だがミスターＸは組織情報ではなく、個人としてその後の動きをきちんと分析できていた。

「ですが、台湾の国民感情を聞いていると合同軍事作戦ができるのか疑問に思うのも事実ですね」

「台湾の国民感情……ですか？」

「『Better Red than Dead』、今の台湾の若者が使っているらしいですよ」

「本当ですか！」

Better Red than Deadは「死ぬくらいなら共産主義者になる」という意味で、分断ドイツの時代に西ドイツで使われた言葉である。この言葉が台湾の若者たちの間で使われているという。台湾は徴兵制があるため、愛国心と戦争観はたたき込まれているはずである。しかし台湾の若者は中国と戦わずに降参を選ぶというが、この話は中国による情報戦の可能性が十分に考えられた。

「この共産主義を選ぶ感覚は私や井上さんには理解できないと思います」

「死にたくはないですけど、『Better Red』は酷い話だと思います」

「台湾は中国のフェイク情報にどのように対抗するのかも重要な鍵になると思います」

「ところでアメリカの軍事シミュレーションだと統一中国は失敗に終わるんでしたよね」

「そうですね、中国軍が上陸できる可能性は3分の1ですが、占領できたことは一度もないですね」

今は量子コンピュータやスーパーコンピュータによるシミュレーションが積極的に行われている。このシミュレーションは日時や曜日、そして天候は当日だけでなく、前日の天候まで入力して分析する。そのため数百、数千通りのパターンを想定したシミュレーションになっている。

例えば地面がぬかっていれば装甲部隊や歩兵部隊の移動速度は遅くなる。そんな些細な可能性もすべて入力してシミュレーションが行われるほど、今の分析力は向上している。

「コンピュータと人の判断は違いますから、シミュレーションの分析が当たるのか疑問に思っています。確かシミュレーションでは中国が上陸に成功した場合、アメリカは空母2隻を失い、巡洋艦も7隻失うんでしたよね」

「ぇぇ、空母は2隻でしたね」

「仮に空母1隻を失った後も、アメリカは戦闘を続けるでしょうか。私はその点に疑問を感じます」

「アメリカは空母を11隻保有していますから問題ないです」

「その考え方はまさに『マクナマラの誤謬』だと思います。中国が台湾統一にどれだけの犠牲を考えているのかは分かりませんが、私が北京で感じたのは恐怖による支配です。『政府に殺されるなら政府に従う』と考える国民が多かったことです。中国人の感情はシミュレーションでは分かりません」

「我が国はベトナムで国民感情を読み違える経験をしていますからね」

マクナマラはケネディが大統領就任時に国防長官として任命された人物で、それから7年にわたり長官を務めた。また第2次世界大戦でB-29による日本空爆を提案した人物とも言われている。

ベトナム戦争時に長官だったマクナマラは「ボディカウント」という相手兵士の死者数にこだわり、

この数字が増えれば北ベトナムは降参すると考えた。しかし自主独立のために命を惜しまなかったベトナム国民は、多くの犠牲を払いながらもアメリカに勝利した。この、数字にこだわり全体像が見えなくなる比喩を「マクナマラの誤謬」と言い、社会学者のヤンケロビッチが命名した。

「一般的には『不確定要素』とか言いますけど、シミュレーション通りにはいかないのが戦争じゃないでしょうか」

「数字だけでは分からないのは事実です。特に中国は核を持っていますから、我が国も実際に戦争をするかは疑問に感じます」

「アメリカはベトナムで敗戦しながらも核を使わなかった。有史上、核の保有国を正式に宣言した後に核を使用した国はなく、アメリカも核保有を宣言してからは使っていません。やはり核を使用した後の国際世論を考えれば、使わないのではなく、使えないのだと思います」

「そこは正しいと思います。核を使用して戦勝国になったとしても、何を得られるのかという問題が国際世論だけでなく、国内世論にもあるのは間違いないです」

「そのためにアメリカはいろいろな戦略を構想していますよね」

「確かにＭＬＲの編成はそのためですからね」

　ＭＬＲとはアメリカ海兵隊海兵沿岸連隊のことで、２０２０年３月にハワイで発足した。中国を意識した組織編成で、島嶼（とうしょ）への分散展開と対艦、対空戦闘能力を有する。特徴的なのは戦車や戦闘機ではなく、ミサイルや無人偵察機の使用に重点を置いた点である。

「沖縄にも配置する予定ですよね」

「2025年だったと思いますが、今の部隊を参考にした上で次は沖縄になります」

だがこの構想は予想以上に早く実施され、翌年の2023年11月15日に沖縄県に駐留する第12海兵連隊が第12海兵沿岸連隊に改編されることになる。また地対地ミサイルなど従来の重兵器を削減して、新型無人式地対艦ミサイルシステムや防空システムへの交換は2025年までに整えると発表された。

「MLRは機動力を活かした上陸部隊を編成しましたが、中国も中国で海洋戦術を意識して海軍が想像できないほど能力が上がっています」

「確かに中国海軍のフリゲート艦に搭載されているYJ－83巡航ミサイルはイージス艦でも迎撃が難しいです。ですが中国の海軍は米日の足元にも及びませんから心配いらないと思います」

「しかし高速でシースキミング飛行能力を有して射程も長く、破壊力もある。フリゲート艦に搭載された対艦ミサイルとしては最強のミサイルです。日本も22隻のフリゲート艦を就航させる予定でいますが、ミサイルの発射口を後から取り付けるんですから話になりませんよ」

「四菱重工業が製造したフリゲート艦ですね。あの艦は哨戒機能が優れているというイメージですね。確か無人哨戒機を搭載しているんじゃなかったですか？」

「そうです。アメリカの艦船とセットになると有能なフリゲート艦になると思います」

日本は中国の海洋進出に対抗するため新型のフリゲート艦の就航を急いで進めている。中国海軍は実戦経験がないことから「張り子の虎」と呼ばれ、日米の海軍力には及ばないと見られている。

「そう言えば、ドローンが日本に配備されるのは知っていますよね」

ミスターXは井上に確認するかのように尋ねた。

「三沢に3機ですよね。今年の年末に偵察航空隊ということで発足する予定だと思いましたが」

「確か機種はRQ－4グローバルホークで、連続飛行時間は36時間。赤外線カメラを搭載しているから高度2万メートルからの監視も可能です」

三沢基地に配置される理由はアメリカ軍と同じ基地にすることで運用指導を受けることが目的だと言われている。この後、部隊は予定通り発足するが、ドローンは予定より1機少ない2機の運用で開始された。このドローンが特に優れている点は地上との通信が途絶えても自律飛行が可能な能力を有していることである。そして2023年には攻撃用ドローンが試験導入されることになっていた。

このようにミスターXは情報を躊躇なく教えてくれた。これだけの情報を惜しみなく提供してくれることに感謝する一方で、たとえ同盟国同士でも彼が二重スパイの容疑をかけられないか心配した。

しかしミスターXは、

「時間が経てば分かることを隠しても仕方がない」

と言っているが、それこそが情報だと思っていた井上には感謝の言葉しかなかった。

3

6月を迎えたが盗聴器事件は進展がなかった。おもちゃのようなものでも情報本部から盗聴器が発見された事実は重く受け止めなければならない。井上は誰よりも早期解決を願っていたが、また新たな問題を抱えることになった。

「ただいま」

帰宅すると久美子の表情がどこか暗く思えた。久美子は何があっても元気に振る舞い、悩みを見せないタイプだが、一緒に過ごしているとそれが見抜けるようになっていた。

「何かあったのか?」

久美子の話によれば人事異動を言い渡されたという。もちろん久美子は医師といっても防衛省職員であるため定期異動の対象者ではある。しかしこの時期の異動は異例だった。

「話の前に食事をしちゃいましょ」

久美子は心配をさせまいとしたのか、食卓に料理を並べ始めた。

久美子の奇想天外な性格は料理にも表れる。今日の夕食は「ミニハンバーグ」という名前の通りの料理だが、初めて見た者は驚くに違いない。井上が初めて見た時の感想は「肉団子?」と思ったほどで、一つ一つのハンバーグが小さい。

肉団子との違いは肉団子が球体であるのに対してミニハンバーグは小判のような楕円形をしている。そして肉団子はあんかけで味を調えるが、ミニハンバーグはケチャップ、またはステーキソースを使う点が違っていた。久美子は、

「一口カツがあるなら、一口ハンバーグもありだと思ったの。これ、焼くのも早いから負担がない」

と得意げに説明をした。まさに既成の概念に囚われない久美子らしい発想の料理だった。

食事を始めたものの雰囲気は暗いままで、久美子が話すタイミングを模索する空気が食卓に漂っていた。井上はそんな久美子の気持ちを察して、

「異動の話だけど、どういう経緯なんだい？」

と切り出した。久美子は覚悟を決めたように大きく息を吐き出すと話を始めた。

「来月から防衛医学研究センターで働くことになったんだ」

「左遷人事」という言葉は適切ではないが、中央機関から地方基地や研究部門への異動はある意味では左遷人事だった。そして定期異動でない研究部門への異動は、懲罰人事的な意味を持つと考えて間違いはなかった。同じ組織にいる井上はそれが直ぐに理解できた。

「研究センターは同じ防衛医大の中だから通勤も変わらないでしょ。だからそんなに気にすることはないから大丈夫だよ」

久美子は明るく振る舞い動揺を見せないようにしていたが、動揺しているのは明らかだった。異動の理由を尋ねると、やはり新型コロナウィルスのレポートが原因だった。資料を配ることを注意されたため、その後久美子はメールで同僚たちに送っていた。

「2週間に一回程度みんなに送っていたんだけど、部長に目茶苦茶怒られたんだ。それで3日前に職員用の掲示板に貼っておいたら部長から『いい加減にしろ！』って」

何が問題なのかは久美子も分かっているはずだった。井上から見れば確信犯であり、妻であるからこそ肩を持つが、部下であったら絶対に要指導対象者である。組織が久美子に異動措置を講じたことは組織の幹部としては十分に理解できた。ただ夫としては「久美子が悪い」とは言えなかった。

「研究センターにある『特殊環境衛生研究部門』に異動なんだって。疾病予防の研究を担当するらしいから今よりも楽しいかも」

久美子は前向きにプラス思考で考えていたが、原因が久美子自身にあることは否定できない。悪気はないにしても組織人としての立ち振る舞いは、もう少し勉強するべきだと感じた。

「政府の方針も分かっているけど、防衛医大は軍の医療機関なわけでしょ。新型コロナについてWHOは兵器ではないと否定しているけど、自分たちでも検証しないと駄目だと思うのよね。それに医療は日に日に進歩しているわけだから、知識に対する研鑽（けんさん）は大事じゃないのかな」

久美子の話は正論で、発想や思考には大いに賛同できた。久美子は「研鑽」という言葉を使ったが、何も考えず鵜呑みにしてしまうのは現代社会の弊害だと井上も感じていた。それはまさに日本ではびこる「白痴化政策」の問題だと感じていた。

白痴化政策は社会学者の大宅壮一が言った「一億総白痴化」で広まった。その意味は「テレビばかり見ていると人間の想像力や思考力を低下させてしまう」から派生し、国民に考えることをさせない政策である。その一例として有名なのが、アメリカが打ち出したスクリーン、スポーツ、セックスの頭文字を採った「3S政策」である。この政策の目的は勤勉性や政治的関心を持たせないための愚民化政策と言われているが、この政策を指揮したとされる根拠の資料はいまだに発見されていないため陰謀論と否定する意見もある。

「ところで久美子が貼った資料って、どんな内容だったの?」

「3日前に貼った資料のこと? あれは感染率。最近感染者数は横ばいなんだけど、ワクチンを打った回数によって感染率が上がっている感じなのね。ワクチンは感染予防ではなく、重篤予防でしょ。それで『何でワクチンを打つと感染率が高くなっているのか』ということをテーマにしたの!」

久美子は掲示した内容に井上が関心を示したことが嬉しかった。井上は久美子に気を遣ったのではなく、内容そのものが本質的で関心を持たずにはいられなかった。久美子の説明ではコロナワクチンの未接種、1回打った人、2回打った人、3回打った人を比べると、打った回数が多い人ほど感染しているという。

「根拠になるような数字はあるの？」

「あるわよ。私が診察した患者さんの数程度なら」

「それだと分母が小さすぎるんじゃない？」

この久美子の指摘は、のちに同様の指摘をアメリカの疾病対策予防センターが接種回数と感染率を調査した結果として発表した。その発表した内容はまさに接種回数に比例して感染率が高くなることを証明していた。久美子は「ワクチンは危険である」という陰謀論を主張したかったのではなく、ウィルスが弱毒化する一方で感染力が強くなるのと同時に、人々が安心感から自粛を控えなくなったことを指摘したかった。

確かに久美子の話は統計学や確率論から掛け離れたものだったが臨床によるわずかな変化、小さな疑問から真相を紐解いていた。したがって久美子の見地は医学的に否定されるものではなかった。

「日本と海外では死亡率も違うからワクチンの接種率ばかり騒ぐんじゃなくて、もっと全体的に感染症と向き合って総合的に医療対策を講じるべきだと思うのよね」

「病識だったっけ？　その感覚は大事だと思う」

病識とは知的理解を問うのではなく、自分の体調がいつもと違うという自分自身に対する危機管理能力のことである。井上は病識的な感覚が日本で拡散することを期待する一方、同調圧力や政府の奨励に左右される「白痴化政策的な判断」がなくなることも期待していた。

この時、井上の頭に仁村の話が過った。ロシアがウクライナに侵攻した2月24日、仁村は「久美子が上司とトラブルになっている」と事前に話をしてくれた。当時はそこまで久美子の態度が問題なのかと思っていたが、異動の背景を考えると「百パーセント久美子に問題があった」と判断するのはどうかと思い、仁村に再確認するための電話をした。

狭い家の中で久美子に聞かれないようにすることは不可能で、またそのための立ち振る舞いも不自然になる。井上は久美子に聞こえることを覚悟で連絡した。

「夜分に申し訳ないが、2月に自動販売機の前で聞いた話をもう一度教えてもらえるか？」

井上は仁村にしか分からないような言い方をした。仁村も久美子がいながらの苦渋の連絡であることを察して一方的に知っている情報を伝えた。

「やはりそうか……。実はコロナ騒動が始まってから事件が起きているだろう。そこが疑問でな」

と井上が言うと仁村もその意味を理解して、

「以前は久美子さんの話は聞かなかったですからね。裏には何かありそうですね」

と返した。井上が礼を言って電話を切ると、久美子は心配そうな表情で井上を見ていた。

「心配するような話じゃないから大丈夫だよ。コーヒーでも飲もうか」

井上は仁村の話を聞きながら久美子の問題がコロナウィルスの時期に起因していると思いながらも、ミスターXの来日、つまり接触を始めた時期に重なっていることも頭を過っていた。

4

6月15日に「情報機関の掟」がついに動き出した。連絡員だった白石哲也教授の下に接触している国家安全部から、

「直接、ここに連絡して欲しい」

と一枚の紙が渡されたという。その紙には中国の国際電話の国別番号「86」から始まる電話番号が書かれていた。その紙には名前はもちろん、どの組織なのかも記載がなく、ただ「日本の防衛省の者と告げるように」という注意書きだけが書かれていた。

これを受けて夏目とそれ以上のポストにいる情報官及び本部長のメンバー計6人による極秘会議が本部長室で始まった。本来なら副本部長も加わるポストであるが「背広組」ということで本部長が意図的に外すよう指示した。本部長は副本部長を信頼していないわけではないが、

「知っていれば立場上、質問されて答えないのは逆に彼の立場を苦しめることになる」

という配慮だった。

「電話の目的は日程調整と代表者を誰にするかですが、日程は7月10日頃に設定して、代表は私が行くと伝えたいのですが、その案でよろしいでしょうか」

夏目は自分より上職の5人のメンバーを前に堂々と自分の意見を説明した。夏目はいろいろな課題や方針を決めるその会議の場で、まずは自分の腹案を隠しながら説明を始めたが、

「電話での通訳はどうするつもりなのか」

「韓国への渡航は公用旅券を使うのか」

という質問が出たため、一般的な対応方法に関しての説明をした。

「おそらく対話は英語で行われますが、電話での通訳が必要な場合は井上一佐が担当します。また公用旅券では韓国が関心を持ちますので、私用旅券で渡航します。ただ護衛として保全隊の隊員か、またはレンジャー隊員2名をお願いしたいと思っています」

夏目の説明に反対はなかったので、

「具体的な要求があってもその場では決めず、『持ち帰って検討させてください』と説明する予定です。国家安全部は当然のように受け入れられない要求をしてきますので、即断はしない方針です」

接触時の方針を説明したところ、4人の情報官の一人が、

「国際会議の慣例では本国と連絡をやり取りして、その場で決定することになっているが、持ち帰りの検討で大丈夫なのか？　それと夏目一佐が帰国できないということにはならないだろうな」

と説明の途中で質問した。

「相手の要求は、例えば『情報交換ができる組織の人間を紹介する』とか、『アメリカや日本の兵器情報を提供する』だと思われます。したがいまして私が電話をこちらにしますが、『電話で決められない』と言っていただければ助かります。それと私が帰国できなくなることはありません」

夏目の説明に質問者は納得して頷いた。夏目は全員を見渡して説明を終えると、

「他に質問のある者はいるか？」

と本部長が声をかけたが質問者はいなかった。それを確認した夏目は、

「この会議終了後、私の方で連絡したいと思います。連絡結果については私の方でご報告に上がりますのでよろしくお願いします」

と頭を下げて会議は終了した。

夏目は会議終了後、指定された電話番号に連絡した。日程の調整では苦慮したものの、

「接触は7月10日、現地時間15時に韓国ソウル市内にあるロッテホテルのラウンジ。護衛は2名までで目印に赤いネクタイを着用することになりました」

ということで話はまとまった。夏目は本部長まで決定事項を報告したが、その報告過程で村井が、

「方針通りの決定になったか！　さすがは夏目一佐だな。やはり相手は国家安全部だったか？」

と夏目の交渉を評価する一方で、質問もした。夏目も自信満々に、

「油断はできませんが、この交渉ではもしかすると主導権を握れるかもしれません」

と胸を張って答えた。

第二幕

第七章　元総理狙撃事件

1

日本では第50回衆議院議員選挙の公示を迎えようとしていた。衆議院議員選挙の公示日は少なくとも投票日の12日前と決められている。各選挙管理委員会は7月の選挙に向けて、ポスター掲示場の設置をはじめようとしていた。そんな選挙の雰囲気を街中で目にするようになった6月24日、

「元自衛官の石田悠人という人間がアメリカにいたが、2週間前に所在が分からなくなった。すでに日本に戻っているか、至急確認して欲しい」

とミスターXから電話があった。普段絶対に電話では依頼をしないミスターXが、「至急」と言うからには応じないわけにはいかない。さらには「元自衛官」というキーワードも井上の気持ちを突き動かした。本来はミスターXに詳細、特に照会の理由は絶対に聞くべきだったが、

「詳しいことは会った時に話す」

と言われ、井上は何も聞けなかった。そして平素の情報協力を考えると断ることなどできるはずもなかった。その結果、井上は大きな事件に巻き込まれることになり、山田まで巻き込むことになるとは想像もしていなかった。井上はこのことをのちに反省し、そして後悔することになる。「会った時に」と言われたのであれば、時間を作って直ぐ会えば良かった。ただそれだけのことだったが、その日は

金曜日の週末だったこともあり、「週明けでもいいか」と思った自分がいた。

そして決定的な本当の理由はミスターXとの信頼関係だった。これだけの信頼関係がある中で形式的なことなど言えるはずがなかった。また頼りにされたことが嬉しかったのも事実で、その気持ちが「期待に応えたい」「役に立つ人物だと思われたい」という感情を生んでいたのかも知れない。

井上は山田に「石田悠人」の入国記録の確認を依頼し直ぐ返答がきたが、ミスターXとの確認のための接触は怠っていた。その結果、警察庁を巻き込み防衛省が震撼する事件が、「パッーン」という乾いた破裂音とともに幕を開けた。


7月7日午前11時39分に群馬県高崎駅西口駅前のロータリーで、長男・小杉洋介（48歳）の応援演説に登壇した元総理大臣・小杉健一（78歳）が一発の銃弾に倒れた。狙撃事件の発生は総理官邸や警察庁、民自党本部など関係機関に速報される一方、現場にいたメディアも本社へ速報した。

連絡を受けた各機関は現場の混乱が伝播するように混乱した。特に連絡を受けた者は「狙撃された」という言葉が抽象的なイメージで頭を駆け巡り、パニックがパニックを誘発した。そして午後0時10分に始まった特別番組で流れた映像は全国民に新たな混乱とショックを与えた。

銃弾の音とともに倒れる元総理大臣。条件反射のように元総理に駆け寄る警護員。何が起きたのか事態を把握できない関係者。そして逃げ惑う聴衆たち。長期政権を確立した人気の元総理大臣だっただけに集まった聴衆は多く、そのぶん現場の混乱はパニックの様相を呈した。

画面には生々しい映像が流され、何度も狙撃の事実を繰り返すアナウンサーの声がさらに事件の重大さを実感させた。井上も山田もこの映像を目にした時に「大変な事件が起きた」と震撼した。

ただ現場にいなかったぶん感情は第三者的なもので、強いて言えば官僚として一段上から俯瞰していた。したがって当事者ではない二人は、井上は井上で「現場の警察官は大変だな」と感じ、山田も「群馬県警の本部長は大変だな」と感じる程度の立場だった。

だが二人は午後2時8分に流れたニュース速報とアナウンサーの言葉で当事者の立場へと一転した。ミスターXから照会を依頼された「石田悠人」が小杉元総理大臣の狙撃犯だった。二人は別々の職場にいながらも同じように耳を疑い、目を疑い、本当に狙撃犯の名前に間違いはないのかと思う一方で、同姓同名である可能性に期待した。

しかし次の瞬間には、事前に被疑者の名前を照会しておきながら、ニュース速報で名前が報じられるまで気付かなかった大失態を井上は震えながらも自省した。出入国記録の確認を依頼した山田を巻き込んだことも気になったが、まずはこの事実を報告する必要があった。冷静に考えればミスターXが電話で依頼してくるほど、緊急で重大な案件だったことに気付くべきだったと思いながらも午後2時13分には統合情報部長室を訪ねて事情を説明した。

「照会を依頼されたのは、狙撃犯の『石田悠人』に間違いはないのか?」

「その確認はできておりません。ですがほぼ間違いはないと思っています」

「確認している暇はないしな。ところでミスターXへの回答はどう答えた？」

「警察庁からの回答が『出国記録も入国記録もない』とのことだったので、ミスターXにはそのまま伝えました。その時『そうですか。記録はないんですか……』とそれ以上の質問もなかったので、私も重要性を感じませんでした。大変申し訳ありませんでした」

「分かった。依頼された時の状況を至急、報告書にまとめて持ってきてくれ。それと警察庁の相手は誰で、どのようなポストにいて、どのような関係なのか。そしていつ、どのような回答があったのかも必要だな。その間に私は村井将補に口頭で報告しておく」

夏目は井上に次々と指示した。夏目は冷静で怒ることもなく、その場で無駄な質問もしなかった。そんなことよりも「防衛大臣まで提出できる報告書」を最優先で作成することが大切だと判断した。

井上は自分の机に戻るとミスターXからの依頼と回答に関する報告書と、山田に関する報告書を別々に作成しはじめた。だが戻って10分もしないうちに夏目から呼び出された。

「報告して来たが、村井将補は報告書ができてから上に報告をするので、至急報告書を作成するようにとの厳命だった。それと『なぜ直ぐに理由を確認しなかったのか』をきちんと詰めるようにおっしゃっていた」

「分かりました。一つ申し上げづらい話があるのですが……」

井上は山田への照会に関して相談した。防衛省内が震撼している最中、余計な話をしている場合でないことは承知していたが、この機を逃せば機会はないと思えた。井上は自宅で起きた事件で協力を得たことを説明した上で、警察庁に対しては「組織的に依頼した」ことにして欲しいと意見具申した。

井上のシナリオでは自らが夏目への連絡依頼を失念したことにする案だったが、これに夏目は、

「井上が依頼を受け、それを自分で警察庁へ依頼しておいて、上司への依頼を失念したでは『そんなに勝手な行動を許しているのか』と思われる。それは防衛省の管理能力という問題にもなるので、警察庁への説明は私が失念したことにした方が対外的には良いだろう」

「しかし、それでは……」

「情報課長の職務権限の大きさを考えれば、私へは事後報告で何ら問題はない。だが元総理が暗殺されたことを考えれば対外的な問題が重要だ。私が失念したというストーリーで押し通すぞ」

夏目はそう言うと自らも井上の職務権限の報告書を作成した。具体的には、

「他省庁への照会を依頼する場合、上司の許可、報告が必要だったのか」

「カウンターパートから協力依頼を受けたことは適切だったのか」

「依頼理由が明確でなかったにもかかわらず、照会をしたことに問題はなかったのか」

「依頼から直ぐに接触しなかったことに問題はなかったのか」

などの項目を挙げていた。そして夏目は報告書の冒頭に、

「情報課長の職務権限として他省庁への依頼に問題はない。また情報協力者からの依頼を履行することに問題はないが、『個人情報』の取り扱いに配慮が欠けた点が認められる。本来、依頼理由が明確でないままの照会は控えるべきだが、業務の特殊性からすべてを明確にすることは困難である」

と書き記し、それぞれの項目に対しての意見を添えた。そして最後は、

「照会を依頼した情報協力者が被照会者による元総理大臣暗殺計画を知っていたとする根拠はない。それを踏まえれば、井上一佐の判断が不適切だったと判断することはできない」

と締めくくられていた。

2

1回目の情報官報告のために午後3時10分、井上は作成した報告書を手に夏目と二人で情報官室へ向かった。情報官室の前に立つと夏目は制服に乱れがないかを確認し、ドアをノックした。

「失礼します」

焦ることもなければ、臆することもない夏目の背中を追うように井上は情報官室に入室した。村井、夏目、そして井上はこの難局を乗り切るために英知を結集させての作戦会議が始まった。

夏目、井上の順に報告書を村井に差し出すと、村井は黙って読み始めた。静寂な室内には村井の報告書を捲るペラッペラッという音だけが響き渡り、隣に座る夏目の鼓動までもが聞こえるような気が

した。張り詰めた緊張感は「元総理狙撃」の重みを感じさせたが、ここにも慎重でありながらも迅速な対処が求められる独特の空気が満ちていた。

「言い回しで気になる部分はあるが、これで問題ないだろう。省内での職務権限は問題ないが、対外的な問題で警察庁には夏目一佐が連絡を失念したことにするんだな。私もそれがベストだと思う」

村井はそう言いながら報告書をテーブルに置いた。

「これから縦ラインの大臣報告、それと横だと監察本部になると思うが、警察庁との対応を含めて、とにかく乗り切るしかないな。ところで井上一佐、相手の警察庁の者には連絡したのか？」

「いいえ。まだです」

「では至急、今の方針で連絡してくれ」

村井が報告書を手に取り立ち上がろうとした時、

「大変申し訳ありませんでした」

と井上は頭を下げて謝罪した。すると本部長室に向かおうとしていた村井は再びソファに座った。

「井上一佐、一つだけはっきり言っておくが、この問題で二度と詫びるような言葉を口にするな」

村井は睨み付けるかのような目をしながら井上に釘を刺した。井上は何かを言いかけようとしたが、それを制するように村井は話を続けた。

「防衛省が銃撃に関与したわけでもなければ、知っていたわけでもない。その事実ははっきり、そして明確にしておかなければならない。照会の理由を聞いたのか、聞かなかったのか。なぜ遅くなったのかは別の問題だ。こういう時は絶対に事実と仮定の話を混同させてはならない。分かったね」

村井がそう言うと夏目も黙って頷いた。本部長室へ向かう村井と一緒に夏目と井上も情報官室を出て自分たちの事務室へ廊下を歩き始めた。

「村井将補は何もおっしゃりませんでしたね」

夏目の後ろを歩く井上は背中越しに話しかけた。しかし夏目は振り向くこともなければ、返事をすることもなく歩き、統合情報部長室の前に来ると、

「ちょっと寄っていけ」

と井上に部屋へ寄るように言った。井上は、

「先に警察庁の協力者に連絡だけしておきます」

と言うと午後4時5分に、ショートメールで「連絡が欲しい」とあった山田へ「今日、会えないか？」と返信した。連絡を終えて統合情報部長室に入った井上に、夏目は村井が言葉にしなかったことを伝えた。

「井上から報告を受けた後、私が直接報告した時に村井将補は『井上だからこそ知っていたんじゃないか？　他の者では照会なんか頼まれないだろう』と言っていたよ」

「それは良い評価ということでしょうか？」

「それ以外ないだろう。『井上だから知っていた』。情報屋として最高の褒め言葉だと思うぞ。村井将補は情報の中から上がってきた人じゃないが、井上のことを本当に信頼していると思うぞ」

「それは夏目一佐が高い評価を伝えてくださっているからだと思います」

「あの人は部下をよく見ているよ。そしてきちんと評価もしてくれている。井上は知らないだろうが日頃から報告書の内容を理解しようと一生懸命に質問してくるからな。まぁ、本当に実直な方だと思うし、井上や私みたいに情報を取るためには嘘も平気で言う人間とは違うのは間違いないな」

「はい。釘を刺された時、村井将補の顔を見て、私も思うところがありました」

井上は夏目と話しながら村井の姿に山田と共通のものを感じた。山田から最初にショートメールが届いたのは午後2時13分で、ニュース速報が報じられた5分後だった。そして返信するまでの約2時間もの間一度も返信の催促がなく、じっと井上の返信を待ち続けている。そんな人を信頼する気持ちと実直な態度、そして一生懸命に努力する姿が山田と重なっていた。

そう考えた時、井上にある疑問が浮かんだ。山田には「今日、会えないか?」と送っただけで、他は何も伝えていない。まだ防衛省の対応が最終決定していない段階で情報を送ればミスリードになる可能性もある。井上のように石田の照会経緯を理解していない。したがって井上以上に苦しい立場にいるのは間違いなかった。

だが山田は「石田悠人のこと」も、「照会を依頼されたこと」も一切上司へ報告していなかった。

それが結果的に話を摺り合わせることができた一つの要因になった。人の解釈は記憶の間違いや誤謬により相違点が生じる。それがなかったことが二人の責任追及に発展しなかった要因にもなった。

村井が報告に出かけてから30分が過ぎた午後4時30分になっても小杉元総理の容体は依然「重体」のままだった。事件が発生して間もなく5時間が経とうとしていた。

「至急、来るように」

夏目の部屋で待っていた二人は直ぐに情報官室へ向かった。井上の想像とは違い村井に困惑の表情は見られず、窺えるのはむしろ決まった方向に組織として向かっていく決意の表情だった。

「石田の照会を依頼された時にアメリカがどの程度の情報を摑んでいたのか、確認してくれと言われたんだが、それは可能か?」

「話をしてくれるか分かりませんが、アプローチは可能です」

「分かった。ではやってくれ」

村井から指示された井上は夏目を見た。夏目はその意味を直ぐに理解できたので、

「村井将補。先方は接触しなければ話をしません。この状態で井上一佐が席を外してもよろしいでしょうか?」

と尋ねた。村井は腕を組み、一瞬目を閉じて考えると、

「よし。何とかしよう」

と直ぐに決断した。

ただし条件として直ぐに戻れる状態にしておくこと。相手の対応が豹変する可能性を考慮して護衛を密かに配置することの2点が指示された。井上も話をしたかったので好都合だったが、ミスターXのスケジュールが空いているか不安だった。しかし結果的に接触することができ、護衛には小池ともう一人の部下を当てた。

二人は銀座線赤坂見附駅のエスカレーターを上ったところで午後5時20分に待ち合わせた。時間的な問題を考慮して店ではなく、外堀通り沿いを歩きながらの接触にした。公道ではあるが事実確認だけだったのでリスクもなく、ミスターXも「10分程度なら」と時間的制約の中での接触だった。

「突然、すみません」

「連絡があると思っていました。ところで私が照会したことや私の名前は出ていますか?」

「その点は大丈夫です。心配しないでください」

と言って安心させた。それが嘘であることはミスターXも知っていた。さらに言えばアメリカは何があっても、「そんな話は知らない」と言い切ることは想像できた。それはアメリカだからではなく、自国の関与を認めないのは国際社会の常である。

だがミスターXの心配は「照会が個人的判断だった」ことにあると井上は思っていた。根拠はなかったがミスターXの言い方や表情、そして照会の対応でそう感じた。

「石田が総理を狙うことは知っていたのですか？」
井上がミスターXに事件の核心を尋ねた時、日本中に「午後5時21分に小杉元総理死亡」という
ニュース速報が駆け巡った。この一報により井上の責任がより重くなったのは間違いなかった。
「その質問に対してはNOです。ですが石田は要注意人物だと考えていました」
「つまり『暗殺する可能性がある人物と考えていた』ということですか？」
「私はアメリカの要人を含めて、その可能性があると思いました。そして暗殺ではなく、政府施設の
占拠も可能性として考えていました。とにかく石田が何をするのかは分かりませんでした。逆に聞き
ますが、私が照会したことは防衛省で問題になっていますか？」
ミスターXが「私は」とか、「思いました」など「個人的判断で依頼した」ことを示唆する言い方
をしたので、井上は今回の照会が個人的判断であることを確信した。
「照会したことは問題にはなりません。ただ、私がその理由を聞かなかったことは、これから問題に
なると思います」
「分かりました」
ミスターXはそう言って足を止めると、後ろから来る人間を先に行かせた後、車道を背にしながら
立ち止まった。そして口元を右手で覆うようにしたかと思うと、
「石田はアメリカで狙撃の訓練をしていました。それにはCIAが関係しています。命が惜しいなら

この話は、絶対に口外しないことをお薦めしますが、これが私が照会を依頼した本当の理由です」

と言った。情報で「聞かなければ知らずに済んだ」という話があるが、まさにミスターXの話がそうだった。耳を疑うとか驚くとかを超えた情報に井上は生涯で初めて遭遇した。そんな情報に心臓も呼吸もすべてが止まった状態の井上に対して、ミスターXは平然と腕時計を確認すると、

「すいません。もう戻らないと駄目です。また連絡してください」

と言って予定よりも既に10分も過ぎていた午後5時40分に井上を残して去って行った。

井上が午後6時15分に防衛省へ戻ると、省内は小杉が死亡したことでより一層混乱していた。井上は帰省するとそのまま情報官室に呼ばれた。そこには背広姿の夏目も待機していた。夏目が背広姿だったのは必要により警察庁、または他の業務に即応できるようにするためだ。井上は時間を取り戻すかのようにミスターXから聞いた話を報告した。

「ということは、CIAのところで訓練をしていたので不審に思って調べていた。訓練の目的が分からず、気が付いたら石田が所在不明になっていた。それで帰国しているのではないかと照会を依頼した。そして日本で元総理を暗殺したが、事前情報はまったくなかった。この流れでいいか？」

村井は井上の話を聞き終えると、自分で内容を整理するように口にして確認した。

「はい。その通りです。目的は分からなかったそうですが、CIAが絡んでいたので調べた方がいいと思ったそうです」

「では、在日米軍の情報提供者は反ＣＩＡなのか？」

「おそらく、そうではないかと……。ただ自分でそのことを口にしたことはありません。しかし今までの接触ではそう感じることも多くありました。個人的な印象なのですが……」

井上は照会がミスターＸの個人的判断である可能性を併せて報告した。すると夏目が井上の話を補足するように、

「在日米軍の中にはＣＩＡと深く関係している者も少なくありません。ですが井上一佐の相手はおそらく反ＣＩＡだと私も考えています」

と付け加えた。村井は二人の話を聞き終えると一度腕を組んで考えた後、

「結論としては情報提供者も暗殺計画を知らなかったし、石田悠人がどんな人物かもよく分からなかった。だから照会を頼んだ。この線でまとめるのがいいと思うんだが、夏目一佐はどう思う」

「はい。その線で話を進めるのがいいかと思います。それにそれが事実です」

「よし。井上一佐。その方向で至急、報告書をまとめてくれ」

「分かりました」

「それと夏目一佐。このまま残ってもらえるか？　ＣＩＡが絡んでいるとなると、照会だけの問題じゃなくなるので対策が必要だろう。そこを相談させてもらえるか？」

「はい。おっしゃる通りだと思いますので、私で良ければ……」

井上はひとり情報官室を後にして、報告書作成のために自分の机に戻った。井上は時計を見ながら「今18時45分だから30分でまとめれば、20時には間に合うな」と時間を計算した。

3

報告書を提出した井上は予定より15分遅れの午後8時15分に山田と合流した。二人が待ち合わせたのは都営新宿線新宿三丁目駅近くの「末廣亭」で、二、三軒店を覗いた後に地下にある居酒屋を選んだ。山田が怒り狂った憤怒の状態かと思っていたが、山田は驚くほど冷静だった。関心はミスターXからの照会経緯や暗殺計画を知っていたのかなど防衛省とまったく同じだった。山田は時間を惜しむように話を始めた。

井上は石田悠人に関する防衛省の方針と指示された筋書きを包み隠さず話した。

「照会したのはCIAの元で訓練をしていたからという理由なんですか!」

井上でさえ3時間前に聞いたばかりであることを考えれば、山田が知らないのは当然だった。だが山田は新たな事実よりも「CIAの関与」という組織的関与の方に衝撃を受けていた。

「CIAの関係を防衛省が警察庁に伝えるか、そこの組織的判断は聞いていません。ただ照会に関しての防衛省の筋書きとしては……」

と井上は絶対に齟齬(そご)が生じないよう何度も確認しながら、噛んで含めるように山田に説明した。

「つまり防衛省としては在日米軍の照会ということを表に出したくなかった。そのために非公式ルートで照会をしようと私に連絡した。本来はその許可を得るために、井上さんの上司が私の上司に連絡をするはずだった。しかしその連絡を井上さんの上司が失念してしまった。そういうことですね」

「はい。その通りです」

「で、誰に電話する予定だったのですか？」

「そこは知恵をお借りしてもいいですか？」

「じゃあ、外事情報部長に南英二（みなみえいじ）というのがいますので、その者に連絡をする予定だったというのはいかがでしょうか？」

「分かりました。ただあくまでも山田さんの上司ということなので、あまり特定しないでください」

「分かりました」

「予定では今日中に『調査結果をまとめたので報告をさせていただいた』ということで連絡していると思います」

「すでに防衛省の方で手を打ってくれていたんですね」

「こちらのミスですから」

「ミスって言っても分からなかったのですから、仕方がないと思いますよ。それに理由がないと照会しないというのは詭弁だと思います。正直、情報の世界ではこれが端緒になるわけですから……」

「そう言っていただけると、気持ちも楽になります」

井上は伝えるべきことを伝え終わると、時計を見た。この動きにつられるように山田も時計を見ると午後9時10分になっていた。

「時間、まだ大丈夫ですか？」

山田から時間のことを言われ、散々待たせた挙げ句に「時間がない」などと言えるはずもなかった。酒を飲みたい気分ではなかったが、実際に何かあれば防衛省から連絡が来る。そしてここに来る前、井上は村井と夏目に山田とのことを説明して接触の許可も得ていた。

「ところでM4カービンというライフル銃を知っていますか？」

「アメリカ軍が使っているライフル銃ですが、今回使われた銃ですか？」

「警察庁から防衛省に照会を依頼したとか……。井上さんはその話、聞いてないですか？」

井上は「説明と一緒にライフル銃の回答をしているだろう」と思いながらも、どこか不安を覚えた。それはここ数ヵ月続く「負の連鎖」が井上にそう感じさせた。

「ライフルの扱い方の訓練を受けていたのは、やはり暗殺を前提にした訓練だったのでしょうか？」

「ライフルというのはそんな短期間で当たるようになるものですか？」

「米軍は本当にＣＩＡの関与を摑んでいなかったのでしょうか？」

「ＣＩＡの目的は何でしょうか？」

山田の質問を聞きながら井上は、本当に防衛省は警察庁へ連絡したのかということが気になって仕方がなかった。一方で山田の質問に誠実に答えたかった井上は、

「何を答えても私の推測に過ぎません。そして山田さんがこの回答を警察庁に報告すれば、大変なことになりますので、話はこの場から持ち出さないようにお願いします」

と前置きして可能な限り答えた。聞き終えた山田は眼鏡を外して拭き始め、

「すいません。ちょっといろいろと聞き過ぎてしまいましたね」

と恐縮したように言って眼鏡をかけ直した。井上は黙ってビールジョッキを手にすると山田にかざし、改めて乾杯して仕切り直した。

「山田さん、もしＣＩＡが関与しているなら、それを調べる必要があると思っています」

井上は一歩踏み出して自分たちで一連の情報を確認したいという強い決意を山田にぶつけた。

「しかし調べると言っても……」

「確かに調べられるとも思いませんが、情報担当として何もしないのですか？」

「それはそうですけどね……」

山田は井上の話に納得しながらも現実離れした難題にどう対応するのか、頭の中で構想を巡らせた。

そんな山田を見ながら井上は少し前のめりになりながら小さな声で質問した。

「石田悠人が渡米していた情報、そして目的を日本では何人が知っていたと思いますか？」

山田は井上の突飛な質問に困惑した。そんな困惑している山田に井上は説明を始めた。

「入国記録の照会ができて情報能力の高い省庁じゃなければ、石田の情報は摑めないと思うんです。もちろん情報能力には相手からの信頼も含まれます。そう考えると私は日本で知っていたのは私と山田さんの二人だけだったような気がするんですが、どう思いますか？」

「えっ！　私と井上さんの二人だけですか？」

「実際、警察庁の方で石田の話は出ていましたか？」

「私の知る限りではなかったですけど……、極秘裏に動いている可能性もありますからね」

「私が防衛省内で感じた印象としては他省庁で摑んでいるところはないです。それに情報元も個人的に情報提供してくれた感じがしています。ですから、おそらく知っていたのは私たちだけです」

井上は自信たっぷりの表情で山田の顔を覗き込んだ。だが、山田は井上がなぜそれほどまでに自信があるのか逆に理解できず、

「確かに照会した石田が狙撃犯だったのは事実で、これを偶然というには無理があるとは思います。しかし事件後に照会理由を確認しているので、相手のカバーストーリーに乗せられた可能性もあると思うのです。逆にどこからも石田の情報が出ていないのは、各省庁の秘匿性の高さかも知れません」

山田は照会の事実を肯定しながらも、情報の独占性は否定した。その説明が理路整然としていた分、反論ができなかった。井上は井上で思うところはあったが、ミスターXを知らない山田に何を説明し

ても無意味な気がした。

「確かにそうですね。それも一つの仮説としては正しいと思います。どうですか。この情報を一緒に追い掛けてみませんか？　このまま終わるんじゃ悔しいじゃないですか」

井上は山田に、本当にＣＩＡが関与していたのか、さらに根本的な話で言えば、本当に石田は渡米していたのかを一緒に検証しようと提案した。山田は嬉しかったが「自分に何ができるのだろうか」と考えた。その一方で再び組織の許可なく勝手に行動することにどこか抵抗感もあったが、

「分かりました。微力ながら頑張ります」

と井上に右手を差し出していた。

4

朝まで防衛省から連絡がなかったので、井上は「警察庁の問題は打ち合わせ通りに対応した」と思う一方で嫌な予感が頭をよぎっていた。そして、その「嫌な予感」は的中し、防衛省は「元総理が死亡したことを踏まえれば」として警察庁からのＭ４カービンの照会に回答もしていなかった。そして朝一番に警察庁に連絡したが、井上の不満は言うまでもなかった。

警察庁が事件捜査という表面的な動きをしていたのに対して、防衛省は水面下でいろいろな動きをしていた。それは警察庁への対応や防衛省内での報告ではなく、理不尽な責任の擦（なす）り合いだった。

戦いは村井が本部長に井上の報告をした直後から始まり、小杉元総理狙撃事件翌日の朝には情報保全隊と防衛監察本部の合同調査チームと情報本部からは村井が出席して激しく繰り広げられていた。

本来は本部長が対応する予定であったが、本部長は防衛省内の対応に当たるため村井が代理出席した。村井も将補という立場であることを考えれば「代理」というのは語弊があった。

「報告書にあるように情報提供者も石田が小杉元総理を狙撃することを知らなかったわけだから、今回の狙撃事件を事前に防げたというのは空論ではないかと思います」

「でも元自衛官ということが分かっていたわけですから、どんな人物だったのか人事に確認するべきだったと思いますが、いかがでしょう?」

「個人情報の扱いが厳しい中で照会理由が『元自衛官』だけで教えてくれるのでしょうか?」

防衛監察本部からは監察官が、情報保全隊からは中央情報保全隊長が出席して3人での検討が始められていた。中央情報保全隊長は階級が一佐ということもあって村井に配慮したのか終始話を聞いているだけで、論戦は監察官と村井の二人を中心に行われていた。

「情報課長ですよ。課長レベルで依頼をすれば教えてくれると思いますけど」

各部門のトップクラスでの検討が下命された背景には、元総理大臣の事案であること。そしてこの情報を知る者を最小限にして、情報を拡散させないことが目的だった。当初は井上の査問会から始めるとの話もあったが、

「責任ある立場の人間が早急に方向性を出す必要がある」

というのが防衛事務次官の判断だった。

「情報収集した後に上司に報告すると思うんですが、報告はなかったんですか？」

「断片情報でも報告するよう指示していますが、担当者としてはあまりにも断片過ぎたため、報告できなかったものと聞いています」

「結局は照会の理由に話が戻ってしまいますね。しかもその点は情報本部とは平行線ですからね」

3人の話し合いはまったく進展しなかった。その理由は防衛監察本部が不適切な業務を処分する側の組織であるのに対して、情報本部は処分される側である。この組織体質の本質的な違いから情報本部が「正当な業務だった」と主張しても理解が得られることはなかった。そしてこの組織体質の違いをさらにいびつなものにしていたのが「背広組と制服組の確執」だった。

日本はシビリアン・コントロールという「文民統制」がある。これは最高司令官である総理大臣や防衛大臣などは、選挙による文民から選出されることを意味している。しかし日本には「文官統制」という制度もある。これは内部部局と呼ばれる大臣官房や防衛政策局などは防衛大学校卒業生の「制服組」ではなく、国家Ⅰ種のキャリア官僚の「背広組」が配置される制度である。

また背広組はキャリア官僚以外にも国家公務員としてⅡ種、Ⅲ種を採用しているが、極論で言えば「国会議員に対応する背広組」とはキャリア官僚のことである。制服組でも防衛大臣などに報告をする者はいるが、簡単に言えば文官統制とは「政治色の強い事案はキャリア官僚の仕事」を意味した。

この文官統制が制服組と背広組との確執を生み、「背広組の方が偉い」というイメージを強くした。そこで2015年2月に防衛省設置法の改正で、上下関係は存在しないとしたが確執は今も残っていた。結局、防衛省が省庁として動く場合、国会が絡むので必然的に背広組が力を持ち続けた。

今回の防衛監察本部の監察官として派遣されたのがまさに近藤雄一（53歳）という背広組のキャリア官僚だった。したがって組織的な体質の違いによる溝も深く切り込まれていたが、制服組と背広組という因縁の確執が関係していたことで話はさらに複雑になっていた。

特に背広組は国会対応に主眼を置いているために、国会質問に発展する可能性を懸念していた。近藤の主張は間接的な言い方だったが、

「事前に知っていたことが発覚した場合、マスコミや世間が騒ぎ出す。その時に『誰も責任を取っていなかった』では済まされない」

と指摘し、この先にある外交・安保委員会を含めた国会での炎上を懸念しているのは明白だった。それはまさに自己保身を兼ねた組織防衛のためだった。

村井自身も防衛省の上級幹部であるが、誰かに責任を負わせて幕引きを図ろうとする姿勢には反対であり、納得できなかった。したがって村井は、

「結果に問題があるのか、原因に問題があるのかをはっきりさせたらどうですか？　重大な結果が発

生したことは厳粛に受け止めるべきだと思いますが、それが情報本部、さらには防衛省として責任を負うべきものなのですか？」

と言って近藤に迫った。村井は「誰かが責任を負う」という議論に終止符を打ちたかった。

「村井将補のおっしゃっていることは非常によく分かるのですが、誰かが責任を取らないと事務次官に報告すらできないと思うんです」

近藤の話は魔女など存在しないのに無理矢理に魔女を決めていた「魔女狩り」の構図と同じだった。村井は「いい加減にしろ！」と口から出かかった。すると近藤は今度は井上の自宅に目や耳が置かれた事件を引っ張りだし、

「井上一佐は国家安全部とトラブルになって、情報本部ではその対応に追われていると聞いています。政府を中心に外務省などが中国と明確な対立を避けた取り組みを推進する中、防衛省の情報課長という幹部が国家安全部と問題を起こすというのはどういうことなのでしょうか？」

と言った時、村井は「どこで情報が漏れているんだ！」と咄嗟に頭の思考が切り替わった。

引き続き近藤は盗聴器事件について、

「情報幹部でありながら卓上電話に盗聴器が仕掛けられるなど、警戒が散漫すぎると思いませんか」

と傲岸な態度で井上の問題点を指摘した。

「監察官は自宅でも盗聴器の検査をしているんですか？　それにもう一つ。井上は在日米軍に対して

回答した時、相手は『そうですか。記録はないんですか……』としか言わなかった。これで2週間後の銃撃犯を連想できると思いますか！　監察官、どうなんですか！　お答えいただけませんか？」

と反論した。村井の正論に一瞬近藤は悔しそうな顔をしたが、さらに懲りもせずに、

「そう言いますが、情報課長が電話の盗聴器に気が付かないというのはどうなんでしょう」

と、ここまで来ると「難癖を付けて井上に責任を取らせようとしている」としか思えなかった。

「気が付かないように仕掛けるのが盗聴器です。それに毎日電話を分解して盗聴器を調べる人間がいるのでしょうか？　そんな防諜意識の高い人間がいるなら、是非部下に欲しいですね」

村井もついに怒りをぶちまけるように言い放った時、午前10時30分から始まった検討会は間もなくお昼を迎えようとしていた。「もう終わりでいいんじゃないか」と辟易した村井の感情が態度にも露骨に表れていた。そんな村井の態度を不快に感じた近藤も最後には、

「上司としての監督責任をどう考えていますか？」

と切り出した。組織として大事な話ではあったが、村井には近藤の挑発的な発言としか聞こえなかった。そんな挑発的に放たれた責任論に村井は臆することなくはっきりと、

「井上一佐に不適切行為が認められるのであれば、当然、上官として責任を負う必要があると思っています。ですが井上一佐に不適切行為があったとは思っていません」

と言い切った。この村井の発言に近藤は反論できず、

「ちょうどお昼になりましたので、一旦これで終わりにしましょう」

　と検討会を終わらせた。

　近藤の思惑としては「防衛監察本部の監察官の話には従うだろう」と思っていた。監察という権力に対して情報本部は所詮無力であり、ひれ伏すものと思っていた。だがそれがいかに甘い認識であったのかを反省した。そして村井の方が年上であったことも敗因の一つだと感じていた。

　近藤はあまりの悔しさと次回への雪辱を誓うように、退室しようとする村井に、

「元総理が狙撃されたことは重大な問題であることに間違いはありません。それは事務次官をはじめ局長たちも憂慮されています。その責任が井上一佐にあるのかどうかを明確にするのが私への下命事項です。したがって井上一佐には改めて話を聞かせていただこうと思っています」

　と言って締めくくった。村井は資料やノートを左手に抱えた後、近藤に向かって、

「では、午後にでも監察の方に行かせればいいですか？」

　と尋ねた。

「今日は無理なので改めてご連絡いたします」

「分かりました。となると週明けということになりますけど、急がないで大丈夫ですか？」

　村井はそう言って会議室を退室した。近藤はもう一度作戦を立て直す必要があると考えたが、この判断が今後の戦局を大きく左右するとは思っていなかった。

第八章　「制服組」と「背広組」の確執

1

いまだに警察庁へ連絡していないことを知った井上は朝からイライラしていた。昨夜の間に連絡がなかったことも井上を苛立たせたが、一番苛立たせたのは朝の連絡時間だった。相手の都合も考慮して午前10時を予定していた。

確かに始業時間直後の連絡には疑問もあるだろうが、山田のことを考えれば今すぐにでも連絡する必要があった。しかし立場を有する者が正式に連絡する必要があるため、井上が連絡するわけにはいかない。さらに言えば連絡を担当する他部署の上官に「早く電話してください」と言えるはずがなかった。井上は気持ちが焦るばかりでできることが何もなかった。

井上は直ぐに夏目を訪ねて確認した。昨日、山田に何度も防衛省の方針を教示して徹底的な対策を講じたのに、方針そのものが変更されていたのでは話にならない。

「方針の変更点は他にもあるのでしょうか？」

「時間だけで私も知らされていなかった。知っていれば連絡したんだが。それと参考にだが、情報提供者の詳細とＣＩＡの話は警察庁には伝えないそうだ」

「そうなんですか……。申し訳ありません。私はＣＩＡ関係の話を伝えてしまいました」

「井上一佐が伝える分なら問題ないだろう。組織が公式に連絡したわけではないのだから」

「それなら良かったです」

「もし心配なら、私から相手の上司に連絡しておくか？　正式な連絡が終わった午後にでも」

「ありがとうございます。もし必要になりましたら、改めてお願いに伺いたいと思います」

「分かった。その時はいつでも言ってくれ」

井上は統合情報部長室を出ると、山田にショートメールを送ろうか悩んだ。しかし方針に変更はなく、連絡の時刻まで一時間を切っている。この時間からショートメールを送信すれば、安心を与えるよりも混乱を与える方が大きいのではないかと思われた。ただ井上の気持ちの中では「約束通り」ではないことが気になり、謝罪の意味も込めて連絡すべきではないかと悩んだ。

「大丈夫ですか？　何かあったら連絡してください」

井上は在り来たりで無難なショートメールを送信した。昨日連絡するはずだったことを伏せた卑怯な文面に思えたが、放置もできず、また無視もできない井上なりの気持ちを表したつもりだった。直ぐに既読にはなったが返信はなかった。

受信した山田はすでに外事情報部長室に呼ばれていた。午前10時に予定していた連絡を上官が少し早めに連絡していたため、すでに山田は事情を聞かれていた。幸いにも連絡が朝になっただけで弊害はなく、問題になったのは山田が事件発生直後に報告を怠ったことだけだった。

そして防衛省が連絡を失念したというシナリオが山田への追及を軽減し、まさに夏目が気を遣って外事情報部長に、

「大変申し訳ありませんでした」

と謝罪の連絡をしたことで、この難局を乗り切ることができていた。

この夏目の連絡は井上も山田も最後まで知ることはなかった。そして夏目はもう一ヵ所連絡をしていた。中国・国家安全部である。夏目は村井をはじめ本部長の各上席に、

「『元総理が狙撃された事件が発生したので、接触は延期してもらいたい』と連絡を入れたいのですがよろしいでしょうか？」

と伺いを立てていた。村井以外の幹部たちは、

「予定通りに行った方がいいのではないか」

との意見だったが、村井にだけは、

「相手の要求を少しでも先延ばしできれば、相手との交渉材料が手に入る可能性もあります。もちろん井上一佐の安全も大切ですが、交渉中であれば手出しはしないと思います」

と伝えた。ただ村井は手出しをしないと「思う」という推測の判断に懸念を持ったが、夏目の戦略に全幅の信頼を置いていたので承諾した。

2

井上は防衛監察本部が週明けでの調査を示唆したため、その日の午後は対策を自分の中で思案していた。とは言っても事実は変えようがなく、午前中の会議結果を聞けば「基本的には処分ありきで、理論武装も大したことはない」と思えた。

井上は楽観視していたつもりはないが、背広組に理論で負ける気がしなかった。東京大学、京都大学など名だたる大学の防衛キャリアに学力では負けても、戦略的な思考には絶対的な自信があった。情報分野で培った「情報→分析→対策」は誰よりもその場で早く処理できると自負していた。

事務室内の壁掛け時計を見ると午後3時を少し過ぎていた。その時小池がそっと周囲に気付かれないように一枚のメモを机に置いた。そのメモを見ると、

「お話があるので、残っていただけますか？」

と書かれていた。井上はメモを細かく破ってゴミ箱に捨てると「相談でもあるのか？」と考えた。

井上は終業時間を知らせるチャイムが鳴ると、週末の金曜日ということで部下たちに、

「今日は残業なしで早く帰ってくれ」

と声をかけて人払いを図った。すると部下たちは次々に退庁して残ったのは小池だけになった。井上は「ここで相談を受けるか、それとも酒を飲みながらの方がいいのか」と考えた。それを聞こうと小池に声をかけようとした時、小池は井上の前に立ち、

「実は仁村さんから頼まれたのですが……」

と言って、用件が仁村からの伝言であることを説明した。

小池の話では井上と仁村が親しいことは中央情報保全隊でも周知の事実であるため、仁村は小杉事件の調査が終わるまで接触を禁じられたという。携帯電話などで話す方法もあるが、念には念を入れて安全策を講じて小池に伝言を頼んでいた。

「井上一佐がパワハラやセクハラをしていないか、監察が調べているそうです。話が抜けないように前の職場の人間に聞いているんだと思います。私が知る限りでは情報本部の人間が調べられたというのは聞いていませんし、私も聞かれてはいません」

小池の話を聞いて驚愕したというよりも、憤怒したという方が正しかった。是が非でも処分したいという意図は分かったが、「そこまでして処分したいのか」という怒りを感じた。監察は本件である「石田の照会」での処分が無理だと分かると別件に手を広げていた。

井上は怒りの感情が込み上げながらも小池に対しては露わにすることなく、冷静に、

「そうだったのか。小池三佐にも迷惑をかけて済まなかったな」

と自然な口調で感謝した。そしてひと呼吸置いた後、

「仁村にもありがとうと伝えておいてもらえるか」

と小池に言った。ゆったりと、また仁村にまで配慮した言い方に小池も安堵したようで、

「みんな井上一佐の味方ですから気にしないでください」

と激励するような言い方で井上を鼓舞した。その言葉を聞いた井上の心はある種、至福の感情に満たされた。村井や夏目という上司だけでなく、部下の小池、さらには同僚であり後輩の仁村までもが心配してくれていた。迷惑をかけながらもみんなは迷惑だと思わず、逆に応援してくれている。自分がどれだけ恵まれているかを実感した。

その一方で「処分する側とされる側の軋轢」も感じた。どの組織でも「管理する側とされる側」の上司と部下の関係の他に、「処分する側とされる側」の管理部門と実働部門の関係が存在する。この管理部門の一つが監察である。

監察は組織内の問題を解決するために自浄機能の強化を図り、透明性のある処分を掲げているが、井上は所詮「処分する側が勝手に落とし処を決めている茶番劇」だと思っていた。その理由は権限がある者が、権限がない者を裁くという「上司が部下に責任を負わせる構図」と同じに思えた。もちろん不祥事案などはきちんと行為者に責任を負わせるべきだが、最近の監察は「誰かが責任を負わないと終わらない」という発想で処分しているようにしか思えなかった。

帰宅電車の車窓から外を眺めながら井上は責任とは何かを考えていた。防衛監察本部が考える責任とは何であるか。そして自分が取れる責任は何か。責任という言葉は重く大事なものだが、防衛監察本部が口にするほど簡単なものではない気がしていた。

責任とは対象者本人だけでなくその周囲に及ぶことを考えると自分だけの問題ではない。井上は週明けの尋問会に向けて、改めてミスターXから照会依頼を受けた時からの時系列を振り返った。

週明けの7月11日午前10時に監察官による尋問が静かに始まった。「人の予定も気にしないで呼び出す横暴な組織」と井上は思いながらも素直に出頭した。そんな振る舞いができるのは情報保全隊や防衛監察本部には「職務権限」が与えられているからだった。職務権限とは部下を呼び出して調べるような組織上の指導監督権ではなく、他の部署の人間でも調査ができる権限をいう。したがって一般的には自分の部下でなければ話を聞くことは許されないが、監察官は他の部署の自衛官を調べることが許される。職務権限は組織法の内規に定められ「通常業務を阻害しない範囲」の調査権を定めているが、これこそが建前でしかなかった。そのため井上は出勤早々に夏目から、

「今日10時に呼び出しがある」

と言われこれに応じたが、時間の調整もなければ、都合も聞かない傲慢な呼び出しだと感じた。

尋問会は防衛監察本部が尋問専用に使用している通称「査問部屋」と呼ばれる会議室で行われた。25平米の少し狭く感じる査問部屋は高さに高低差はないものの、正に裁判所やお白洲(しらす)を思わせる「裁く者」と「裁かれる者」に分かれて席が用意されていた。

監察官と筆記をする補佐人が長机の上座に位置し、井上はドアを入って直ぐの位置にある椅子に座らされた。椅子の前には事務用机が置かれ、それはまさに刑事ドラマで観る取調室の机と同じだった。

井上はこの雰囲気だけで精神的に追い込まれる者はいるだろうと感じながら着座した。

「本当に『石田悠人が総理暗殺を企てていることを知らなかった』ということで間違いないね」

「はい。私も知りませんでしたし、情報提供者もそこまでは知りませんでした」

近藤の調査は村井や仁村から聞いていた内容をなぞるように行われた。井上は近藤とは初対面だったが、第一印象は「背広組の役人気質」だった。表向きは無機質で穏やかそうに見えるが、内面は自己保身と出世欲の塊のような姑息な腹黒さを蔵しているように井上は感じた。

井上も落ち着いてイメージしていた回答を順調に答えることができていた。近藤が金曜日の午後から作戦を練り、しかも本件の「照会の適否」からパワハラやセクハラまで範囲を広げていると聞いていただけに物足りなさを感じるほどだった。

始まって15分も経たないうちに井上は「何だ、こんなもんか」と感じていた。井上も井上なりに「ミスターXの照会が不適切だったという意味になるのか」など反論を準備していた。しかし近藤も「ない袖は振れない」ようで、手詰まりなのが手に取るように感じられた。

質問の回数が減るのと同時に、調査ファイルを眺めている時間が増えた時に、

「奥さんにもいろいろと問題があるようだね」

という近藤が何気なく発した一言が空気を一変させた。

「家族の話は関係ないんじゃないですか」

井上が近藤の発言を指摘するまで近藤自身も発言したこと自体に気付いていなかった。慌てた近藤は言い訳ではなく、素直な感情から、

「そういう意味ではないのだが」

と曖昧な言葉を発していたが、井上には言い訳にしか聞こえなかった。

「では、どういう意味なんですか⁉　家族のことは関係ないと思いますので、ここはきちんとした謝罪を求めたいと思います」

井上は前の職場まで遡って調査していたことが一瞬脳裏に蘇ったが、至って冷静な言い方をした。まさに「不適切な者を査問する人間であれば、不適切な発言も許されるのか」という正攻法だった。

「確かに井上一佐の言う通りだ。申し訳なかった」

近藤は悔しい感情を抑えながら誠意ある態度で謝罪した。近藤なりに思うところはあったが、ここで謝罪をためらっていたら収拾が付かない。井上の正論に為す術がなかった。そしてその結果、重たくなった空気の中で調査の続行はできないと判断した近藤は、

「井上一佐の主張は理解しました。また改めてお話を聞くことがあるかも知れませんが、その際は協力をよろしくお願いします」

と言って尋問会は終了した。

井上はこの時、自分の正当性よりも自分の仕事が認められたことに対する高揚感を覚えた。その感

情が防衛監察本部という「処分する側」に対してなのか、監察という「管理する側」に対してなのか。それとも監察官という「近藤」に対してか、近藤という「背広組」に対してなのかは分からない。ただ近藤のような背広組の「内局」と呼ばれて国会対策しかしていない連中に、しのぎを削る現場の人間が屈しなかったことが嬉しかった。

井上自身は背広組と机を並べて一緒に仕事をしたことはなかったが、制服組から背広組に関して良い話を聞いたことがなかった。特に「専守防衛」に関係するすべての問題で「背広組は戦場のことを何も考えていない」と耳にしていた。

例を挙げれば「空母は専守防衛の理念にそぐわない」「長距離ミサイルは近隣国との摩擦を生み専守防衛の兵器とは言えない」「原子力潜水艦は攻撃型潜水艦なので日本では保有できない」など枚挙にいとまがない。

監察だの、背広組だの勝手なイメージによって組織の瓦解を扇動する気はないが、正直二度と関わりたくないと井上は感じていた。その一方で予想外の幕引きに心のどこかで「本当にこれだけで終わるのだろうか」という思いもあった。

3

防衛監察本部の調査を受けた翌日から井上は石田悠人とＣＩＡの関係を調べ始めた。身の潔白を証明したいという意地のような感情もあったが、それ以上に自分を支持してくれた人たちに真相を伝えたかった。情報本部はＣＩＡの関与を「極秘」に調べる方針を打ち出した。ただしアメリカという「蜂の巣」は絶対に突っつくことのないよう厳命されていた。

また、山田とは事件当日に共闘作業を約束している。防衛省だけでなく警察庁まで巻き込んだ大事件に発展した反省と、「情報屋」としての探究心からどうしても事件の真相が知りたかった。

「小池三佐。ちょっといいか？」

仁村が使えない今、小池に仁村への伝言役を頼むしかなかった。だが小池は仁村に頼んだ内容をただ伝えるのでなく、小池自身もできる範囲で調査していた。それが結果的に複数の情報網になったことは副次的な効果に繋がっていた。

「保全隊で調べた結果では、石田と親しかった人間はいないそうです。保全隊も『これだけ連帯感のない人間がよく自衛官をやっていられたものだ』と驚いていたそうです」

「そうかぁ。保全隊でも摑めないのか……」

井上は小池からの報告を聞きながら直接仁村から聞けないもどかしさを感じていた。

「私の同期にも石田の上司だった人間がいるのですが、その同期も保全隊から聞かれてはじめて思い出したそうです。その同期も石田のことは記憶に残っていないと言っていました」

「そうなんだよ。私の知っている者も上司だった奴が何人かいるんだが、みんな記憶に残っていないんだよな。ところで石田が日米合同演習にどれくらい参加していたのか、調べてもらえないか？」

「石田が参加した合同演習ですか？　分かりましたが……」

井上は小池には石田とＣＩＡの関係を話していなかった。そのため小池は石田とアメリカとの合同演習の関係が理解できなかった。小池を信用していなかったわけではなく、仲間であれば情報は共有した方がいい。だが被疑者の石田は警察でも検察庁でも動機を語っていなかった。その状況で「石田はＣＩＡと関係があるかも知れない」などと情報がひとり歩きしたら収拾が付かなくなる。

そしてその結果、「政府は石田のことを事前に知っていたのではないか」と飛び火する可能性もある。井上は「情報は漏れるもの」として扱う必要があると考えていた。

併せて井上は石田とＣＩＡの関係を明らかにするためにはミスターＸの情報が鍵になると考えていた。だが事件当日に話を聞いた限りでは、井上の求める答えまでは知らなかった。しかし防衛省が石田を調べているのと同様にミスターＸの方でも絶対に情報収集はしている。つまり新たに得た情報が存在する可能性が高く、井上はその話を聞きたかった。

また山田も警察関係の情報を集めてくれていた。だが事件が事件だけに山田からの情報は、

「報道で出ていますが、石田は黙秘の状態で何も供述していませんね」

「捜査本部では石田の単独犯ということで捜査をしています」

「自宅の捜索では特にイデオロギー的なものを発見するには至らなかったそうです」

などと報道と同時か、または1日早い程度の内容だった。山田から「さすが警察庁キャリア」と思う情報はなかったが、愚直なまでに真相を究明しようとする姿に文句は言えなかった。そして井上自身も広範な情報網を持ちながらも核心に迫るような情報を何一つ得ることはできなかった。

「失礼します」

「どうだ、進捗状況は」

「正直、芳しくありません」

井上は進捗状況を夏目へ報告した。形を残さないよう報告は口頭で行い、報告書はもちろんメモすら書くことを禁じる徹底した対策を講じていた。

「石田が自ら訓練を受けたのか、スカウトされたのかは分からない。それと洗脳されたのか、もともと強い思い込みがあったのかも分からない。だが総理を狙撃するに至るには相当な強い決意が必要なのは間違いない。そしてＣＩＡの関与情報があるなら、このまま放置できないのは当然だからな」

「しかし報道では極東平和教会への恨みになっています。ある意味では真相を知られずに済みますが、ある意味では完全な情報操作になっているのが恐ろしいです」

「ところで『リミテッド・ハングアウト』という言葉を聞いたことはあるか？」

「リミテッド・ハングアウトですか？　すいません。存じませんが」

「大衆心理の操作を目的にしたもので、事実の一部が露呈した時に使う情報操作のことだ。重要な隠したい事実から目を逸らすために、ダメージの少ない事実を意図的に流す方法のことだ」

「巧妙な心理操作だと思いますが、それでは余計に注目される結果になるように思えます。私は当事者というか、組織としては『嵐が過ぎ去るのを待つ』のが基本だと思っていますが」

「考えもしないことをするのが工作機関だからな。私も『寝た子を起こす』ことはしないが、ダメージコントロールを考えた方法ならあり得ると思うぞ」

「ダメージコントロールですか……」

カバーストーリーもダメージコントロールの一つであるが、どのような落とし処に持って行くのかが最も重要である。その意味では石田の事件は完璧に「極東平和教会」が背負う形になっていた。

「やはり米軍情報を経由しないと無理かも知れんな」

「はい。私もそう思っています。石田の出入国情報もいまだに確認できないほど巧妙なことを考えれば、やはりミスターXに情報提供を求めた方がいいように思えます」

情報収集はアメリカだけでなく、国内も同様に釘を刺されていた。特に部内は情報保全隊を中心に防衛監察本部がそれを支援する形で行われ、情報本部は手出しすることが許されなかった。その調査はCIAの関与に動いていたのではなく、「井上が理由なく照会したことの適否」という極めて狭い範囲の再調査だった。それもまた井上が不満を感じる一つになっていた。

「では次回の接触でミスターXに切り出すことにするか……」

夏目はそう言いながらも少し考えた。行き詰まった石田とCIAの関係を調べるためにミスターXに求めて大丈夫なのか。その行動目的が防衛監察本部に発覚することはないのかを考えた。

「やはりこれしかないんだろうな。これは最終手段でもあるから簡単に使いたくはなかったが仕方がない。ただ、どこまで協力を得られるのか……」

夏目も打開策が見つからずに思案したが、結局は協力を仰ぐ方法しかなかった。だが、そこには見えない大きな壁が存在していた。それは「事実の認定」である。情報の世界では確信を摑むという定義が曖昧で、仮に確信を摑んだとしても公表することはできない。その限界を夏目も井上も知っていたが、すべてが闇に葬られることに目を背けることもできなかった。

だがその試みは予想もしなかった結末を迎えることになる。ミスターXから、「これ以上CIAとの関係を調べない方がいい。なぜなら命に危険が及ぶ可能性もある」と釘を刺された。ミスターXは在日米軍内のCIA関連情報や石田とCIAの結び付きを教えてくれた唯一の情報源である。そのミスターXから諦めた方がいいと言われても「今さら何を言っているんだ」という感情があった。しかし唯一の情報源であるミスターXが打ち切りを示唆しているのであれば、これ以上調べようがないのも事実だった。

「この事件の真相を闇に葬るのは許されないことだと思います」

井上は日本人として、また情報担当者としての想いをミスターXにぶつけた。そんな井上のすべての不満を受け入れるかのようにミスターXは冷静に理由を説明した。

「私もミスター井上が小杉事件の真相究明に動いているとの情報を、組織内で耳にしました。それは私が軽率に石田の照会を依頼したことが原因だと反省しています。しかしこのまま情報収集を続けても真相に辿り着く可能性はないし、その前にこのままでは危険が身に及ぶことになると思います」

　ミスターXから「危険が身に及ぶ」と指摘されたこともショックだったが、それ以上に「真相に辿り着く可能性はない」と言われたことに絶望感を覚えた。それほどまでに自分たち日本に力がなく、それほどまでに力の差があるのかと思うとショックを越えて絶望感しかなかった。

「ジャングルに入るには装備を整え予防接種をします。装備は猛獣のため、予防接種はウィルスのためですが、その準備ができていると思いますか？　今の状態で行けば、確実に死にます。それをきちんと理解して、現状を見極めるのが大事です」

　ミスターXの言葉は非常に分かりやすく、説得力があった。情報の世界は知らないことを知りたいという探究心で成り立っている。それが面白いと感じる者は未知のジャングルに飛び込み、情報を求めてさまよい、そして情報を見つけて喜びを感じる。

　だがその準備がまったくできていないとの指摘は極めて客観的な意見だと感じた。その意味ではこの「諦める」という複雑な感情は自分の中で時間をかけてでも整理すれば済む問題である。しかし山田や夏目、そして小池や仁村まで巻き込んだ今、みんなに何と説明すればいいのかを考えると「はい。

そうですね」と素直に応じられない自分もいた。

冷静に考えればミスターXは自分のことを思ってアドバイスしてくれている。そして深く考えればこの情報自体、本来は伝えてはならない情報だった可能性もある。それを思えば自分の汚名を返上するだの、みんなに顔向けができないだのくだらないプライドは捨てるべきだった。そして井上はこの時を境に石田とCIAの関係については封印することを決意した。

4

小杉元総理狙撃事件の発生から15日目の7月22日の金曜日、山田と接触した。ミスターXから情報収集を打ち切るよう言われたことを伝え、併せて情報本部も打ち切りを即断したことを伝えた。

最初に巻き込み、次に一緒に真実を探ろうと誘っておきながら「情報源がやめろと言っているからやめましょう」と言って納得するとは思えなかった。仮に井上が逆の立場だったら納得できるはずがない。しかしこの結論は絶対に動かせないものだったが、案の定、山田は反論した。

「このまま諦めるんですか？　真相はどうなるんですか？」

山田の声はまるで自分に問い掛けているように聞こえた。だが最終的に山田は理解してくれた。井上は山田を振り回したことを申し訳なく思ったが、さらにその思いが強まる出来事が続いた。

警察庁は事件のあった群馬県警察本部長の引責辞任を発表した。そしてその後任として山田が本部長に選ばれた。表向きは重大事件後の後任者として適任な人材ということだったが、真相を知る者からすれば左遷人事、とばっちり人事に思えた。

この人事を山田はもちろん、井上も想像すらしていなかった。それを山田はまるで天命のように受け入れ、井上を責めることはしなかった。そして8月上旬に山田は群馬県警察本部長へと異動したが、その後再び防衛監察本部が動いた。

「警察庁の人事を考えれば、井上一佐にも人事措置を講ずる必要があるのではないか」

近藤は責任問題を再燃させようとしていた。井上は山田のことを考えればこれを受け入れるべきだとも考えたが、

「お前の責任の取り方はそんな方法しかないのか！」

と夏目は厳しく一喝した。

この時に井上は再燃した責任問題に対して村井と夏目が再び裏で動いていたことを知った。そして自分の浅はかさを恥じるとともに、群馬県警察本部長として異動した山田に必ずや恩返しをできる人間になることを自分に誓った。

5

「今夜ちょっと時間がありますか？」

7月29日は7月最後の金曜日で気温が33・9度まで上がった。狙撃事件とCIAの関係の調査を断念して1週間が経ち、酒でも飲みたいと思った時に仁村からショートメールが届いた。目的は書いていないが井上には仕事のことだと直ぐに分かった。仁村との付き合いの長さもあるが、飲みたい時の誘い文句は、

「今日、ちょっと飲みませんか」

とストレートに送ってくる。直ぐに井上は「何か伝えたいことがあるのだろう」と察した。

「1830にスリーゼで」

井上が指定した場所はアルカディア市ヶ谷の2階にある「スリーゼ」というラウンジだった。アルカディア市ヶ谷は「私学会館」と呼ばれていたところで、「スリーゼ」は大きなガラス窓から江戸城外濠が見え、3月下旬頃には窓一面に絵画のように桜が咲き乱れる景色が楽しめる。

白いテーブルクロスの上に出される料理は品を感じさせ、ステーキの香草焼きやタコのガルシア風アヒージョはまさに店の顔にピッタリの料理だった。アルコールもビールからカクテルまで用意されており、係に案内された仁村は先に待っていた井上に、

「やはりこの店は高級感がありますね」

と言いながら嬉しそうに座った。一時期仁村とは接触を禁じられていたが、「防衛省は小杉元総理狙撃事件に何ら関与していない」との政治決着に至り久しぶりの会食が実現した。だが穏やかな表情

だったのは料理を注文するまでの間で、乾杯が終わると仁村の表情は少し険しくなった。

「嫌疑は晴れたので問題はないのですが、課長には伝えた方がいいと思いまして」

仁村は公的な場以外では井上のことを課長と役職で呼んでいた。井上は省外では「井上さんでいいよ」と言っているが、仁村は階級でもなく、名前でもない自分だけの呼び方にこだわりがあった。

「本来、嫌疑がなければそのまま極秘扱いされて、保全隊が調査したことさえ分からないのですが、この話はちょっと注意した方がいいと思いまして……」

仁村の話では久美子に贈収賄疑惑が持ち上がり、今まで保全隊が調査していたという。情報提供があったのは今年6月で、それから調査を続けていた。

「久美子が贈収賄？」

久美子のことをすべて知っているはずもなく、知らない久美子がいても不思議ではない。だが嫌疑は晴れていると言われても贈収賄では犯罪の被疑者である。頭の中が混乱しないはずがなかった。

「落ち着いてください」

井上は取り乱しているつもりはなかったが、仁村にたしなめられたことを考えれば動揺していたのは間違いなかった。静かな店内に自分の声が響いたのは事実であり、少し反省した井上は、

「すまない」

と静かに謝った。

「驚くのは当然だと思いますが、これは偽情報というよりも『嫌がらせ』の類いだと思っています。具体的に説明すると、奥さんがフーバー製薬から接待を受けた上、金を受け取ったという情報です」

「フーバー製薬って、コロナワクチンの会社だよな。それは絶対にないよ。久美子はワクチン接種を否定しているくらいだ。それなのに接待を受けることはないだろう」

井上は断言するように言い切ると、仁村は大きく頷いた。

「それは分かっています。事実じゃなかったことは確認しています。面白いのは情報提供者です」

「その情報提供者って誰だ？」

「防衛医大の部長です」

「久美子の元上司か？」

「名前は言えません」

仁村はそう言いながら頷いた。

「情報内容を提供者本人に確認すると言っていることが曖昧で、さらに態度も不自然でした。それで情報源が誰なのかを追及したところ、フーバーの社員に聞いたと……」

「グルだったのか？」

「陥れる依頼をされたのかは分かりません。ただその情報提供者は『フーバー製薬の社員から部下に金を渡したらその後も金を要求され続けているという話を聞いたので報告した』と言っていました」

「作り話だな」

「はい。そう思っていますが、口裏を合わせた証拠もありません」

「まぁ、そうだよな」

井上は作り話であることが分かり始めると安堵した表情に変わっていった。しかしその反面、久美子を陥れようとしたことに対する怒りは増していった。今すぐにでも人を陥れるような話を無神経に流布する情報提供者の元上司の胸倉を摑んでつるし上げたい思いだった。

「ということで、奥さんには注意するように伝えてください。相手は巨大製薬会社ですからね。さすがに手を出すことはないでしょうけど……」

「ありがとう」

井上は仁村に感謝した。仁村は話すことを話して落ち着いたのか、目の前にあった生ビールを二口、三口と口にした。その時だった。井上は近藤が、「奥さんにもいろいろと問題があるようだね」と言ったことを思い出した。近藤があの時に口にした言葉がこの事件を意味していたことをやっと理解した。当時は近藤を責めたが今さらながら真相を知り反省した。あの時に冷静に判断していれば、この動きを知ることができた可能性もあった。そう思うと井上は自分の未熟さを痛感した。

「ところで盗聴器の件だが、調査の方はどうなんだ？」

「実質的には打ち切りですね。もう調べることがなくなったので、次に発生しないように警戒するのと併行して例の防犯カメラの映像に引っ掛かるのを待つしかないでしょうね」

「庁舎内の防犯カメラをチェックして不審者がいなかったのに、例の防犯カメラが役に立つのか疑問だが、それしか方法もないのか……」

保全隊は情報課に高性能カメラを事件直後に設置した。戦場で使用するコンパクトで高画質のカメラで、設置したことを知るのは情報課では井上だけだった。相手は庁舎内カメラにも姿を残さなかったプロであるため、保全隊も威信を懸けて設置場所などを選定していた。

「盗聴器の点検も頻繁にしていますが、動きはないですね」

「迷宮入りってところか……」

「はい。事実上、調査は打ち切りました」

組織が決定したことに異論はないが、調査を打ち切ったことは当事者として無念に思えた。

6

井上は帰りの電車で仁村の話を久美子にどう伝えるべきかを考えていた。正直にすべてを話した方がいいのか。それとも言葉を選ぶべきなのか。だが言葉を選んだ言い方をすれば、久美子に不信感を与える気もした。いろいろ考えた末に井上は帰宅すると直ぐにソファに座る久美子の横に座った。

「新しい職場はどう?」

「新しい職場？　そうね、正直、私にピッタリのような気がする」

日常会話から大事な話へ切り替えようと思っていたが、井上の質問に久美子は楽しそうに笑顔で答えた。その笑顔を見た後では伝えるものも伝えられない。しかし井上は話を進めることにした。

「そうなんだ」

「大宮駐屯地に陸上自衛隊化学学校があるでしょ。そことも交流があって、いろいろな話が聞けるから楽しいよ。例えばコロナの関係でいうと、武漢での感染状況を最初に掴んだのはインドなんですって。インドは武漢ウィルス研究所周辺で謎の肺炎が流行しているのをどこの国よりも早く掴んでいて、その理由はインドが武漢の研究所を監視していたからなんだって」

久美子は夢中になって井上が関心を示しそうな話を続けた。

「他にもいろいろな話を聞いたわよ。2021年1月にWHOの調査団が武漢に現地入りしたでしょ。調査団は生物兵器の可能性を肯定してないけど、明確に否定もしなかったでしょ。ただアメリカの情報機関では生物兵器の可能性を否定しているらしいの。でも私は怪しいと思っているの。生物兵器でもないのに研究したりしないでしょ」

「そんな話があるんだ」

「化学学校は1995年に地下鉄サリン事件で出動した実績もあるから学術的というより実践的なの。だからいろいろな情報が聞けるから非常に興味深いのよね」

「それは良かったね。実は大事な話があるんだが、冷静に聞いてもらいたいんだけど」

井上の言葉に今まで子供のようにはしゃいでいた久美子の表情が引き締まった。その引き締まった表情によって一気に話しやすい雰囲気が醸成された。

「すでに嫌疑は晴れているので問題はないんだけど、久美子に贈収賄容疑の密告があったんだ」

「私が！　贈収賄？」

久美子が驚くのも当然だった。まったく身に覚えのない話をされても、頭の中で何ひとつイメージできるはずがない。井上は順番に分かりやすく久美子に説明した。久美子は井上の話に口を挟むことなく黙って聞きながら、ところどころで頷いた。

「そういう話だったの。なるほどね」

「特別に教えてくれた話だから、事を荒立たせないで欲しいんだ」

「それは大丈夫だから安心して。ところで話を聞いて思い出したんだけど、フーバー製薬の人から食事に誘われたことがあったの」

「食事に誘われた？」

「そう。半年くらい前だったかな。『先生はワクチンを誤解されているようなので、ご飯でも食べながらお話しさせていただけませんか』とか何とか言ってきたの。これでも私はコロナワクチンに疑問を持っている急先鋒でしょ。だから断ったの。その後は別に何もなかったけど……」

「そのことが原因かもしれないな」

井上は人間が持つ負の執着心の恐ろしさを知っていた。美保の話をここでするつもりはなかったが、同じ事を繰り返さないためにも、

「人間の悪意は怖いから注意しないとね」

と改めて久美子に釘を刺した。

第九章　スパイ疑惑

1

真夏の暑い日に山田が群馬県警察本部長に着任した後、井上の心は蟬の抜け殻のようだった。山田を巻き込んだ心の痛みだけでなく、石田とＣＩＡの関係を解明できなかったことにも空虚感を覚えた。そして盗聴器事件の調査は打ち切られ井上は負の連鎖から抜け出せずにいた。

残暑の厳しい8月下旬、まる書房の丸岡社長から、

「井上じゃないと話せないから、ちょっと来てくれ」

という連絡が入った。井上は最初、それほど重大な事件だとは想像もしていなかった。

「忙しいのに悪いな」

「忙しいなんてことはないですよ。ところでどうしたんですか？」

「ちょっとお前さんに聞きたいことがあってな」

丸岡はそう言うと机の上に高く積まれた資料の束の中を探し始め、

「これだ、これだ」

と言って一枚のメモを取り出した。

「小池貴之って知っているか？　情報本部にいるやつらしいんだが」

「ええ。知っているも何も、直属の部下ですが……」

「防大出か？」

「はい。何期だったか忘れましたけど、私と同じ本科の土木工学です」

「そっか……」

「小池がどうしたんですか？」

丸岡は歯に衣着せないタイプの人間なのに突然話すことを躊躇していた。それを見ただけで何か問題があったのは明白で、どれだけ重大な問題であるか直ぐに分かった。丸岡が沈黙を続けたわずかな時間も井上にはとても長く感じ、丸岡のメモを覗き込みたい衝動に駆られるほどだった。

「実はな。小池が中国に情報を流しているって話を聞いてよ。本当かどうかも分からなかったんだが、こんな話は他の奴にするわけにはいかねえだろう。だから来てもらったんだけどよ」

井上は途中から言葉がはっきりと聞き取れないほど、頭が真っ白になった自分を感じる一方で、凄く冷静な自分がいるのも感じていた。その冷静なもうひとりの自分は、直ぐに上司として事実の確認とそれに伴ういろいろな報告先を頭の中で巡らしていた。しかし感情は違っていた。

「あいつはスパイなのか？」

「どんな情報を中国に流していたんだ？」

「俺の前で見せた笑顔は、本当はあざ笑っていたのか？」

気持ちは激しく動揺し、心は掻きむしられた。

「やはり、寝耳に水か……」

丸岡の一言で自分を取り戻すように井上は何度か頷いた後、改めて丸岡の顔を見た。

「情報を流しているというのは、本当なんですか？」

情報を提供してくれた人間に疑うような言い方をするのがどれだけ失礼なことなのかは分かっていた。だがどうしても信じることができない自分がいた。確かにスパイは捕まえてみると「まさか！」と思う人間が多い。そんな意味では小池はその条件にピッタリ一致する。しかし小池が仲間を、そして自分を裏切るとは考えられなかった。

「最初に言っただろう。本当かどうか分からないって。俺もな、公安の奴に聞いただけだから詳しくは分かんないんだよ」

「公安って公安調査庁ですか？　それとも警視庁ですか？」

「お前さんだから言うけど、公安調査庁の奴からだ。そいつも伝聞らしくてな。俺の所に出入りしているかを知りたかったらしいんだよ。俺も口止めされているから頼むぞ」

「分かりました」

そうは言ったものの、井上はそんな約束を守れる自信は皆無だった。自分で確認するか、組織に報告するかは別にしても、直ぐにでも事実を確認する必要がある。仮に丸岡の話が本当であれば、

1980年に起きたコズロフ事件以来の防衛省幹部が関係するスパイ事件になる。それを考えただけでも井上は寒気がして全身が震える思いがした。

井上は丸岡の知っているすべての情報を知りたくて質問を繰り返した。単に質問するだけでなく、質問に質問を重ねた。本来であれば絶対に聞いてはいけない情報元の公安調査庁まで聞いている。したがって丸岡も今さら何も隠す必要はなかった。

だが丸岡も知っている情報は限定的で、相手は中国の誰なのか、どんな情報を流しているのかなどは一切知らなかった。唯一「小池貴之」という具体的な名前が分かっているだけだったが人物が特定できていたのは大きかった。

井上は丸岡から話を聞きながら「もしかすると……」という考えが浮かんだ。それは「防衛省の小池貴之から聞いた」と中国人が言った話が、巡り巡って「小池が中国に情報を提供している」という話になった可能性である。

だが外国人との接触は国防上、組織の許可なくしては禁じられている。そして小池が接触している中国人協力者は大学教授一人しかいないが、その大学教授が「小池から聞きました」と口外したとは思えない。さらに言えば大学教授から出た情報だとしても、「中国に情報を流している」という話になることはない。そう考えると、やはり小池の疑惑を否定できなかった。

井上は直ぐにでも戻って事実確認と対策を講じる必要があったが、時間を確認すると午後7時になるところですでに退庁時間を迎えて小池もいない。

「俺のことは気にしなくていいぞ。早く何とか部下を救ってやれ」

丸岡は井上の心中を察したかのように行動を促した。言葉こそ無愛想だが、後輩思いで今でも自衛隊に愛着を持っている丸岡の優しさを感じながら井上は事務所をあとにした。

外へ出ると昼間のモヤッとした蒸し暑さが残り、神保町駅に向かうだけで汗が噴き出した。井上は地下鉄の車内で小池のスパイ疑惑の話がどこまで広がっているのかを考えた。

公安調査庁は法務省が管轄する組織であり、扱う法律は「破壊活動防止法」などである。調査権を有するが捜査権はなく、特別法内に規定された義務の他に国家公務員法における告発義務を有する。したがって公安調査庁独自で捜査することはなく、結果的には警視庁へ告発するか、同じ法務省の検察庁に告発するだろうと考えた。

「もうすでに告発しているのだろうか」

最大の問題はそこだった。それとともにへたな行動は犯人隠避（いんぴ）など井上自身が罪に問われることになる。山田がいれば相談の一つもできるところだが、そんな話を群馬で頑張っている山田にできるはずもなかった。特に公務員の告発義務は重く、聞いていない、知らなかったは通じない。

「この人に頼るしかないだろう」

井上は直ぐに夏目に連絡した。最も信用ができ、最も頼れる人間で思い浮かぶのはこの人を措（お）いていなかった。その前に小池から話を聞き事実確認をすべきなのかも考えた。だが根拠のない「勘」が夏目への連絡を示唆した。それが夏目へ連絡した決定的な理由だった。

2

「はい。電話では話せませんので、是非会ってお話ししたいのですが」

夏目に連絡すると直ぐに携帯電話に出た。夏目が凄いのは洞察力で、井上の言葉、そして雰囲気から事の重大さを素早く判断していた。

「分かった。井上はどこにいるんだ！　直ぐに行く！」

夏目とは池袋駅西口にある「つるや」という居酒屋で待ち合わせた。東京芸術劇場の野外ステージがガラス越しに見えるなど、個室からはちょっとした夜景が眺められた。普通の居酒屋だが、お通しに出て来るサラダは瓶に入っており、ドレッシングを中に入れて振るという面白いスタイルが売りだった。ドレッシングも酸味が利いた非常に上品な味がして井上はこのお通しが好きだった。

先に到着した井上は夏目の到着予定時刻まで時間があったので、メモ帳に丸岡から聞いた話を書き出した。重要な話になればなるほど「聞いたこと」「感じたこと」「考えたこと」が混同する。丸岡から聞いた話は何で、その時にどう感じたかは別の話であり、特に聞いた話から推察、思考した話は絶対に混同してはならない。井上は丸岡の話を思い出しながら事実関係を整理した。

「すまん。遅くなった。で、どうしたんだ！」

　夏目は到着するや否や鋭い目つきで井上を見た。

「申し訳ございません。急に呼び出してしまって」などと社交辞令を言う雰囲気はまったくなかった。しかし夏目を案内した店員が注文を促したため飲み物だけ注文をしたが、空気を和らげる気休めにもならなかった。

「実は小池にスパイ容疑がかかっているんです」

　井上がそう発した途端、夏目の眼光が再び井上を捉えた。その目はまさに殺人犯を取り調べる刑事のように井上を呑み込んだ。その勢いに呑み込まれるまま、井上は事前に書いていたメモを見ながら丸岡から聞いた話をすべて説明した。

　井上が説明をしている間、夏目は頷くことも質問することもせず、黙ったまま井上の目だけを見つめていた。井上はそんな夏目が2022年7月7日の夏目と重なって見えた。小杉が狙撃され、被疑者が石田であることがニュース速報で流れると、井上は直ぐに夏目に照会の経緯などを報告した。

　その時の夏目は井上を責めることもせず、黙って最後まで話を聞いていた。呼吸すら感じさせない不動の姿勢は、蛙を睨む蛇のように威圧的でありながら冷静沈着だった。井上はその時に見た夏目の眼光の鋭さと威圧感を思い出した。

「私が丸岡社長から聞いた話は以上になります」

井上は3分も説明していなかったが全神経を集中したため、10分以上も話をしたような疲労感を感じた。見ていたメモは緊張感から握っていた部分が手汗で湿っていた。メモをゆっくりとテーブルに置いて顔を上げると、目を閉じて考えていた夏目がゆっくりと目を開けた。

「明日、中央保全隊に報告した方がいいな。報告は今の内容でいいだろう。もし報告が遅れたことを咎められたら、『電話で報告する話ではないと判断した』とでも説明しておけば問題ないだろう」

「分かりました。明日の朝、中央保全隊に報告します」

「それと小池には何も言うな。小池の方は私が接触する」

「夏目さんが……ですか？」

「私はもう少しで防衛省の人間じゃなくなる。井上は現役だから絶対に表には出ない方がいい」

夏目がそう言って微笑んだ表情には自信が満ちていた。「自分ができることは全力で責任を持ってやる」という頼もしさを感じる一方で、三度(みたび)問題を起こしたことを申し訳なく思った。

「分かりました。まずは事実確認が必要だと思うのですが、どうしますか？」

「そのためにこれから小池のところへ行ってこようと思っている」

「これからですか！」

「明日井上が報告すれば動けなくなるからな」

「分かりました。お願いします。他に何かありますか？」

「逆に何かあるか？」

「私はありません。小池の結果次第かと。ただ夏目さん、もし小池が中国に情報を流していることが事実だったら、どうしますか？」

「そんなことは決まっているだろう」

夏目にそう言われたが、それが切り捨てるということなのか、助けるということなのか分からなかった。ただ夏目の強い意志と決意は切り捨てるような印象を井上に与えた。それは想像でしかなかったが、改めて確認できる雰囲気でもなかった。井上の中ではことが重大すぎるため、救いたくても救えないのだろうという気持ちはあった。それは切り捨てるという意味ではなく、助けようがないという感覚だった。

二人は別れると、井上は自宅に、夏目は小池の家へ向かった。夏目は小池が住む最寄りの駅の改札を出ると、アスファルトの地熱が湿った空気を蒸し返す道をゆっくり歩きながらどうするか考えた。そして周囲に人がいないことを確認すると携帯電話を鞄から取り出した。

「どうしたんですか？　久しぶりじゃないですか！」

「もう力を借りることはないと思っていたが、また力を貸してもらえるか？」

「そんなの聞く必要もないでしょ。最後の仕事から10年？　もう少し経っているかな。ところで夏目さん、もうすぐ退官ですよね。それで最後の大仕事ですか？　その大仕事で組めるとは……」

「そんなんじゃないんだ。それこそ今さら、迷惑をかけたくはなかったんだが……」

「何を言っているんですか！　この電話で今日からワクワクして眠れなくなりますよ」

「実はこの件、井上も関係していてな」

「懐かしいですね。彼、今は情報課長かなんかですよね」

「あぁ、頑張っているよ。良くも悪くも放ってはおけないのは変わらんけどな」

「そうですか。で、どうしたらいいですか？」

夏目が電話した男は井上のことも知る、小池のスパイ容疑事件で重要な役割を果たす人物だった。

3

夏目は男への電話の後、直ぐに朝霞駐屯地の近くにある小池の家に向かった。夏目は明日になれば小池に尾行が付くなど接触できないため、今日中に小池の自宅を訪ねた。小池が帰宅していなければ帰宅するまで待てば良く、いれば直ぐに話ができる。無計画に思える行動は実に計算されていた。

家を訪ねると小池は、

「どうされたんですか！」

と驚いたが無理もない。ただでさえ他人の家を訪ねる機会は減り、さらには携帯電話が普及した現代社会では事前に連絡をするのがマナーになっている。それをアポイントもなく、しかも上官が突然訪ねてきて驚かない者などいるはずがない。

夏目は小池に至急着替えて付いてくるように話をした。家族には適当な理由を説明し、

「決して、上司とか、夏目という名前は出すな」

と釘を刺した。

夏目は小池が準備している間、どこで話をすべきか考えた。コロナの影響で飲食店の大半は営業時間を自粛しているが、駅前にはひっそりと午前0時まで営業している居酒屋が一、二軒あった。夏目はそこに小池を連れ出すことにした。店に行くまでの間、小池は、

「何があったんですか?」

「どうしたんですか?」

と質問を繰り返したが、中途半端に話はしない方がいいと判断した夏目は、

「店で落ち着いて話をしたいんだが」

と小池の不安を払拭することもせず、黙々と駅前にある居酒屋を目指した。

駅前の居酒屋に入った二人は奥の空いたテーブルに座り飲み物と簡単なつまみを注文すると、夏目は直ぐに話を切り出した。

「小池、お前、中国と接触しているのか?」

小池は一瞬にして顔面蒼白になり、唇は小刻みに震え、パニックなのは直ぐに分かった。

「なぜだ！」

夏目は裏切られたという感情もあったが、小池が理由なく中国に情報を流しているとは思えなかった。なぜなら夏目自身も取引を持ち掛けられた経験があったからこそ裏があると確信していた。

小池は下を向き、大粒の涙を流しながら、

「すいません、すいません」

と何度も謝罪の言葉を繰り返した。そして号泣しながらも両手でズボンを摑んだ手が震えていた。

「小池、どの程度の情報を流したんだ。大体、いつから中国と接触していたんだ」

夏目は穏やかに、そして諭すように尋ねると、小池は顔を上げて改めて夏目に、

「申し訳ありませんでした」

と頭を下げて説明を始めた。

「初めて会ったのは井上一佐が暗殺対象者（ブラック）リストに載った時でした。出勤が遅くなった理由を夏目一佐からお聞きした時、私も井上一佐のために何か役に立ちたいと思って、ただそれだけを思って……」

言葉を最後まで続けられず、再び涙を流し始めた小池を見ながら夏目は「あの時か！」と震撼した。

夏目は井上の自宅に目と耳が置かれた2月10日、「小池には説明した方がいいだろう」と遅れる理由を説明していた。

「そうだったのか……。それで自分から会いに行ったのか？」

「はい。大使館の前で武官が出て来るのを待ちました。武官が誰であるかは知っていたので、何日か尾行をしながらタイミングを見て、私の方から声をかけました」

夏目は小池の軽率な行動を咎めるつもりでいたが、夏目も責任の一端があることを知り相手のレベルを考えずに話をしたことを悔やんだ。だがそんなことを考えている時間はなかった。

「そうだったのか……。武官というのは情報武官の王興瑞（ワンシンレイ）か？」

「はい、そうです。王は私の話を聞いて『そうでしたか。分かりました』と言って、本国に伝えると約束してくれました。そして『このことは二人だけの秘密』ということになりました。王自身も私と会ったことが発覚すると問題になると……」

「でも、それで終わらなかったのか？」

「はい。私はどのルートで井上一佐の問題を解決したのかは知りませんでしたが、とりあえず『ありがとうございました』とお礼を言ったのです。その時に王が『これからも会って話をしたい』と」

「それで会ったということか」

「はい。その時、銀座の喫茶店だったのですが、『私も君に協力したのだから、今度は君が協力してくれないか』と言ってきました。私は情報での協力はできないと断りましたが、会って話をするだけでもいいと強引にその後も連絡が来るようになりました」

「それで何回か会ったのか」

「申し訳ありません。何度断っても連絡が来て、最後は会っているところを写真に撮られていたらしく、その写真を私に見せ、脅されました」

小池は右手で胸元を掴み、話すこと自体が苦しそうだった。それはせきとめていた感情を少しずつ解き放すようにも見えた。小池はおそらく一度に解き放てば自分自身が崩壊することを知っていたのだろう。そして夏目の質問にきちんと答えようと、自分を少しでも落ち着かせようと、話の合間に何度も大きく深呼吸していた。

「で、その後は？」

「盗聴器を渡されました」

井上に仕掛けられた盗聴器を小池が仕掛けていたことを知り、さすがの夏目もショックを受けた。ただそれと同時に部外者が立ち入れない事務室に仕掛けられた理由が理解できた。そして保全隊が盗聴器の調査を打ち切っていたことを不幸中の幸いだと感じた。

「ただ、盗聴器は機能させないように適当に取り付けました。取り付けた事実が情報で漏れれば、王も私が協力していると思うだろうと……」

夏目は話を聞きながらその発想こそが最悪の判断だったと感じたがここで叱っても意味がない。

「情報は流したことはあるのか？」

「情報は流していません」

「本当に流していないでいいんだな！」

「はい。そこに嘘はありません。新聞に書かれているような一般的な範囲だけです。自分をかばうつもりはありませんが、王は何度も『そんな新聞に出ているような話じゃなくて』ともっと深い情報を求めてきました。でも私は『立場上、深い情報は知らない』と答えていました」

そう言うと再び涙が小池の頬を伝わった。小池の表情は悔しさと自己嫌悪とが交ざり合い、今までどれだけ苦しい日々を過ごしていたのかを痛感させた。その時夏目は自分が統合情報部長という立場にいながら、これだけ部下が苦悩していることに気付いてやれなかったことが遺憾に思えた。

「申し訳ありません。井上一佐を助けようとして結果的に自分が迷惑をかけることになって……。ただ誰にも言えなくて……」

涸（か）れかかっていた涙が再び小池の目に溢れ、一度伝った涙道に再び涙が流れた。

「小池。よく聞け。今日、私に会ったことは誰にも言うな。そして井上にも絶対に連絡をするな。分かったな。この二つは絶対に守れ。そして王から連絡があっても絶対に出るな。分かったな」

「分かりました。王からの連絡は携帯電話ではなく、You Tubeの動画サイトを使っています」

「You Tube？」

「はい。中華料理の美味しい店を紹介するサイトがあって、その店が待ち合わせ場所を意味しています。日時はその動画の映像が撮影された2週間後の同じ日時という約束です」

「撮影された日時って、どうやれば分かるんだ」

「映像の中に時計が出ます。曜日は撮影した人間が『今日は……』と言うので、それで」

「なるほどな。最近はYou Tubeか。そのYou Tubeで断る方法もあるんだろう。それで断ってくれ。あとは心配するな」

「申し訳ありません」

「今後は呼ばれても絶対に行くなよ。お前は何もしていない。接触もしていない。分かったな」

夏目が話を終えると小池は俯きながら大きく息を吐いた。それは自分ひとりで抱え込んでいたこれまでの苦悩を吐き出すかのようでもあった。そして解放された安堵感から出た涙が三度頬を伝わった。夏目は軽く小池の右肩を叩くと先に店を出た。


この当日に行動したことがすべてを決定的にした。小池にも井上にも互いに連絡しないよう注意したことで二人の関係は最後まで疑われることはなかった。防衛監察本部も井上と小池の間に連絡のやり取りがなかったことを不思議に思っていたが、職場の端末と電話、そして個人の携帯電話のどれを見ても交信記録はなかった。その結果、井上に調査が及ぶことはなかった。

また翌日から小池に尾行が付いたが、当日中に夏目はすべての指示を終えていたため、夏目が接触したことも、そして王と会うところを目撃されることもなかった。厳密に解せば無許可で外国の情報機関と接触したこと自体、内規に抵触する処分対象の事案である。

しかしその事実が客観的に証明されなければ、小池の将来に傷が付くことはない。小池を救うためとはいえ、決して許されることではないが、それを一番分かっていたのは小池自身である。そして夏目も無難に退官する道を選ばず、最後まで火中の栗を拾う人生を選んだ。

家に戻った夏目は直ぐに井上に連絡した。

「遅くまでお疲れ様でした」

「すまんな。こんな時間に電話して。結論は情報通りだったよ」

覚悟はしていたがショックは大きかった。話を聞いた瞬間に膝が折れ、全身から力が抜けたような感覚になった。だが夏目が接触していた時間を考えれば、理由や状況を聞いていないはずがない。井上は夏目の次の言葉を待った。

「井上、明日の夜、時間は作れるか?」

「もちろんです。ただ、報告したその日の夜に二人で会って大丈夫でしょうか?」

「確かにそのリスクはあるが、先延ばしできないのも事実だ。きちんと尾行は巻いて来られるか?」

「そこは信用してください！　場所はいつものところで大丈夫ですか?」

「そうだな」

壁に掛かったからくり時計は午前2時になろうとしていた。この時間まで夏目に無理をさせたことを申し訳なく思う反面、それだけ重大なことが起きているという危機も同時に感じた。

4

「失礼します」

翌朝、井上は中央情報保全隊に報告する前に情報官の村井に報告した。村井への報告は夏目と事前に摺り合わせを行い、夏目から「重大な問題なので齟齬がないよう直接報告するように」と指示され、そして情報官室には夏目に帯同するシナリオだった。

夏目は井上の帯同を利用して、村井に直ぐに中央情報保全隊へ報告することを助言した。そこには情報本部がかばい立てしていない事実を作り出す目的があった。そして小池のスパイ疑惑に関して可能な限り情報本部との接点をなくしておくことが問題解決の成否を握ると夏目は考えた。報告を聞いた村井は中央情報保全隊長に自ら電話した後、井上に直接保全隊長に報告するよう指示した。

井上は村井の指示に従い、中央情報保全隊長室を訪れた。そして丸岡から聞いた話を正確に伝えた。

すると中央情報保全隊長は、

「どんな情報を流しているとか言っていないか」

「公安調査庁はこの話を警察に伝えたのか」

など井上に質問したが、

「お話ししたことがすべてで、情報提供者の丸岡社長もこれ以上のことは知らないとのことでした」

と夏目の指示通りに対応した。そして井上は最後に昨夜のメモと同じメモを一枚保全隊長に渡した。井上はメモを提供することで情報を正確に伝達し、そして中央情報保全隊に協力的な印象を与えることができると考えた。

「どうもありがとう。あとはこちらで処理する。それとこのことは内密に頼みたい」

こうして情報提供は感謝の言葉で終わった。井上は夏目に言われたとおり、この日を境にしてこの問題に自ら積極的に関わることはしなかった。しかし2週間が過ぎようとしていた時、仁村から連絡があった。仁村は先輩と後輩との関係ではなく、保全隊の幹部として接触を求めてきた。

「実は井上一佐からの情報に基づき我々も小池三佐に対する調査を始めました。しかし今のところ漏洩したとされる具体的な情報が何であるかも摑めていません。また尾行などで本人の行動を確認しているのですが、中国当局の人間と接触している現場も押さえられていません」

仁村の話では小池に対する調査をしているが、問題となる行動も証拠も摑めていないということだった。そしてそれ以上に有用で価値ある情報が、

「尾行をしているのですが、警視庁や公安調査庁が小池三佐を尾行している様子がないのです。すでに捜査が終わっているのか、嫌疑不十分と判断したのか、その点が分かりません。ですが保全隊とし

てはこのまま尾行を続ける方針です」
という説明だった。つまり仁村は報告を利用して、小池に公安らの尾行が付いていないことや、情報漏洩の事実がないためスパイ疑惑情報が本当に正しいのか判断に困っていることなどを伝えたのだった。

井上は自分が提供した情報に基づき翌日には小池を呼び出すと思っていた。しかし防衛省は確証を摑むまでに漏洩する情報によるダメージを懸念したものの、確証がない中で尋問しても否認されれば終わりということで今の方針に決定していた。

裏を返せば防衛省は「小池はスパイである可能性が高い」と判断したからこそ、直ぐに呼び出さずに証拠を押さえることを優先した。だが「確証を摑んでから」の判断が小池の無実を証明する時間に傾いた。それを読んでいたのが夏目だった。防衛省の出方を長年見てきた経験もあるが、それ以上に勝算のある駆け引きの上手さが導いた作戦だった。

5

夏目が井上と別れたあと連絡したのは元自衛官・小西潤一郎（56歳）だった。小西は18歳で自衛官候補生として入隊した。入隊は小西の方が夏目より早かったが、幹部候補生と一般自衛官の違いから夏目が小西の上官だった。

二人が知り合ったのは現在の情報本部の前身の一つである陸上幕僚監部調査部に勤務した時で、その後に井上が入庁して3人が知り合うことになる。そして3人は一緒の職場で情報に携わっていた時期もあった。

だが2011年3月11日に発生した「東日本大震災」で運命が変わった。小西は宮城県出身の飲食店の一人息子だった。地震で父親を亡くしたあと、母親がひとりで父親の遺志を継いで飲食店を再開した。そんな母親を見捨てることができず、独身で自由に動けた小西は自衛隊を除隊して帰郷した。そして2年前に母親が他界し、夏目と井上だけに知らせた葬儀で3人は久しぶりに再会した。当時から3人は互いに信頼関係ができていたが、夏目と小西には二人だけの特別な秘密があった。

その特別な秘密とは二人が特殊任務と称して「組織に報告できない不適切な情報収集」をしていたことだった。二人は組織の許可なくロシアや中国の武官らが出入りするクラブでの写真や愛人との写真を撮影し、その写真や情報を使って情報収集をしていた。

だが2000年を迎える少し前には時代も変わり、さすがに「不正工作を使った情報収集」を続けることにリスクが生じていた。そのため二人はこのことを極秘裏のまま封印した。

しかし今回は小池の問題を解決するためには王興瑞に同じ方法で報復する必要があり、カメラマンは絶対条件だった。夏目は、すでに現役を引退している小西だったが協力を依頼した。

「水臭いことを言わないでください。またこんな日が来るなんて夢にも思っていませんでした」

小西は昔を懐かしむように夏目の依頼を快諾した。そして小西は店を臨時休業にして、翌日、飯田橋駅の近くにある「越後酒房八海山」に駆け付けた。

「越後酒房八海山」は名前の通り日本酒の酒造メーカー「八海山」公認の居酒屋で、越後を謳っているだけあって旬の魚と「越後もち豚」を使った料理が自慢だった。自家製のポン酢を使った越後もち豚のしゃぶしゃぶも絶品だが、毎朝直送される旬の魚は日本酒の旨さを引き立て、肉と魚の両方を楽しむことができる。そして座席は個室もあり、夏目が井上と二人で飲むのは、いつもこの店になっていた。

しかし小西が来ることも、そして特殊任務の過去も知らない井上は、

「どうしたんですか！」

と小西がこの重要な場にいることに驚いた。3人は久しぶりに再会した喜びに時間を割くこともなく直ぐに本題を話し合った。

最初、小西に小池の説明をして情報レベルを同じにした上で、井上は保全隊への報告状況を説明した。すべての説明を終えた後、夏目は井上に過去の話を伏せて小西を呼んだ理由を説明した。

「それはリスクがあり過ぎます。そんな方法で直接接触するなんて、絶対に報復されると思います」

井上は真剣になって反対した。すべてを失いかねない方法など賛同できるはずがなかった。

「小池の顔を見ながら、自業自得だと言えるのか？　あいつも写真で脅されたんだ。その辛さは同じ

写真で分からせた方がいいんじゃないか?」

井上は何も言えなかった。正論を口にしても代案一つ出せない自分が偽善者に思えた。そんな黙って俯く井上に夏目は諭すように必要性を語り始めた。

井上は自分を含めた3人が国家安全部と因縁があったことを知り、「絶対に許してはならない」という正義感が込み上げてきた。

「分かりました。しかしこのままではあまりにも無謀です。そこにもう一案、練り込みましょう」

井上は基本路線としては夏目の作戦を採ることに賛成し、そして自分が二人のバックアップにまわることを提案した。夏目は井上の提案は嬉しかったが表舞台には出したくなかった。

「お前は現役で、しかも先が長い。王のような奴のためにリスクを負わせることなどできない」

夏目は即座に反対した。だが井上は自分がバックアップに回れないなら、この作戦は容認できないと断固食い下がった。その結果、夏目も井上の熱意にほだされ、3人での作戦決行が決まった。

「今日は臨時休業にして上京したので、改めて長期休暇の準備をして合流します」

小西はそう言うとその夜の最終電車で宮城へ戻った。小西が立った後、夏目と井上の二人は徹底的に計画を練った。

そして2日後、小西は店の長期休業の準備を終えて上京した。

「時間がないから慌ただしくてすまんな。部下のためにも何とかしてやらんとな。ところでカメラの腕前は大丈夫か？」

「カメラの腕は落ちていないと思いますよ」

夏目と小西と井上の3人はその夜から作戦に取りかかっていた。小池の報告をしてから3日後の夜である。この作戦で最も重要なポイントは自然な立ち振る舞いと偶然の遭遇だった。非常にリスクのある作戦に3人は緊張感をもって臨んだ。

在日本中国大使館は港区元麻布3丁目にあり、ここは各国の大使館が集まっている場所で、北に300メートルも行けば六本木ヒルズがある高級住宅街だった。夏目と小西は在日本中国大使館の正面玄関が見えるところで王が出て来るのを待った。

夕方の仕事を終えてから王に声をかけようと張り込みを始めたが、久しぶりの現場での張り込みは初老となった二人にはキツかった。いまだに続く蒸し暑さも体力を奪ったが、いつ現れるか分からない長時間の張り込みに二人の大腿部、そしてふくらはぎが悲鳴を上げていた。

連日、夏目と小西は尾行には成功するものの、話しかけるタイミングがなかった。立ち続けて棒のようになった足で王を追いかける努力は5日目にして実りを結んだ。

「王さんですか？」

突然、声をかけられた王は少し動揺を見せたものの、

「はい。何ですか？」

　と夏目の質問に答えた。

「私は夏目と言います。防衛省に勤務しているのですが、少しお話しできますか？」

「防衛省に？　分かりました。でも今日はこの後予定があるので改めていかがですか？」

「10分もあれば話は終わりますので、この先にある飲食店でどうでしょうか？」

「分かりました」

　王はそう言うと夏目の後を着いていった。夏目と井上は事前にどの店に入るか決めていた。店を決めておかなければ夏目と王が密会している写真を上手く撮れない。そのために小西が宮城に戻っている間、夏目たちは中国大使館付近で張り込む場所や店を探し、何度もリハーサルまで重ねていた。

　夏目は王を西麻布の交差点近くの飲食店に案内すると、

「お忙しいところすいません」

　と言って予定していた席へ座らせた。そこに先に入店して二人を待ち、着座したのを確認した井上が、王に顔を見られないタイミングと位置を計算して、

「夏目一佐。ご無沙汰しています」

　とだけ声をかけてレジに向かった。

　偶然を装って夏目に声をかけることで、防衛省の人間であることを強く印象付けるだけでなく、二

人の密会現場の目撃者に仕立てることが目的だった。

「すいません。昔の部下で私も驚きました」

「大丈夫ですが、話というのは何でしょうか」

「実は……」

夏目はそう言うと鞄の中から茶色の封筒を取り出した。この封筒の封は開いた状態でそのまま中を確認することができた。封を開けたままにしたのは直ぐに中を確認させるためで、それこそがこの作戦の最も重要なポイントだった。夏目は封筒をテーブルに置くと、テーブルの上を滑らせるようにして王に差し出した。

「何ですか、これは」

「見れば分かります」

そう言われて中を確認し、入っていた100万円の札束を途中まで引き出した王は、

「このお金は何ですか？」

「この金でうちの可愛い部下に仕事を頼むのをやめてもらえればと思いまして……」

王は憤慨こそしなかったが、

「いや、いや。何を言っているんですか？」

と言って封筒を夏目に戻した。夏目は残念そうな顔をしながら、

「手切れ金はいらないですか？　それでは部下の方には今後はYou Tubeでメッセージも送らないようにしてください」

「何を言っているんですか？　あなたの言っていることが分かりません」

「そうですか。失礼しました。ここだけの話で終わらせたいと思っていたのですが……」

「あの、あなたは防衛省のどちらの方ですか？」

「小池の上官ですよ。広報部を通じて話をすると王さんも困ると思いまして、声をかけたんですが」

「そういうことですか……。ところであなたと防衛省についての情報交換はできるんですか？」

王は自分が情報を得る側になれる可能性を思い付いたのか、急に貪欲な態度に変わった。しかし夏目はこの時点ですでにすべての目的は達成できている。

「情報交換はできませんよ。みんな口が堅いですから。そうじゃないですか？」

夏目は最後の部分に小池の気持ちを加えた。絶対に情報を教えないという強い意志が防衛省の情報本部にはあることを示唆してやりたかった。それに王が気付いたのかは不明だが、夏目としては小池に成り代わって爪痕の一つも残してやりたかった。

「日本人が恩を仇で返すとは思いませんでした。非常に残念だ」

王は最初こそ動揺していたが、今では開き直った態度に変わっていた。その態度を見た夏目は王が写真を使って再び小池に揺さぶりをかけるのではないかと感じたので、

「それと小池と同じように写真も撮らせていただきました」

「……」

王は唇を嚙んで黙って席を立った。夏目も立ち上がり、深くお辞儀をして王を見送った。

この作戦の最大の特徴は人間の心理を巧みに利用した点にあった。井上が偶然を装って声をかけるだけでなく、封筒にも人間の心理を利用した。

封筒をテーブルに置き、それを滑らすように差し出せば「何だろう」と人は反応する。そして何も言わず頷くと人はそれを手にする。封筒が開いていれば人は中を確認したくなる。そして現金が束になっていれば、一度にすべてを引っ張り上げることになる。そんな現金を受け取るはずはないが、写真にはそこまで写す必要はない。

王が再び小池に揺さぶりをかけるようであれば、必要な部分の写真を何枚か用意して「王は中国の情報を金で売っている」とメモを添えれば王は間違いなく失脚する。夏目は王を汚職武官に仕立て上げる作戦まで見越していた。

小池のスパイ疑惑を極秘裏に処理した夏目と井上と小西だったが祝賀会もせず、小西は、

「店を開けないとお客も待っているので」

と言い残してその日のうちに宮城へ戻った。井上はゆっくりとお礼をしたかったが再会を約束して別れた。そして中央情報保全隊による小池の調査は続けられ、井上は発覚しないことを祈った。

夏目はもう一つ組織に秘密で動いていることがあった。それは国家安全部との接触問題だった。小杉狙撃事件を理由に延期していたが、接触を催促する連絡を受けていた。夏目は打算的発想から「自分がカウンターパートになっても半年後には退官してしまう」と糊塗するつもりでいた。そして夏目は小杉狙撃事件以外にもコロナウィルスでの渡航自粛を理由にしたり、省内調整が難航しているなどと適当な理由を並べては時間を引き延ばしていた。

6

「あなたたちは裏でうちの部下と接触を図っていたが、どういうことなのか！」

夏目は許可なく独断で国家安全部に連絡した。実際、王は軍の情報武官で組織は違っているが、夏目は王の姑息な接触手段を国家安全部に暴露した。夏目の目論見（もくろみ）の一つに「これも小池に接触しなくなる保険になるのではないか」という考えがあった。

国家安全部も夏目の「これをもって痛み分けで終わらせる」という提案を組織内で検討するとして、韓国ソウルでの協議の話は一旦棚上げされることになった。夏目は本部長らには小池の件で棚上げとなったという報告はできないため、

「国家安全部から『この件に関しては改めて必要があれば連絡する』との連絡がありました。理由の説明はありませんでした」

と報告したが、井上には真実を伝えた。井上は夏目の身を案じたが、

「自分自身を反省する性格が私にはないからな」

という一言で夏目は井上の懸念を一蹴した。井上はあまりにも大胆不敵な夏目の判断と行動に「別室にいた人だけあるな……」と改めて夏目の鉄石（てっせき）の意志に敬服した。

夏目が連絡してから1ヵ月が過ぎた2022年10月に王は本国へ召還された。

第三幕

第十章　米国代表団の来日

1

　夏目が中国・国家安全部に連絡して1ヵ月になろうとするが連絡はなかった。すべての事件が片付くと井上に大きな転機が訪れた。それはミスターXからの、2022年10月上旬に来日するアメリカ国防総省を中心とする代表団の情報だった。

　ミスターXとはCIAの調査を警告されて以後、どこかギクシャクした雰囲気だったが、そんな雰囲気を一変させる出来事になった。

　2022年9月中旬、ミスターXは井上と渋谷のセーフティハウスで接触した際、

「私は石田の照会で防衛省内での井上の信頼を失わせてしまった。この情報がお詫びになればと思っている。だから是非、この報告を早急に上げてもらいたい」

　と日米の極秘会議が円滑に進むためにも井上には活躍してほしいという願いが込められていた。

「情報は伝えます。……が、提案ですが、アメリカの要望を単なるミサイルの準備ではなく、さらに一歩踏み込んだ形での要求にすることはできませんか？」

　井上はそこにある一計を案じた。それは情報担当者として、また公務員として一線を越えてしまうことは分かっていた。だがこの機を逃せば再びこんな好機は訪れないだろうという強い思いがあった。

「意見としては伝えますが、日本がそこまで振り切れるのでしょうか？」

「２０２０年に解釈としては閣議決定で了承しているので問題はありません。私的な意見を盛り込むことが何を意味するかは分かっています。ですがここでアメリカが要求しなければ日本は永久に真の防衛力を持つ機会を失うことになると私は思っています。だから力を貸してもらいたいのです！」

ミスターXは黙っていた。井上の熱意は理解できるが、簡単に約束できる話でもなかった。

「分かりました。北朝鮮や中国の動向を考えれば理解だけではなく、私もその熱意にかけることにします。ただ約束はできませんが私も最大限の努力はしますので、防衛省内の方はお願いします」

当初ミスターXの情報は代表団の来日とその目的だけだったが、そこに今後の日本の戦略を大きく左右するミサイル防衛戦略が加わることになった。

「10月上旬にアメリカから代表団が来日する。その目的は日本に対する軍備拡張要請である。具体的にはミサイル協議である」

井上はミスターXの情報を簡潔明瞭に聞いた話だけを情報にして報告した。

代表団はアメリカ国防総省のメンバーで、構成はアメリカ国防安全保障協力局、通称「ＤＳＣＡ」とアメリカ国防兵站局、通称「ＤＬＡ」が中心で、これに在日米軍司令部が合流する。

アメリカ国防安全保障協力局は国防総省において安全保障政策を担当している。局内には戦略部が設置され災害支援なども担当している。次のアメリカ国防兵站局は軍事作戦に使用する物資の保管管理や調達を担当している。アメリカ国防兵站局はアメリカ国内だけでなく、日本を含めた世界30ヵ所近くに拠点がある。

　在日米軍は日本国内に陸海空のそれぞれの司令部が置かれ、各司令部を統括する司令官は歴代、太平洋地域を管轄する第5空軍司令官が兼務している。

　情報の重要性に鑑みただちに報告を上げたが、どこでも組織政治というものが存在する。中央情報部としては情報官、副本部長、本部長という直属の報告がある。そして総理までの報告ともなれば防衛局長、防衛審議官、そして防衛事務次官という報告先があり、さらに防衛事務次官から官房副長官や防衛副大臣、そして官房長官と防衛大臣に報告が上がり、やっと最後に総理報告となる。

　だが情報は緊急性を考慮して直接報告のルートも作られ、井上の情報はこの直接報告のルートに乗せて報告された。会議1ヵ月前という時間は十分に余裕があるように思えたが、実質的な余裕は思った以上になく、なぜなら報告にかかる時間の他に準備時間も必要だからだ。特に国家安全保障局はカウンターパートを持てるほどの人的余裕はなく、防衛省が主体となるため省内調整は必須だった。

　この代表団の情報を知るのはカウンターパートとなる国家安全保障局と防衛省関係者、そして一部の政治家だけだった。それほど井上の情報は早く正確で、日米防衛協力課でさえも入手していない情報だった。高い評価を受けた井上の情報は箝口令（かんこうれい）が敷かれ、水面下で進められた。

　会議に加わる国家安全保障局は通称「NSS」と呼ばれ、外務省、警察庁、そして防衛省など80

名で構成された組織である。局長をトップとして次長などの管理職の他、情報班や戦略企画班など6つの組織で運用されている。この国家安全保障局は2007年の小杉政権時代に構想が生まれ、2012年に特定秘密保護法とともに国家安全保障局構想が決定して2014年に設置された。

所掌業務は国家の安全保障に関する外交や防衛、経済政策の基本方針と重要事項の企画立案などで内閣官房に設置された。国家安全保障会議の事務方という位置付けで管理的色彩が強く、アメリカの国土安全保障省の機能とはまったく違っていた。

そして代表団はメディアにまったく取り上げられることもなく、静かに横田基地から日本へ入国した。極秘のうちに代表団と日本側との会議が始まると、議題は井上の情報通りの内容だった。

「現在、アメリカはウクライナに対してミサイルや砲弾などの弾薬を供与している。地対地ミサイルのような大型ミサイルの供与予定はないが、ウクライナへの弾薬の供与は継続することになる」

と前置きし、ここからは非公式とした上で、

「アメリカは中国との戦いに備えた場合、我が国は自国で使用する弾薬と台湾に供与するものが限界であり、日本に対して弾薬を供与する余裕はない。したがって日本は対中戦闘に備えて自国で使用する弾薬は自ら準備してもらいたい」

と伝えられた。井上からの事前情報で知っていたとはいえ、直接、深刻な表情で伝えられた日本側はこの問題の重要性を再認識させられた。

アメリカは今後予想されるさらなる米中対立を睨んで日本に代表団を派遣したと思えた。それはアメリカが本格的な対中戦争の準備に入ったとさえ感じさせるものだった。その機微な部分を知るために日本側は言い方に配慮しながら、

「ミサイルなどの弾薬はいつ頃までに準備をする必要があるのか」

と、米中戦争勃発の可能性と時期を質問した。すると代表団側は、

「日本が1年で準備ができるとは考えていないが、遠い将来のことを要請しているつもりはない」

と本気の度合いを感じる答えだった。この準備期間の時間的示唆は「砂時計の細砂はすでに落ち始めている」という言い方にも聞こえた。

橋本政権も4ヵ月前の骨太の方針では「5年以内」と中期的な視点での防衛力整備を示唆していた。だが10月に行った第210回臨時国会の施政方針演説では「新たな国家安全保障戦略等を本年末までに策定」と明言し、さらには「反撃能力を含め、あらゆる選択肢を排除せず、現実的な検討を加速し、海上保安能力の強化にも取り組む」と説明した。

骨太の方針の発表から施政方針演説までのわずか4ヵ月間に、防衛力整備が5年以内から年末へと変わった。その間にドイツにおけるG7サミットなど国際社会からの影響や調整があった可能性もある。だがこれだけ急激に意思決定が変化したのは橋本政権が持つ独自の外交ルートの影響や党内議論よりも井上の一計が大きく影響していた。この一計は井上とミスターXによるセーフティハウスで決

まったことだが、それを知る者は二人の他には誰もいなかった。

井上がミスターXに依頼したのは代表団にミサイル調達の負担とともに、「そのミサイルが反撃能力を有し、さらにはスタンド・オフ防衛能力に対応できること」をアメリカの条件に付けることだった。2020年に閣議でスタンド・オフ防衛能力は可能と決定したが「それは敵基地攻撃になるため憲法違反」と防衛省内、特に背広組が反対していた。

日本で公に「スタンド・オフ防衛能力の保有」という言葉が使われたのは2020年12月の防衛大臣の記者会見だった。この時の会見で「新たなミサイル防衛システム」としてスタンド・オフ・ミサイルの開発が閣議決定したことを明らかにした。

防衛省が検討するスタンド・オフ防衛能力とは「レーダーやミサイル技術の向上に伴い、敵艦艇などに対して脅威圏外の離れた位置から対処を行えること」を意味する敵基地への反撃能力のことを意味した。防衛戦略を立案する背広組の中には「敵基地攻撃は憲法上許されない」と、国防を優先する防衛省の人間とは思えない者もいた。井上は「この考え方を排除するには代表団、そしてミスターXの力を利用する他ない」と考えた。

また中国の台湾統一を阻止するためにも日本のミサイルが果たす役割は非常に大きい。具体的にアメリカが期待するのは、中国本土を射程圏内とする飛距離と海上に展開する艦船を一掃する高い命中率である。この二つを握られると中国は海上封鎖戦略の成功率が極端に低下する。したがってアメリカが代表団を派遣するほど日本にミサイル反撃力を強く求める理由もここにあった。

日本には現実問題としてミサイルを調達するにも予算的な問題がある。さらに憲法9条をはじめとする法的な問題があるが、周辺国の軍事力を見れば「専守防衛だけで国家が守れるのか」という思いがあった。そして本来であれば井上の役目はミスターXの情報を報告した時点で終わりだった。

しかし「スタンド・オフ防衛能力の保有」は何としてもこれを機に実現に結び付けたかったので、自ら連絡員を志願した。そして志願したもう一つの理由は近藤の存在だった。近藤は9月に防衛監察本部から防衛政策局防衛政策課長へ異動し、ミサイル問題を含んだ防衛戦略を担当していた。防衛政策課は防衛政策局の筆頭課であり、近藤は局の筆頭課長になっていた。井上がそれを知ったのは代表団の来日情報を報告した時で、井上は防衛政策課から直接報告を求められて行くとそこに近藤がいた。

その時に近藤から、

「ここでお会いするとは思いませんでした。奇縁でもあるのでしょうか。ところで代表団の要望でスタンド・オフ防衛能力の保有がありますが、周辺国との問題や国民の理解、そして規定上の制約等で今の日本では実現は不可能だと思うのです。その意向を伝えることは可能なのでしょうか」

と言われた時、井上は「絶対にこの件から外れてはならない」と決意した。

2

アメリカの代表団が突き付けた課題は防衛省に重くのしかかっていた。日本は早急にミサイルの調達や法的整備、それを可能にする予算問題を解決しなければならなかった。だがそんな動きを「専守防衛」という言葉で阻止しようと防衛政策課に異動した近藤は画策していた。

近藤は堂々と省内でスタンド・オフ防衛能力の保有を批判した。そして近藤はいろいろな機会を捉えては「ミサイル攻撃に対する迎撃は必要だが、専守防衛を逸脱する敵基地攻撃が可能なミサイルを保有すべきではない。その使用は周辺国との和平が崩れ、憲法が禁ずるところだ」と断固反対した。

しかし井上は「戦略は相手国が最も選択する可能性のある戦術を分析して、それをどのように迎撃するかを考えるもの」と教わって育った。そのためにも「新たな国家安全保障戦略」に組み入れる必要があると考えていた。

「スタンド・オフ防衛能力の保有に対して一部の背広組がこれを阻止しようとしているらしい。したがって阻止しようとしている奴らの動向を中心に情報収集をするように」

井上は近藤の名前こそ出さなかったものの小池に具体的な指示をした。小池は井上の指示を他の部下たちに伝達し、部下たちは直ぐにでも結果を出そうと一丸となって情報収集に駆けずり回った。

「井上一佐。有事の際、海上保安庁の指揮権を防衛大臣の指揮下に入れる話はご存じでしょうか？『統制要領』と呼ぶらしいのですが、今検討に入っているそうです」

小池の報告は政治部の記者から入手した情報だった。2022年10月17日の予算委員会で海上自衛隊と海上保安庁との関係を質問された時、大野防衛大臣は、

「海上自衛隊と海上保安庁が武力攻撃を想定した共同訓練は実施したことがない」

と答弁していた。この情報は防衛政策局で検討していたが、情報本部には伝えられていなかった。伝えられなかったのは「聞いていなかった」のではなく「秘密」にされていたからである。

「海上保安庁は国土交通省の機関だし、言ってしまえば海の警察機関だからな。武器はあるけど自衛用だし、結局は警察比例の原則があるから武器の使用も条件付きだからな」

武器の使用は自衛隊にも警察比例の原則が適用されていた。簡単に言えば正当防衛や緊急避難でなければ武器は使用できない。だが井上が懸念したのは海上保安庁が対応した不審船事案だった。

1999年の「能登半島沖」事案では不審船に逃走され、この教訓から2001年の九州南西海域では不審船と交戦した。不審船は自沈したが「統制要領」の発令は不審船が相手ではない。確かに装備も強化されたが警察比例の原則がある限り実効性に関しては大いなる疑問を感じていた。

「ご指摘のとおり、武器の問題から前線での運用ではなく、救助活動や物資の搬送などの後方支援任務で運用する方針のようです」

「ということは、海上自衛隊は戦闘に特化させるという発想だな」

「それと第3回の有識者会議に元統合幕僚長と元海上保安庁長官が招聘されるそうです」

「内閣官房が主管する『国力としての防衛力を総合的に考える有識者会議』のことか？　第3回は11月9日だから3週間後か……」

　橋本政権は外務省と防衛省が作成した政策を国家安全保障局が監修する形で、新たな防衛政策の方針を打ち出そうとしていた。これがまさに「新たな国家安全保障戦略等を本年末までに策定」と橋本政権が明言し、後に「安全保障関連3文書」と呼ばれる国家安全保障戦略、国家防衛戦略、防衛力整備計画である。国家安全保障戦略は2013年に初めて示され、国家安全保障の中で最も重要な文書で、それに国家防衛戦略、防衛力整備計画と続いている。

「記者の話では国家安全保障に関する文書の原案ができたそうですが、調整にまだ時間が必要だということでした。敵基地攻撃の関係も盛り込まれるようです」

「そうか。原案ができたという話は聞いていないが、もうできていたのか……」

　井上は自分の情報と乖離した部分を卓上のメモ帳に書き残した。必要な内容を書き終えると、その部分に大きな○を付けて「確認」と書き加えた。井上は原案にきちんと「敵基地攻撃」が盛り込まれているのか心配だった。だが小池の報告を聞き、気分的には安堵した。

　橋本政権としては「敵基地攻撃まで踏み込んだ国家安全保障」を作成する方針でいるが、「憲法上の解釈に無理がある」「周辺国との軋轢が激化して経済に影響が及びかねない」などと事務局で不安材料を焚き付けると急に日和る可能性がある。そのため公表されるまでは安心できなかった。

「与党の方はどうだ？」

「このままだと反撃能力の議論は溝が埋まることはないと言っていました。それに中国の評価、財源問題。現状だと民自党と公正党との間では何一つ合意に至るとは思えないとも言っていました」

「やはり公正党を使ってくるつもりなのか……」

「公正党を使って……ですか？」

井上はこの国会で夏目にある画策を依頼していた。その布石によりメディアを利用した「違憲キャンペーン」を封じ、結果的には与党内の反対派を利用するしかないよう意図的に近藤を追い込んでいた。世界を相手に戦う井上にとって近藤の画策など素人に等しかった。

「公正党は結局、どれだけ溝ができても民自党と違えて野党の道を選ぶはずはないと思うぞ。選挙区の候補者問題で対立しても結局は民自党と手を結んでいるからな。ある公正党の幹部は『与党に長くいると野党には戻れなくなる』と言ったこともある」

「しかし公正党は１９６４年の結党大会で『日中国交正常化』を掲げた政党です。そう簡単に党の理念を変えられるでしょうか」

公正党は１９７２年の日中国交正常化交渉に先立って公正党の委員長が訪中した。そして前年の１９７１年には今の中国政府を「合法政府」として日本政府よりも先に承認している。その点を踏まえると公正党に「中国脅威論」を認めさせるのは無理だというのが一般的な見解だった。

「そこが政治なんじゃないかと私は思うけどな」

井上は「公正党は最終的には民自党の折衷案にすり寄る」と踏んでいた。公正党は折衷案まで押し戻すことで中国からの批判を和らげ、これを公正党の成果とするものと考えたからだ。

「ところで、質問があるのですが……」

「何だ？」

「新たな防衛文書を了承させるのに、委員会での質問に答えないで大丈夫なのでしょうか？」

小池は国家安全保障戦略を野党が了承しない中で、閣議決定のみで成立できるのか疑問だった。小池が質問した時、他の部下たちも作業する手を止めて注目していた。これを見た井上は「おそらく小池の個人的な質問ではなく、部下を代表しての質問ではないか」と感じて立ち上がると手を叩き、

「ちょっと聞いてくれ」

と事務室内の全員に聞こえるように呼びかけた。そして前回初めて国家安全保障戦略が打ち出された時の説明を始めた。

前回も小杉政権の下、閣議決定で終わらせたこと。法的根拠は内閣法4条で法律や予算にかかわるものではないから閣僚での全会一致が得られれば効力を持つこと。閣議決定のためには与党協議で合意を得ておく必要があることなどを簡単に説明した。

「では今回も閣議決定で終わらせるということになるのでしょうか」

小池は確認するように質問した。

「法的に問題がないのだから、そうなるだろうな」

「法的に問題がないのは理解しましたが、今回は『敵基地への直接攻撃』に踏み込んでいます。これは過去の政府解釈と異なりますが、国会で議論せずに『専守防衛の範囲』で決着できるのですか？」

今度は他の部下が手を上げて質問した。この時井上は防衛大学校を卒業して10年目の1997年に陸上自衛隊情報学校の教官をしていた当時のことを思い出した。部下に教育を兼ねて質問に答える。知りたい意欲のある者に自分の知り得るすべてを教える心地良さを久しぶりに感じていた。

「私見になるが、防衛予算は40兆円を超える額になる。この額だと絶対に本会議で議論する必要がある。つまり本会議で議論するつもりだと私は思っている。それこそ情報本部なんだから防衛政策局に行って情報を誰か取ってこい！」

この最後の一言に部下たちは一斉に声を出して笑った。この笑いが井上に心の底から喜びを感じさせた。近藤が自分のパワハラ疑惑を探していたことを思い出すように「この雰囲気を実際に見てみろ！」という爽快感すら感じた。

小池もすべてを吐き出してから2ヵ月が経ち、徐々に明るさが戻って来ていた。何事もなかったように振る舞ってはいたが、そんな頑張っている姿こそ井上には痛々しく感じられた。しかしこの頃には昔の小池を取り戻し、来たるべき防衛監察本部の査問にも問題がないように思えた。

中央情報保全隊は小池のスパイ疑惑を調査したが漏洩を確認できるものは一切なかった。だが問題の重要性に鑑み、防衛監察本部も加わって2ヵ月に及ぶ徹底した調査が継続された。それでも小池の情報は、具体的にどのような情報が流出しているのかという肝心な部分は全く不明だった。

さらには公安調査庁を主管する法務省に小池情報の提供をお願いしたが、結果的に得られた情報は「中国担当が在日本中国大使館から聞いた話」というだけだった。このまま放置できない防衛監察本部はついに小池本人から直接聴取することを決定した。

3

11月1日に小池が呼ばれたのは井上が石田の照会の件で呼ばれた時と同じ査問部屋だった。監察官と5メートル程度離れて正対する距離感は、同じ机で正対する以上に威圧感があった。だが小池は夏目から言われた通りの主張を通しきる覚悟で臨んでいた。

「小池三佐、監察本部に呼ばれた理由は分かりますか？」

「正直、何で呼ばれたのか分かりません」

小池は正々堂々と一片の曇りもなく、質問した監察官の目を見ながら答えた。動揺ひとつ見せることなく、落ち着いた態度は監察官に「スパイ疑惑は偽情報だったのではないか」と感じさせるには十分だった。しかし監察官にも意地がある。

「それでは小池三佐の経歴を話してもらえるか？」

小池は自分の略歴を答えた。

「では現在の任務について説明してもらえるか？」

「現在は中央情報本部に所属して、周辺諸国の軍事動向に関する情報の収集と分析を行っています。具体的な内容もお話しした方がよろしいでしょうか？」

「それは結構です。海外の情報機関との接触はしていますか？」

「海外の情報機関に対しては組織的に決められた人間だけが許可されています。私はその立場になく、海外の情報機関とは接触していません」

「分かりました。では今まで一度も接触したことはありませんか？」

「一度もですか……。不審な働きかけがあった場合にはその都度、上司に報告をしています。ただ『もしかすると情報機関ではないか』と思った人物もいましたが、自ら故意に接触したことは記憶にありません」

「故意にはない……。それは間違いありませんか？」

「はい。間違いありません」

「では中国の情報機関で何か思い当たることはありませんか？」

「中国……ですか？」

小池は少し記憶を辿るような仕草をして考えていると、業を煮やした監察官は、

「はっきり尋ねますが、小池三佐が中国に情報を流しているという情報提供があったんだよ。何もないのにそんな噂が立つのは変だろう」

と語気を強めて威嚇するような言い方をしたが、小池はまったく身に覚えのない話とばかりに、

「ご迷惑をおかけして申し訳ありません。しかし私には思い当たるものは何もありません」

と冷静に答えた。

その後も監察官は小池に質問したが切れるカードのない監察官は直ぐに手詰まりとなった。尋問が始まってから30分も経たないうちに、

「分かりました。小池三佐の言い分は理解しました。詳細は追って連絡します」

と言って小池は退室が許可された。廊下に出た小池は表情を一切変えることなく、静かに自分の事務室へ歩いて行った。そして危機を乗り越えた安堵の気持ちが全身を満たしていた。

井上は小池が防衛監察本部の聴取を終えた2日後、小池を誘って市ヶ谷駅の近くにある「麹蔵」という沖縄・鹿児島料理が味わえる焼酎の専門店に行った。聴取当日はさすがに問題があるので井上なりに気を遣った日程だった。

この店は市ヶ谷の他にも都内に数店舗あり、店内は昔の日本家屋を模したデザインで雰囲気も良かった。鹿児島直送のさつま揚げやゴーヤチャンプル、新鮮な刺身など食に困ることはなく、また店

内に置かれた芋焼酎と泡盛は全種類を飲むのにどれくらいかかるだろうと思うほどの品揃えだった。

「本当は報告のあった日に慰労会をやりたかったんだが、一昨日のこともあったからな」

「その件では本当にご迷惑をおかけしました」

「無事に終わって良かったじゃないか」

井上は夏目から小池が防衛監察本部に呼ばれた理由を知らないふりをするよう言われていた。そのため小池は監察官の尋問を終えて自ら報告したことで井上が知ったと思っていた。

「しかしこの情報をよく取ったな」

「偶然と言いますか、まぐれと言いますか。でもそう言っていただけると嬉しいです」

小池が摑んできたのは近藤が主催する勉強会の開催情報だった。メディアの人間を集めて安全保障関連3文書や防衛戦略問題を勉強しようという趣旨のものだった。もちろんこの情報は中央情報保全隊の仁村にも伝えていた。

「許可もなく勝手にメディアを集めて勉強会をやるのが、問題になるとは思わないんでしょうか?」

「そこまで追い込まれているんじゃないか?」

「しかしメディアを焚き付けて妨害を図ろうなんて、奴は本当に防衛省の人間なんでしょうか?」

「まぁ、こちらも罠を仕掛けさせてもらうけどな」

井上は小池の情報で、ある一計を案じていた。

4

2022年10月3日に召集された第210回臨時国会は折り返しの11月10日を迎えていた。井上は「スタンド・オフ防衛能力の保有が安保関連3文書に盛り込まれる」との情報を摑み、自分の立てた戦略が順調であることを喜びながらも、無用に注目されないことを警戒していた。

代表団が来日して1ヵ月が過ぎ、久しぶりにミスターXといつもの渋谷のセーフティハウスで接触した。

「安全保障の文書は順調に進んでいますね。今回は『相手の敵基地攻撃が可能』というところまで踏み込んでいると聞いています」

ミスターXは満足そうに言った。つまり代表団の来日時に井上が依頼した「スタンド・オフ防衛能力の保有が可能になること」が文書に盛り込まれ、順調に進んでいることを意味した。

「その情報はどこから?」

「トマホークの購入です。今回の防衛予算でアメリカからトマホークを購入します。地対地ミサイルの開発は可能でも、艦船と航空機に搭載するミサイルの開発が間に合わないことが理由だそうです」

「どの程度を予定しているか聞いていますか?」

「詳しくは分かりませんが、500発程度だったと思います」

「防衛省はスタンド・オフ防衛能力の保有を2年かけて承認してもらいました。この敵基地攻撃を見据えた戦略が実際どこまで運用が可能なのか懸念していましたが、これでやっと一歩踏み出せます」

「防衛政策局の方では根強い反対意見もあったそうです」

　この時に井上は「やはり近藤が動いている」と直感した。だが井上は黙ってミスターXの話を聞いた。

「私は個人的にミサイルが今以上に重要な兵器になると思っています」

「と言いますと？」

「2040年にはステルス技術が無効になると言われています。そのため今まで以上に高性能で遠隔地から正確に攻撃できるミサイルが開発され続けると思っています」

「でも、アメリカの新型空母では駆逐艦と区別が付かないくらいレーダーには小さく映る技術を開発したし、B2爆撃機は垂直尾翼をなくすとか、ステルス技術はいろいろ対策を講じていますよね」

「日本も防衛装備品の生産を強化すれば、ステルス能力の2040年問題は解決できるでしょう。それにミサイル開発も世界のトップクラスのものを作れると思います」

「防衛装備品の開発は予算の問題から参入する企業がないのが現状です。それとF2開発問題は今もトラウマになっています。アメリカが再びF2開発問題を起こさないと断言できますか？」

「政治的な問題は分かりませんが、当時は経済的な背景が大きかったと思います。今の時代はむしろ積極的に共同開発さえ考えていると思います。ここだけの話にしてほしいのですが、アメリカはオーストラリアに原子力潜水艦の売却を考えています」

「F2開発問題」とは別名「FSX問題」と呼ばれ、1982年に「次期支援戦闘機」24機の開発が決定した。しかしエンジン以外の開発をすべて国産としていたが、日米貿易摩擦によりF16をベースとした日米共同開発に変更された。この結果計画は大幅に遅れ、初号機の配備は2000年となった。この問題はアメリカが日本に対して重要な兵器の開発は独自では許さない象徴とされていた。

「原子力潜水艦をですか！　アメリカが原子力潜水艦を売却するなんて想像もできません」

「ただし2030年以降の話です。対中戦争では海軍力が勝敗を大きく左右します。アメリカは現在の海軍力の差を維持するために、オーストラリアへの配備計画を考えたのだと思います」

「つまり中国包囲網のために原子力潜水艦の数を増やしたいということですか？」

「私はそう思っています。ですから日本に原子力潜水艦を売却するか分かりませんが、保有することに反対はしないと思います。このことは発表されるまで報告は絶対に控えてください」

オーストラリアの潜水艦建造計画は当初日本と交渉が行われていたが、フランスの介入によりフランスの建造に決定していた。しかしここでアメリカが「原潜」を持ち出しフランスの計画を無効にした。この背景にはアメリカとの関係を何よりも優先するオーストラリアの国家政策もあるが、米英豪3ヵ国軍事同盟「AUKUS」によるところが大きいとされる。

「日本はディーゼルエンジンを使用した潜水艦を使用しています。その理由は原子力潜水艦が専守防衛の兵器ではないからです。ですがソナーや駆動にかかる電気消費量は多く、それに攻撃力を踏まえると原子力潜水艦の必要性は明らかに時代の趨勢ですが、それを日本が……」

ミスターXはいろいろな情報を口にするが、これまで「報告は絶対に控えてください」と口にしたことはない。そのため井上は無意識のうちに緊張していた。

「ところでアメリカは中国との開戦は避けられないと本当に考えているのでしょうか？」

「井上さんはどう考えていますか？」

この議論は以前もしている。しかし、いちど議論した話でも情勢は刻々と変化しており、一日で変わることもある。その意味ではその都度、確認する必要があった。

「旧ソ連との冷戦を乗り越えてきたことを考えれば、私は回避できると思っています」

「確かに冷戦を乗り越えましたが、ロシアと中国とではまったく違います」

「どういう意味ですか？」

「ロシアとの冷戦を問題なく終えたのは、政治的なホットラインが存在したからです。軍事的な誤解があって危機的な状況になっても、ホットラインによってそれを回避することができました。しかし中国との間にはそれがない。それが最大の問題なのです」

「ホットラインがないのですか？」

「まったくないわけではありません。しかし非公式に直接連絡するとなると限られると言うか……」

ミスターXは機密事項に該当するために詳細な説明を避けたのが分かった。だが原子力潜水艦の情報を隠さなかったミスターXが言葉を呑み込んだことを考えれば、かなりの「極秘情報」に該当するのは間違いなかった。この問題は日本も同じで中国やロシア、そして国交のない北朝鮮であっても連絡手段はある。だがそれが機能しているかは別の問題である。

またミスターXが旧ソ連時代の冷戦と中国の新冷戦の最大の違いを『戦闘を回避する手段』だと考えていることは参考になった。この問題に関して「アメリカはパイプ作りのために積極的に動いているのか」と質問したかったが、今後の米中外交を見れば分かることなので敢えて質問をしなかった。

実際、この情報後に「現政権で」や「就任後初めて」などのまくら詞が付く米中要人の相互訪問が積極的に始まった。そして2023年11月15日の米中首脳会談において首脳間のホットライン設置が合意されることになる。その後も報じられるニュースを目にする度に、井上はこの時の情報を思い出しては驚くのだった。

ミスターXは話題を変えるように、

「忘れていましたが、ロシアの戦術で注目すべき動きがあったのを知っていますか?」

「ロシアの戦術ですか?」

「今までの兵器開発は高性能、高機能に進んでいましたが、今ロシアが進めているのは『質より量』です。無誘導爆弾に誘導センサー付きの折りたたみ翼を取り付けて、誘導ミサイルとして使う方法です。安価な誘導ミサイルを使うという発想は戦車にも使っています」

「戦車に……ですか?」

「ロシアは昔の戦車を使用していますが、機能はアップデートされています。戦車は通常一台5億円くらいしますが、アップデートだと数千万円でできるので費用は10分の1以下です」

「日本の10式は一台10億円と言われていますけど、相手が古い戦車ならどれだけの台数と戦っても勝負にならないと思います」

「どうでしょう。優秀な戦車でも弾薬数は決まっていますからね。2021年12月13日にアメリカでラピッドドラゴン計画という新たな戦略的兵器を試験しました。この戦略というのは輸送機にパレットを搭載して、このパレットを空中で放出すると中に入っている誘導ミサイルが標的に向かっていくというものです。これはまさに従来兵器を使ったアップグレード方式です」

「確かパレットを利用することで輸送機が爆撃機に変わるのが最大の利点でしたね。爆撃機は1億ドル以上と言われるのに対して輸送機ではその半分以下のコストで済むという話じゃないですか?」

「その通りです。新兵器を開発する一方で、従来の兵器をいかに近代兵器にするかが大事です」

「最後にアメリカは日本の国家安全保障戦略をどう見ているんですか?」

「日本は好戦国ではありませんが、世界の中では高水準の戦力を保有しているのは間違いありません。新たな戦略の策定は今年中に確実に実行されると思っています。これにより中国は新たな戦略を打ち立てるでしょうが、選択できる戦術は大きく制限されることになると思います」

ミスターXの言ったことは事実だった。日本は冷戦時代以降、他国の脅威を理由に軍事力を増強してきた。だが、そこにはアメリカの影響力があった。北朝鮮がミサイル発射実験をすればイージス艦を購入し、中国が空母を保有すれば日本も護衛艦を軽空母化してきた。そういう意味でも井上はスタンド・オフ防衛能力がどう影響を及ぼすのか期待せずにはいられなかった。

5

ミスターXと接触した1週間後、防衛省は自衛隊職員の懲戒処分を発表した。処分内容は防衛省内の女性に対するハラスメントで、単なるセクシャルハラスメントだけでなくパワーハラスメントでも処分され、さらにハラスメント関連で一度に懲戒処分者が6名という過去最多のハラスメント事案だった。

処分には懲戒処分ではなく、「監督上の措置」または「監督処分」というものもある。これは「防衛大臣注意」や「防衛監察本部長注意」などで一見重い処分に見えるが、懲戒処分の方が何倍も重たい。監督処分を含めると今回の事案では全部で15名の処分者を出していた。

井上はこの処分の発表を知り、眉をひそめた。井上自身、ハラスメントを肯定するつもりもなければ、処分を否定するつもりもなかった。だがこのような省庁の不祥事報道発表後は、世論が否定的に反応する傾向が強い。過去の防衛省の政策過程でも、なぜか防衛問題の議論が始まると意図的に不祥事情報が流されていた。それにより、結果的に防衛省の目指していた政策に対して数段下がった「羊頭狗肉」の決定になっていた。

スタンド・オフ防衛能力の保有が安保関連3文書に盛り込まれようとしている今、この問題がどのように影響するのか、井上が気にならないわけがなかった。

「処分の関係で何か情報があれば教えてくれ」

井上は直ぐに仁村にショートメールを送ると、仁村からは即、

「分かりました。調べておきます」

との返信があり、1時間もしないうちに、

「1830にジュースでも買いませんか?」

と再びショートメールが送られてきた。この「ジュースを買う」とは久美子の情報を教えてくれた場所であり、方法である。井上は仁村が何か摑んだのだと期待した。

時間通りに自動販売機へ向かうと仁村がひとり、缶コーヒーを片手に待っていた。そして早々に、

「今日の処分発表ですけど、近藤が関係していました」

と言われ、「えっ」という感嘆詞も出ないほど井上は驚いた。井上は「何で」という驚きよりも「また近藤か!」というのが最初に抱いた感情だった。

「この処分は本来、もう少し慎重に対処する予定だったので、こんなに早く発表するはずではなかったそうです」

「そうは言っても今時、隠蔽できる時代じゃないんだから、早いも遅いもないんじゃないか？」

「遅延を目論(もくろ)んでいたという意味ではなく、近藤が圧力をかけて発表時期を早めたという意味です」

「どういうことだ？」

「この情報を摑んだ近藤はＮＨＫにリークしました。防衛省記者クラブの記者は防衛省幹部に取材を始めたのですが、秘密裏に取材していたので情報は拡散しませんでした。そこで近藤は新聞社にもリークして情報を拡散させ、記者を使って防衛監察本部に圧力をかけさせたようです」

「とんでもない奴だな。そこまで腹黒いとさすがに許せないな」

「記者から取材攻勢を受けた監察としては『隠蔽』だの、『先延ばし』など言われたくないので、急いだみたいです。私の協力者も凄い怒っていましたから」

「仁村、監察にも協力者がいるんだ。さすがだな。じゃなければ、こんなに早く分かるはずないと思ったんだよ」

「それを教わったのは課長からですけど……」

仁村はそう言うと保全隊の部屋に戻っていったので、井上は手を上げて仁村に感謝を伝えた。井上は事務室に戻りながら裏で立ち回る悪辣な近藤に怒りを超えた憎しみさえ感じていた。

第十一章　「安全保障関連3文書」の攻防

1

第210回臨時国会は2022年12月10日の閉会まで3週間を切った。橋本は、施政方針演説で表明した「新たな国家安全保障戦略」となる安全保障関連3文書の国家安全保障戦略、国家防衛戦略、防衛力整備計画の改定を進めていた。

半世紀前の日本では「同盟反対」や「戦争反対」を掲げたデモ隊と警察の警備隊との衝突により多くの死傷者を出した。60年安保闘争、70年安保闘争である。1960年に締結された新日米安保条約では反対するデモ隊が国会前に集結し、スクラムを組んだ渦巻行進や火焔瓶、投石をするなどの不法行為が行われた。だが今の日本の国民の関心は低く、無関心にさえも思えるほどだった。

近藤は「背広組」の特権を活かして得た情報を野党議員にリークして、予算委員会などで国家安全保障戦略や有識者会議の内容を問い詰めることで世論形成を図ろうとした。これに対して橋本が、

「現段階ではお話しできません」

「具体的な問題にはお答えしかねます」

と明確な答弁を避けても、橋本批判はおろか「政府が防衛関連で新たな解釈」「専守防衛から方針を再検討」などと活字が躍ることはなかった。メディアは「小杉元総理狙撃事件」で極東平和教会一

色になっていた。

メディアは民自党と極東平和教会との関係を報じ、その後は国会議員個人の名前を挙げて指摘した。野党はこれを国会で追及していたが、今度は追及した野党議員が極東平和教会との関わりを暴露された。その結果、本国会は「極東平和教会国会」とまで揶揄された。

この極東平和教会国会の裏で動いていた人間が二人いた。一人は夏目貴之であり、もう一人は内閣情報調査室国際部調査官・今泉秀幸（58歳）だった。二人は在韓国日本大使館で一緒に勤務していたことがあり、それ以来20年以上の付き合いになっていた。

「夏目ですが、ご無沙汰しています。ちょっと力を貸してもらえませんか」

「どの程度、役に立てるか分かりませんが……」

夏目は今泉に極東平和教会と関係する国会議員の情報を意図的にメディアへリークするよう依頼した。内閣情報調査室はメディアとのパイプが太く、今泉は国際部だったが極東平和教会は北朝鮮の関係で対象団体の一つとして情報を把握していた。もともと石田と極東平和教会との報道で下地はできていたので、極東平和教会の話が下火になっても今泉が一石投じれば、極東平和教会問題は直ぐに再燃した。

この日、井上は夏目の部屋を訪ねた。夏目は一度ソファに視線を送ったが、井上が首を横に振ったのでそのまま座っていた。井上は夏目と正対すると、改めてかかとを付け直して一礼した。

「あの眼鏡を掛けた色黒の背の高い奴はどうだ？」

「あっ、近藤ですか！」

「名前を出すなよ」

「極東平和教会の情報リーク、ありがとうございました」

「まったく上司を袖で使うとは、本当に驚かされるよ」

情報リークを画策したのは井上だった。

「あいつは腐っても背広組です。やはり内部部局にいる強みは大きいです。最近は敵基地攻撃を『懲罰的抑止能力』に該当するので専守防衛を掲げる日本の戦略としては問題があると騒いでいます」

抑止力を大別すると「懲罰的抑止」と「拒否的抑止」に分かれる。懲罰的抑止とは第一攻撃後に報復的な反撃を加えることで、相手国による攻撃の意思を抑制させる方法のことをいう。この場合、報復的な攻撃能力が強力な破壊力を有していなければ効果はない。

「近藤は『核の傘』も懲罰的抑止ということを知らんのかな」

「おそらく、懲罰的という言葉を使うと日本人としては、やり過ぎみたいなイメージを持つと考えたのではないでしょうか」

「イメージなぁ。今日本の持っているミサイルを全部撃ち尽くしても、他国が壊滅的なダメージを負うほどのミサイルは持っていないのにな」

「反撃も飛来するミサイルは迎撃できるが、発射したミサイル基地はもちろん司令部も攻撃してはならないと主張しているそうです」

「縦深戦略理論は絶対に認めないという考え方なんだな」

縦深戦略理論とは前線部隊だけでなく、その後方の部隊を同時に攻撃することで、敵軍の攻撃能力の減殺を図るという戦略である。これはミサイル発射台だけでなく、後方にある司令部などを攻撃する現代作戦の基本の一つである。

「近藤はかなり焦っているようで今は与党の公正党議員に積極的に働きかけを行っているようなので、情報は仁村の方に流しています。それと小池も別働隊で動かしています」

「策士、策に溺れるということがないようにな」

「承知いたしました。そのへんは抜かりがないようにいたします」

井上の作戦は順調に進んでいた。これほどまでに先を見通しきることができるのかと思えるほど、井上の手の中で近藤はうごめいていた。しかし井上は油断をするどころか、さらに包囲網をキツく絞り込むように一手一手を確実に詰めていた。

「間もなく私は退官するが、私は情報関係を強化したかったんだがな……」

「確かに日本は防衛省だけでなく、どの機関も脆弱なので、その意見には同感です」

「私が言いたかったのは認知戦ができる組織。ファクトチェックする機関の創設のことだよ。今回の戦略改定にも盛り込まれないらしいが、そんな国は日本だけだと思うぞ」

井上は夏目の言った「情報関係の強化」を情報機関の話だと思ったが、夏目が指摘した話はさらに高度な国家戦略に関する問題だった。

「情報戦と認知戦の違いを端的に論ずると、情報戦は政府機関や軍に対して行うのに対して認知戦は国民に対して行うものなのは分かるよな。情報戦は敵国が対象だが、認知戦は敵国だけでなく、自国民も対象になるんだが、その代表的なものがディスインフォメーションだが、説明できるか？」

「ディスインフォメーションとは、政治的利益などを得る目的で大衆扇動をするために意図的に流される偽情報のことです。このディスインフォメーションを使って自国の正当性を主張すると同時に、敵国民にも自国の正当性を理解させ、敵国政府への不信感を煽るなど一種の洗脳戦略です」

「正解だ。伊達(だて)に情報課長はやってないな」

「確かに国内にはディスインフォメーション対策を行っている機関はないですね」

「相手国の認知戦に対するファクトチェックができる機関を創設しないと、この時代は戦う前に勝敗が決してしまうと思っている」

「サイバー対策に力を入れていますが、これも防諜的な対策ですから認知戦とは違いますからね」

「井上はサイバー対策ができていると本当に思っているか？」

「脆弱な状況にあるとは思いますが、そうではないのでしょうか？」

「日本のサイバー対策は『端末サイバー対策』と言ってパソコン本体へのウィルス対策には熱心なんだが、肝心の『ナショナルサイバー対策』はまったくできていないのが実状だと思うぞ」

「ナショナルサイバー対策ですか？」

「ナショナルサイバー対策とはホストコンピュータ、つまりデータなどが保管されているサーバーの対策を含め、サイバー攻撃を国家の安全保障の問題と捉え国として危機管理を行うことだ。日本はその部分が非常に脆弱だと言われている。サイバー空間は新たなドメイン、つまり領域と言われているが、世界的レベルで見ればかなり遅れている」

井上は敵基地攻撃が最も必要とされるものの一つだと思って動いていたが、夏目の話を聞いて見識の差を改めて痛感した。特に情報に関して「機関」というミクロな視点ではなく、「国家戦略」というマクロな視点での違いは情報担当者として自分の見識の狭さを感じさせられた。

「話の続きを今夜、どうだ？　時間はあるか？」

話の最後で夏目は井上を酒席に誘った。井上は二つ返事で、

「大丈夫です。いつもの店に行きますか？」

と嬉しそうな顔をした。すると夏目も嬉しそうに頷いた。

2

仕事を終えた夏目と井上は防衛省から歩いていつもの「越後酒房八海山」に向かった。夏目は注文を終えると、

「今日、敵基地攻撃の話をしたかったんだが、途中から他の話をしてしまったからな」

と言った。昔は夏目と井上は酒を飲みながらよく情勢を議論していた。夏目はそんな時間をもう一度過ごしたかったと語った。夏目は残された時間を昔と重ねながら最後の日を迎えようとしていた。

「アメリカは対中関係で日本にミサイルを要求したが、確かにスタンド・オフ防衛能力の保有が可能になれば、台湾有事の際、中国はアメリカだけでなく、日本も気にしなければならなくなるからな」

「はい。スタンド・オフ防衛能力のあるミサイルが配備されれば、中国も戦略を再構築する必要があると思います。しかも計算はかなり複雑になるのは間違いありません」

「そこでだ。一番最初に中国包囲網が提唱されたのは2006年のセミナーでの発言で、中東やアフリカを含めた話だったから『対中政策に特化したものではない』という見方もある。だから2007年に当時の小杉元総理がインドの国会で演説したのが最初だというのは知っていたか？」

「そんなに前から動いていたんですか！」

2007年は井上が陸上自衛隊情報学校の教官になった年である。その時には国際情勢にも目を配っていたつもりだっただけに、知らなかったのが不甲斐なく思えた。

２００６年のセミナーでは「自由と繁栄の弧の形成」という内容で日本から欧州までの間を太平洋とインド洋を扇形に見立てた外交戦略の展望を述べている。一方インドでの演説は「二つの海の交わり」と題して、太平洋とインド洋だけを対象に拡大アジアという概念で日本とインドの友好を提唱した。

「この演説が起点とされる根拠はアメリカにある。２０２１年１月にアメリカがジョージ政権から現バークリー政権に交代する直前、アメリカの国家安全保障問題担当大統領補佐官が『インド太平洋戦略枠組み』に関する機密文書の指定を異例の早さで解除した。この機密文書は13ヵ所が黒塗りで公開されたんだが、機密文書の中に小杉がインド国会で演説した『二つの海の交わり』が記載されていたんだ」

「つまりアメリカは『二つの海の交わり』を『インド太平洋戦略枠組み』の根拠の一つにしていたんですか。そんな前から対中政策というのか、包囲網の下地を作っていたのですね」

「本人たちにそんな意図はなかったが、アメリカがその言葉を引用したのだろう」

「機密文書で思い出しましたが、確か２０１６年に小杉がケニアで開催されたアフリカ開発会議での基調講演も根拠の一つになっていたような記憶があります。10年の間、インド太平洋の話をしていないことになりますね。それが『意図していたかは分からない』という話に繋がるわけですか……」

「ということだ。そこで面白いのが外務省のホームページに掲載されている記事だ」

「外務省のホームページですか？」

「2013年にアルジェリアで日本人人質事件が起きた時、小杉元総理は外遊先のインドネシアから急遽帰国したが、その時に演説する予定だった原稿が外務省のホームページに掲載されているんだ」

「演説しなかったのに……ですか？」

「そうだ。その演説では『新たな5原則』を謳っているんだが、それがアフリカ開発会議に繋がる内容なので掲載したと私は考えている」

「演説した政策は日本が独自に打ち立てたものなのでしょうか？」

「2017年1月20日に前大統領のジョージが就任するのだが、就任日の当日に日本では第193回国会施政方針演説で小杉元総理が『アジア環太平洋地域からインド洋』という言葉を初めて正式に使っている。それを考えれば、摺り合わせができていたと思う」

井上は約10年の歳月をかけて日本が対中政策の下地を築いていたことに驚いた。さらに言えば15年以上前から動いていたのである。日本は中国に配意した政治スタンスだと思っていただけに驚いた。

「ここから対中政策は一気に加速し始めるんだが、その年の9月に開催された日米印の外相会談では『自由で開かれたインド太平洋』という言葉に変わり、そして翌2018年1月の第196回国会施政方針演説では『自由で開かれたインド太平洋戦略』と初めて『戦略』という言葉を使ったんだ」

「それで2018年10月にアメリカ副大統領が講演で言った『中国の経済成長を支援してきた政策は失敗だった』という発言に繋がるわけですか！」

「その講演で副大統領は『米中の新冷戦の宣言』をした。面白いのは中国の台湾政策に関しては『一つの中国』を支持しながらも、台湾の民主主義を支持したことだ。それが今の対中政策の基本であり、これによって米中の対立が鮮明化していくことになった」

「この演説で中国の浸透工作を批難したと記憶しています」

「あぁ。選挙工作をはじめ、マスコミや経済界に対する工作を批判した」

「ところで2006年が起点だったとして、最初からアメリカと調整していたのでしょうか？」

「個人的には『結果的にそうなった』だけだと思う。2006年頃を振り返ると日本経済は低迷を続ける一方で中国が経済成長を始めていた。それを懸念した日本がアメリカを巻き込もうという思惑があり、アメリカも中国の覇権を懸念していたんだと思う。その結果、利害が一致したんじゃないか」

井上は昔を思い出していた。駆け出しの頃時間があれば夏目と外交戦略や世界の動き、情報とは何かを学び、議論した。知らないことを知った時の嬉しさは今も忘れない思い出の一つだった。

「2019年にイギリスとの間で防衛協力が強化されて、その年の6月のG20大阪サミットでは日米首脳会談、日米印首脳会談が開催された。そしてこの年にはＱｕａｄ（クアッド）初の外相会談も開催されたんだが、何を意味するか分かるか？」

「日本を除けばすべてイギリスの占領国だった国です。地図上で考えると海洋上での中国包囲網になりますが、これを中国は『時代遅れの冷戦機構』と猛烈に批難していました」

Ｑｕａｄ（クアッド）とは２００４年に発生したインドネシアのスマトラ島の巨大地震で主導的に支援した4ヵ国で構成され、自由、民主主義、そして法の支配を基本的価値としている。

「去年はアメリカのインド太平洋軍の司令官がアメリカの上院軍事委員会の公聴会において、中国の世界覇権とともに『その脅威は実際に今後6年で明らかになるだろう』と発言している。そして後任の司令官も台湾侵攻を『非常に間近に迫っている』と発言した」

「この司令官の発言で米中間の緊張は一気に高まりましたからね」

「中国が台湾を武力で統一するのか、国内で騒乱を引き起こすのか、どんな戦略を使うのか分からないが、私は退官しているからな……」

この言葉は井上には防衛省を離れることの寂しさを語っているように聞こえてならなかった。

3

２０２２年11月26日は土曜日で近藤が主催する学習会が夕方から開催される日だった。小池の協力者の記者が中に潜入するため、中の状況はすべて分かるようになっていた。仁村には中央情報保全隊としてその証拠となる写真撮影を依頼していた。

その仁村から連絡が来た。井上はその打ち合わせの連絡かと思ったが、仁村が昼に会えないかというので、「これからか！」と少し驚いた。井上はそばにいた久美子を見ると、久美子は声を出さずに「い・い・よ」と口だけ動かして、両手で大きな○を描いたので会うことにした。

二人が待ち合わせたのは渋谷にある「パンダレストラン」という中華料理屋だった。道玄坂に面したビルの地下1階にある店で、店内は広く単に話をするなら問題のない店だった。

井上が中国茶器で出されたジャスミン茶を飲んで待っていると、10分もしないうちに、

「遅くなってすいません」

と仁村が現れた。

「久美子のご推薦」

井上は仁村に「タルトリエ」のタルトケーキを渡した。タルトリエはタルトケーキの専門店でフルーツ系のタルトがメインだが、特徴は一つ一つ箱に収めてくれることだった。ルービックキューブくらいの立方体の箱に収められたケーキは見た目も美しく、各々が箱を開けた時の喜びを感じることができた。もちろん見た目だけでなく味も満足する美味しさだった。

「ありがとうございます。しかし渋谷にこんな店があったんですね。私ここは初めてですよ」

「情報をやっていると店だけは覚えるんだよな」

「小池君が異動したら、私を呼んでくださいよ。私も昔みたいにこういう仕事がしたいな」

仁村も一時期情報の仕事をしていたことがあった。情報のセンスは保全隊も高く評価したほどで、その情報のセンスを買われて中央情報保全隊に異動した。人からものを聞く能力や洞察力は保全隊の

仕事と共通するものがあり、仁村は中央情報保全隊で直ぐに結果を出した。

「先に食事を注文するか。麺も定食もどっちもイケるが上海焼きそばがお薦めかな」

二人は注文を終えると、直ぐに本題に入った。最初の話は井上を陥れようとしている黒幕の話だった。井上は久美子についての密告を含めた一連の事件は「運のなさ」程度に考えていたが、ある時小池が、

「井上一佐を陥れようという黒幕がいて、それは中央情報保全隊長の太田だという話を聞いた」

と話したことがあった。そこで仁村に小池のいう太田黒幕説の確認を頼んでいた。

「正直、かばうつもりはありませんが、隊長が課長を敵視しているような雰囲気はありません」

「夏目さんも黒幕は太田じゃないと言っていたな」

「真の黒幕は日米防衛協力課長の高木じゃないかと思っているんですが、どう思いますか？」

「高木が！」

井上は仁村から「高木」という名前を聞いた瞬間、「その可能性はある」と直感的に感じた。防衛省防衛政策局日米防衛協力課長・高木均（53歳）は近藤と同じ「背広組」で、初めて話をしたのは高木が課長に着任した時だった。井上も高木も在日米軍をカウンターパートにしていたが、情報を扱う井上と政策を扱う高木では人間関係の深度が違っていた。その結果、高木は日米防衛協力課長という冠がありながら、井上の情報の後を追いかける情報しか入手できていなかった。

「高木とはお互い同じ時期に課長に就任して『情報は互いに検証しましょう』と言われたんだが、背広ということもあって無視していたんだ。そして石田悠人の照会事件が起きた時に高木が『日米関係の瓦解を狙う者たちを喜ばせる結果になった』とか、『窓口は一本化すべきで日米防衛協力課が担うべきだ』と騒いでいたからな」

「高木は井上さんと情報本部を徹底的に批判していましたが、情報官が『日米防衛協力課は情報すら取れていないじゃないか』と一喝した事件もあるので、おそらく間違いないと思うんですよ」

高木と近藤は国家I種採用の防衛省の同期で、通常では同期はライバル的存在だが二人は同盟を組むように親密な関係だった。

「奥さんの関係も防衛医大の部長が情報提供ですが、どうも本当は高木が情報を流したらしいです」

「もしかしたらアメリカのフーバー製薬と関係しているかもな」

「その点は分かりませんけど、課長が思うところがあるなら高木は要注意ですよ」

井上は気になっていた「黒幕」の情報を仁村がきちんと調査してくれていたことに感謝した。二人は店を出ると渋谷の人混みの中に紛れるように消えていった。

結果的に贈収賄疑惑なども自分が原因で久美子を巻き込んでいた。井上は心苦しかったが、久美子に問題がなかったことは幸いだった。帰宅後直ぐに久美子に事情を説明した。

「迷惑をかけているんじゃないかと気になっていたけど、そうじゃないのなら安心した」

久美子は脳天気な反応だったが、そんな振る舞いは井上への配慮のように思えた。

「人間にはひがみとか、嫉妬があるからそんなの気にする必要ないと思うよ。今年のことが今年中に解決したんだから良かったと思わないと」

久美子にそう言われ、井上は「確かにその通りだな」と実感した。そしてその日の夜、メディア勉強会に張り込んでいる仁村からさらなる情報が届いた。

「本当かよ……」

「えぇ、さすがに私も自分の目を疑いましたよ」

バラバラだったパズルのピースが埋まり始めた瞬間だった。

4

2022年11月最後の月曜日の28日午前10時に井上は近藤を訪ねた。月曜の午前10時という時刻は石田の照会の件で監察本部に呼ばれたのと同じ曜日と時間である。その時の記憶を蘇らせるように、またその時の復讐を示唆するように井上はこの時間を指定した。

近藤は大部屋の上座に幹部が横並びで並ぶ中央に席を構え、幹部用の両袖の机に専用のファイルロッカーや一人用更衣ロッカーまで置かれ、見るからに「筆頭課長」の机に座っていた。

井上が訪ねると近藤は紺色の背広姿で待っていた。まるで井上の制服に対抗するかのように同じ紺系統の背広であったことが、これが偶然なのか演出なのかは分からなかったが、色が被ったことを井上は不快に感じた。

「ご用件は何でしょうか？」

近藤は「何しに来たのだ」という口調で目の前に立つ井上を上目遣いで見た。井上は敵陣ではあったが臆することなく、そして周囲に意図的に聞こえるように、

「実は防衛政策課の方でアメリカとの合意事項に反対している者がいるというので、その理由を調査するように指示がありました」

と近藤に用件を告げた。しかし近藤も怯むことはなかった。

「それが私だと」

「そこの議論は不要だと思いますので、理由をお聞かせください」

「アメリカの提言に反対しているのではなく、日本の政策として考えた場合、今の国民に受け入れられるには時期尚早だと思っております。憲法問題や軍備の拡大、そして防衛費などを総合的に考えて政策を立案するのが行政の仕事だと思いますが……」

「今の周辺国を見て、また周辺国が保有するミサイルを見て、国民を迎撃だけで守れるとおっしゃるのでしょうか？」

「命中率を上げるのは自衛隊の皆さんの鍛錬にかかっているのではないでしょうか？　そこの努力な

くして『敵基地攻撃』はどうかと思っています」

「他に何か反対している理由があるなら聞いて帰りたいと思っていますが」

「『反対している理由』とはずいぶんと先入観を持った言い方ですね」

「先入観というものがいかに大事なのかは、今年の7月11日に学ばせていただきました。ただ私は先入観だけで話をしているつもりはありません。では他の業務も残っておりますので失礼します」

この一瞬、近藤は机の下で握り拳を握り、肩を震わせていた。だが井上は近藤のように感情を表に出すことなく、淡々とした冷静な表情で防衛政策課をあとにした。

井上はこの時、あるカードを持っていた。このカードは土曜の夜の勉強会に張り込んでいた仁村から教えてもらった情報で、井上はこのカードをこの場で切るつもりはなかった。そのカードとは勉強会には近藤だけでなく、講師として日米防衛協力課長の高木を呼んでいたことだ。

仁村は高木が久美子の事件を含め、井上に関係する事件の黒幕の可能性を示唆していたが、その黒幕と思われる高木と近藤がついに繋がった。

5

2022年12月を迎えて第210回臨時国会の閉会まであと10日となり、「会期中に安保関連3文書が発表される」との憶測が流れていた。だが、閣議決定できることを考えれば「会期中の決定はない」と井上は思っていた。専門家の見方も同じで、会期中に閣議決定すれば、それが火種となる可能性があるため、会期を終えた後の閣議でが概ねの見方だった。また閣議は原則、火曜日と金曜日に開かれる。開催曜日を考えれば、閣議決定される日は絞られた。

またスタンド・オフ防衛能力の保有も外交・防衛委員会での野党議員の質問を聞けば、盛り込まれることは明らかだった。質問は「反撃能力」に使用するトマホークを日本が保有する可能性についてだったが、この質問を聞けば日本がトマホークの保有を決めていることが分かった。

トマホークは巡航ミサイルで攻撃用に作られた兵器である。日本は迎撃用ミサイルとしてパトリオットの改良型地対空ミサイル「ＰＡＣ３」を保有していたが、同じミサイルでも「似て非なるもの」だった。

そして防衛予算が増額し、「5年間で総額43兆円」という具体的な数字が示され、また、12月5日には参議院本会議でも注目すべき動きがあった。「新疆ウイグル等における深刻な人権状況に対する決議」である。

アメリカも２０２２年6月に「ウイグル強制労働防止法」が施行されたが、日本も新疆ウイグル、チベット、南モンゴル、香港等具体的な地名を列記し、信教の自由への侵害や強制収監をはじめとする深刻な人権状況への懸念を表明した。だが具体的な地名を列記したにもかかわらず、「中国」という文字が使われることはなかった。

井上はこの決議にはアメリカ追従を意味するだけでなく、安保関連文書を閣議決定する橋本政権が公正党を牽制し、確実に年内に制定させる意気込みを感じた。したがって国会の動きを見れば着々と安保関連3文書にスタンド・オフ防衛能力の保有が盛り込まれている確信を持てた。だが、いまだに与党協議会では、公正党との合意には至っていなかった。

この段階までくると安保関連文書の最大の鍵は与党協議会における「公正党の理解と納得」だった。民自党と公正党との間で中国脅威論の隔たりは埋まらず、これが埋まらなければ閣議決定に至ることは不可能だった。

井上は安保関連3文書にスタンド・オフ防衛能力の保有を盛り込むために打てる手はすべて打ち、後は与党協議会を見守るだけだった。だが、公正党が民自党にすり寄ると考えていた井上は、それを確認するように情報を集めていた。

「小池三佐。昨日、民自党内で公正党との合意内容を説明したと書いてあるが、民自党の説明に納得したのか？」

「はい。民自党と公正党の間で揉めていた『中国の脅威』ですが、8月に台湾を牽制するために発射したミサイル9発のうち5発が沖縄に近い排他的経済水域に着弾したことを捉えて、『地元住民が脅威に感じた』としたそうです」

「民自党的には中国に対しては『脅威』という言葉を使いたかったが、日本政府ではなく地元という言葉にしたことがポイントか……」

「はい。ただ折衷案というよりは、お互いの主張を言葉にした感じです」

本来、独自で情報を集める必要はないはずなのに、内局から情報がまわってこないため、情報課では自分たちの情報網を使って情報を集めていた。

「中国に対しては今まで『我が国を含む国際社会の懸念』という表現だったが、この点はどうだ」

「確認は取れていませんが、『これまでにない最大の戦略的な挑戦』という表現を使うそうです」

「これは正式な発表を見ないと分からないな。閣議決定の日はおそらく12月16日だと思うので、それまでは全力で情報収集を頼む」

井上はこの秒読みの時期に信頼できる政治部の記者が欲しかった。山田の妹が記者だという話は聞いていたが、群馬県警察本部長に赴任した山田に「妹を紹介して欲しい」とは言えなかった。それは「石田悠人」の自殺が最大の理由だった。

群馬県警察では年末年始の特別警戒がはじまり、石田の公判日程が決まった翌日のことだった。自分が巻き込んだ結果本部長となり、さらに被疑者が自殺した大変な時に自分の都合で電話などできるはずがなかった。久美子は、

「一度群馬へ行ってあげたら」

と言ったが、寝る時間もない渦中の山田に会わせる顔もなかった。ただでさえ群馬県警への異動を詫びなければならないのに、さらなる問題を背負わせた責任は詫びても詫びきれないと感じていた。

井上は2023年を迎えると再び山田と顔を合せることになるが、それまでに何度も「電話をしよう」と携帯電話を手にした。だが結果的に一度も連絡することはなかった。それなのになぜか「電話をしておけば良かったな」と後悔したこともなかった。井上はそのことを将来にわたり振り返るが、明確な答えを導き出せたことは一度もなかった。ただ一つ感じたのは「親友は時間の隔たりを感じさせない」ということだった。

そして井上の予想通りに2022年12月10日、臨時国会は閉会したが発表はなかった。「極東平和教会国会」と揶揄された臨時国会だったが、会期末に「法人等による寄附の不当な勧誘の防止等に関する法律」が成立した。宗教被害者救済の法律である。この日を迎え閣議決定は秒読み態勢に入ったと誰もが感じた。

2022年12月16日、ついに橋本内閣は「安全保障関連3文書」を閣議決定したと発表した。この閣議決定後、橋本は自ら会見の場に立ち、新たな国家安全保障戦略をはじめとする3文書が閣議決定されたことを冒頭に述べた後、

「私はかねてより世界は歴史的分岐点にあると申し上げて参りました」

と閣議決定に至る経緯や背景などを説明した。この会見は記者による質問を含め1時間を超えるものとなり、時間の許す限り丁寧な説明をしようという姿勢が見受けられた。

国家安全保障戦略としては「日本の能力強化」から「国際秩序への協力的取り組み」に重点が移され、「自由で開かれたインド太平洋戦略」が柱になっていることが理解できた。国家防衛戦略は大きく変わった点はなかったが、防衛力整備計画はミサイル戦略が具体化された。日本は専守防衛という盾だけの戦略から、剣を持つ戦略が新たに加わったことを表明した。

井上も夏目も、そして仁村も小池も防衛省の誰もがテレビ中継される橋本総理の会見を黙って見届けていた。まだ入れ物が決まっただけで予算など中に入るものが正式に決まったわけではない。情報業務は直接何かを担当するのではなく仕事をサポートするのが主たる業務だが、井上は今回ほどそれを強く感じたことはなかった。井上は情報を掴んだ日から今日までを振り返り、感慨深く記者会見を見つめていた。

「ついに3文書が閣議決定されましたね」

「今まで大変だったな。ご苦労さん」

小池の呼びかけに井上は労いの言葉で返した。

「賛否はあると思いますが、国民の反応が静かなので、今の周辺諸国との軍事的な緊張関係を考えれば当然だという受け止め方なのでしょうか?」

「それは分からないが、これから予算の問題もあれば、配備して運用した成果も出さなければならない。それを考えるとスタートラインに立っただけじゃないかと私は思うがな」

井上は小池の嬉しそうな顔を見て一緒に喜びたかった。実際、内心では喜びに溢れていたが、上司として、そして現実問題としての思いを語った。

この日の報道は閣議決定されたことよりも、3文書の解説に時間を割くニュース番組が多かった。国会で議論せずに閣議決定したことよりも、今後どのように防衛戦略が変わっていくのかを各ニュース番組は伝えていた。

小池から仕事帰りに「祝杯」を誘われたが井上は断った。それは今日、どうしても話をしたい人に連絡するためだった。井上は駅からの帰り道、冬の澄んだ空気によってオリオン座のベテルギウスが夜空にひときわ赤く輝くのを見上げながら携帯電話を取り出した。

「父さん。聡だけど、父さんの悲願が叶って良かったね」

井上が「どうしても話したい人」とは井上の父親で、元陸上総隊司令官を務めた陸将だった。井上の父親は在職時から、

「敵基地攻撃が認められなければ部下たちは犬死にするだけだ」

とスタンド・オフ防衛能力の保有を訴えていた幹部の一人だった。井上自身は情報分野に身を置いたために政策に関与することは一切なかった。だが父親の背中を見ながら、そしてある意味では意識

しながら防衛省で育っていったので、今回のチャンスを活かして父親の悲願を果たしたかった。

したがって敵基地攻撃が認められたことは「親子揃っての念願成就」と言うこともできた。井上はこの制定に自分自身が関与したことを一切口にはしなかった。

「あぁ、これでやっと部下たちの命に価値が与えられることになった」

電話なので表情を窺うことはできなかったが、父親が今も自覚と誇りを持っていることが嬉しかった。父親というのはいつまで経っても「子供は子供」と思っているもので、

「元気でやっているか？」

「仕事は順調か？」

と質問した。井上はそんな優しさに触れながら、

「年内にもう一つ大事な仕事があるので、それが終わったら正月は久美子と顔を出すよ」

と言って電話を切った。

6

閣議決定した週明けの12月19日の月曜日に週刊誌のデジタル版に近藤と高木の写真が掲載された。そこには「防衛省高官　新聞社を集めて謀略会議」というタイトルが付けられていた。近藤が記者を出迎える写真と高木が記者とともに会議を終えて会場を出る写真、それに別れ際に握手をしている写

真の3枚が掲載されていた。井上が父親に語った「年内のもう一つの大事な仕事」がこれだった。

近藤たちは東銀座にある貸し会議室の一室を借りて勉強会を開いていた。雑居ビルにある貸し会議室は空き家を改築したミーティングルームのような形態で、一見するとマンションの一室のように見えた。写真に写る近藤は自宅マンションに記者を招いたような印象を与え、そこから記者とともに出てきた高木はまさに一緒の会合を楽しんでいるように写っていた。

東銀座は雑居ビルが乱立しているため、撮影場所に困ることはなかった。そしてカメラの性能を考えればデジタル版に掲載するには十分の写真が撮影できた。また掲載内容は橋本政権が掲げる3文書は憲法違反であるという近藤と高木の持論から始まり、勉強会で政権批判していたことまでが面白おかしく書かれていた。

デジタル版であれば、雑誌のような発売日がないため即時の掲載が可能だった。井上はこの時期を見越して週刊誌に情報をリークしていた。リークした写真も仁村が防衛監察本部に提出する写真とは異なる別の写真で、この週刊誌用の写真を別に準備するよう仁村に指示していた。

仁村は防衛監察本部用には公用のデジタルカメラを使用していたが、週刊誌に提出する写真はスマートフォンで撮影し、しかも撮影角度などが一致しないように別々の場所で撮影していた。仁村はそんな写真一枚の撮影にも細かな注意を払っていた。

もちろんこのことは週刊誌だけで終わることはなかった。中央情報保全隊から不祥事案として防衛監察本部へ報告書とともに証拠写真が提出された。特に小池が潜入させていた記者から提供されたICレコーダーは決定的な証拠となり、近藤も高木も弁明一つできなかった。

「先生、この度のことは……」

「どちら様ですか？」

「近藤です。先生のご期待にお応え……」

「どちら様か知らないが、私は近藤という方は知らんので、これで失礼しますよ」

近藤はある野党議員に連絡をしたが、まさに「トカゲの尻尾切り」のように電話を切られた。近藤も近藤で国会議員を利用していたが、利得という果実を与えられなくなった近藤は国会議員から見限られた。そして近藤から見限られた話を聞かされた高木は顔面が蒼白になり、この時初めて自分たちが利用していたつもりが「利用されていた」ことに気付いた。

二人は幹部の不祥事として早々に監察本部の調査対象となり、すべての証拠も揃っていることから処分の決定も早く下され「戒告」が通知された。戒告は「懲戒処分」であり人事記録に載るだけではなく、情報公開の対象となる。名前などは黒塗りとされるが、情報公開の対象は処分結果以上に心理的ダメージが大きかった。

二人の行為が白日の下にさらされ、この報道や処分を井上は喜ぶこともなく静かに見守った。

第十二章　報復の彼方

1

ロシアがウクライナへ侵攻してから1年が過ぎた数日後、井上はミスターXとセーフティハウスで接触していた。井上はこの戦争がこれほどまでに長期化することを予想していなかった。そして世界もこの戦争に対して見方が少しずつ変化し始めていた。

「ロシアとウクライナの関係はどうなると思いますか？」

井上は冒頭から本題を質問した。

「ウクライナが停戦協定を提案する形が最も可能性が高いと個人的には思います」

「ウクライナが……ですか？」

「簡単に言えば支援疲れと穀物価格を巡るＥＵ内での対立が原因です。掴んだ情報ではウクライナに対する支援に陰りが見え始めています。まだ表面化していないだけで水面下ではかなり深刻な問題になっているので、表面化するのは時間の問題ではないでしょうか」

「具体的にはどういうことですか？」

「支援疲れの方から説明すると、ウクライナが一日に使用するミサイルの量は、アメリカで生産する一ヵ月分に相当します。さらにＥＵの国で言えばイギリスやフランスの年間生産量に匹敵します。使用する量も凄いですが、ミサイル一発のコストを考えると支援の継続は簡単なことではありません」

「確かにトマホークで一発1億円、弾道ミサイル迎撃用艦船発射型のSM－3は一発20億円と言われていますからね。実際は多連装ロケット砲や榴弾砲の安価な砲弾とか誘導砲弾を使いますが、それでも莫大な額になるのは間違いないですね」

「アメリカはロシアとの冷戦が終結して以降、軍事費の削減により軍需産業も衰退しました。武器製造の減産だけでなく、企業の数も半数以下にまで減少しました。今や近代戦は質より量の『消耗戦』から量より質の『機動戦』へと作戦が変わったことも原因でしょう」

「それで代表団が来日したことに繋がるわけですか……」

「それも理由の一つと言えますね」

「穀物価格を巡る問題というのは？」

「開戦直後、ロシアが黒海沿岸を封鎖したのを覚えていると思いますが、これによりウクライナは小麦を中心とした穀物を陸路にて輸出することになりました。これによりウクライナの穀物がEUに大量に流れ込み、ポーランドやルーマニアなどの穀物産業が価格の下落に直面することになりました」

「つまり自国の農業政策を保護する必要が出てきたということですか……」

「その通りです。戦争には反対するが自国に影響を及ぼすことには我慢の限界があるということです。ミスター井上もそうだと思いますが、私は長年対共産政策に携わってきたのでロシアの侵攻は絶対に許せません。しかし世界を見ると、私たちのように思っている人たちばかりではないということです」

「確かに侵攻直後の昨年2月に開かれた国連安全保障理事会での緊急特別総会では賛成11に対してロシアの反対は別にしても、中国やインドなど3ヵ国は棄権しました。ですがこの結果は予想の範囲内ではないですか？」

「ただインドが棄権した意味は別に考えるべきだと思います。クアッドの一角を担う国ですが、これを見れば対中政策での協力関係であって、同盟国とは意味が違うと考えるべきだと思います」

「インドはロシア製兵器への依存度が高いですから、ロシアとの関係が深いのは事実ですね」

「それと翌3月に開催された国連総会の緊急特別会合では賛成が141、反対が5ですが、棄権が35もあったんです」

「でも反対も棄権も緊急特別総会と同じでインドは別にしても、あまり影響はないと思います。それに3分の2も賛成しているわけですから」

「世の中に全会一致というのはそうはありません。ですが我々が思っている以上にロシアの侵攻の正当性を容認している国があるということに注目すべきです。特にSNSの発達により情報発信が誰にでもできる時代だからこそ、小さな力がやがて大きな力へと変化することに警戒が必要なのです」

ミスターXは世界全体の流れをよく見ていた。そして力で押すアメリカの軍人的思考とは真逆の繊細な情報分析には情報担当者としての一面を垣間見る気がした。

「ところでロシアはEUの切り崩しまで計算して動いているのでしょうか？」

「そこまで見通せていたとは思いませんが、開戦直後、アメリカなどではロシアの石油やガスの輸入を禁止しました。そしてロシア自らも一部で天然ガスの供給を止めました。ですがある研究所の分析によれば、エネルギーの輸入禁止措置を講じても、ロシアが一日に使用する戦費よりもエネルギー輸出で得る利益の方が多いというデータもあります。ロシアに余裕がないのは事実ですが、報道している以上に余裕があるのも事実です」

井上はミスターXが常に広範な情報と分析結果を有していることに毎回驚かされた。アメリカ自体が有する情報量が違うのも事実であるが、それ以上にミスターX自身の情報担当者としての慧眼に井上は敬意すら感じていた。

「ウクライナへの支援問題はアメリカの大統領選挙の争点になる可能性が指摘されているのを知っていましたか？」

「アメリカの次期大統領選挙は２０２４年11月ですよ。予備選を考えても1年以上も先の話です」

「でも考え方としては２０２４年1月には予備選が始まりますから、遠い未来の話ではないのです。さらに言えば、２０２４年3月17日はロシアの大統領選挙です。どう考えてもこのままでいけばドボルコビッチが再選します。再選したドボルコビッチが停戦を自ら提案すると思いますか？」

「ロシアの大統領選挙まであと1年ですが、今のドボルコビッチ大統領の国内支持率を考えればもう

1年しかないと考えるべきでしょうね。となると、ウクライナが停戦案をいつ出すかは、それほど遠くないと見るべきなのでしょうね」

「ただウクライナという国も、旧ソビエト時代には核ミサイル基地だっただけあって、強かな国であることも間違いありません」

井上はミスターXのウクライナに対しての「強かな国」という言い方に強く興味を惹かれた。

「ウクライナが強かとは、どういう意味ですか？」

「ウクライナに対してアメリカは供与した兵器を使用してのロシア領内への攻撃を禁じました。そのためウクライナは自国でロシア領を攻撃できる多連装ロケット砲を開発したのです。確かに戦争当事国ですから兵器開発をするのは当然ですが、ウクライナはそれを国内産業にしています。それは支援している方から見るとどうなのかと思います」

多連装ロケット砲とは車両などの土台にロケット砲の発射筒を複数搭載して発射できる兵器で、トラックなどの荷台に直方体の箱の形で搭載される。アメリカはウクライナに対して射程80㎞の多連装ロケット砲を供与したが、ウクライナは自国で射程110㎞の多連装ロケット砲を開発した。

「それ、ウクライナが発表した多連装ロケット砲のことですか？」

「そうです」

「なぜウクライナは極秘に使用せず、開発したことを発表したのか疑問だったのですが、ロシア軍の兵站支援部隊を下がらせるためだったと私は見ていますが、どうですか?」

「私もそう見ています」

この言葉を聞いた井上はミスターXが自分の分析を評価してくれているようで嬉しかった。井上は話をさらに展開させた。

「私は中国がこれに乗じて台湾に侵攻するとは思いませんが、この膠着状態を中国がどう分析しているのかは重要なことだと思います」

「確かに重要ですが、中国は当面動けないと思います」

「中国も経済問題をはじめ、国内問題を抱えています。しかし今のアメリカの軍事力では二正面作戦は不可能であると中国は分析していると思います。直ちに軍事侵攻することはないとしても、中国に侵攻を決意させる判断材料を与えるのは好ましく思えません」

「もちろん中国が台湾を諦めたとは思っていません。しかし最近私が思うのは中国の台湾侵攻は今ではないということです」

「ではいつだと思っているのですか?」

「朝鮮戦争や中東戦争などの火種が再燃するのに乗じて動くのではないかと思っています。中東に関しては和平が進む一方で不満も高まっています。仮に原油国で戦争が勃発すれば、再び石油価格が高騰し、それは結果としてロシアに戦費を支援するのと同じことになるので、ロシアは喜ぶでしょうね」

「それはロシアが裏で糸を引くということですか？　それとも中国が糸を引くということですか？」

「ロシアも中国もそれだけの余力はないと思います。ただ中東情勢は想像以上に和平に動いています。2020年8月にイスラエルとアラブ首長国連邦が国交を正常化しましたが、翌9月にはイスラエルとバーレーンが国交正常化を果たしました。そして来月の3月にはイランとサウジアラビアが外交関係を正常化させるでしょう。ですがその裏に不満があるのも事実だということです」

ミスターXの情報通り、イランとサウジアラビアは2023年3月に、中国の仲介により国交を正常化させることになる。1991年に湾岸戦争が勃発したものの、1993年にイスラエルとパレスチナ解放機構の間で結ばれた「オスロ合意」以降、中東での国家間戦争は一度も起きていない。しかしそれには裏があった。

「1982年にイスラエルがレバノンに侵攻したのを第5次と捉える人もいますが、中東戦争は公式的には第4次が最後です。それはイスラム原理主義者らが国家を追われて組織となったことで、その組織が仕掛ける戦闘行為は『テロ』と認定されているためです。したがって中東での戦闘行為は戦争ではなく、テロとの戦いという位置付けになったのです」

「確かに国家ではないのでテロ行為になりますね」

「問題はその組織に資金提供している国があるということです。我が国も9・11はテロ行為でしたが国を挙げて戦いました。つまり開戦の火種は思った以上にあると私は思っています」

ミスターXは2023年10月7日に勃発することになる「ハマスによるイスラエル攻撃」をまるでこの時に予想していたかのようだった。ハマスの攻撃をテロと認定したイスラエルは国家として応戦し、これにアメリカは空母群を派遣したのである。

ハマスの攻撃した日がロシアのドボルコビッチ大統領の誕生日だったことをのちに知った井上は因縁めいたものを感じた。世界が大きく分断を始めていたことにこの時は気付いていなかった。

「ところでミスター井上は次のポストは決まっているのですか？」

「まだ決まっていませんが、今のポストが2年になるので異動でしょうね」

「今度は統合情報部長ですか？」

「それはさすがにないですよ。今のポストだって少し早過ぎたのですから。ただ私には情報しかないし、このまま情報に携わっていたいと思っていますけどね」

「私も今年の10月には離日すると思いますが、それまではミスター井上とこうやって話をしたいと思っています。私もいろいろな人に会いましたが、ミスター井上とは本当に気が合ったので……」

「そう言ってもらえると本当に嬉しいですね。私の上司が今年退官します。私にとっては師匠のような人です。師匠が退官して、ミスターウィリアムが離日するんじゃ、私だけ情報分野に残るのも何か寂しい想いがしますね」

「それは違うと思います。今度はミスター井上がトップになって、部下がミスター井上のようになればいいのです。私と井上の後任者がともに育ち、新たな世代は新たな世代で、そして私たちは私たちでいつまでも会えたらどれだけハッピーなのかと思っています。私は『盟友』という言葉が気に入りました」

井上はミスターXからこんな話をされるとは思ってもいなかった。井上は自身でも気が付かない間に夏目が退官する寂しさが出ていた。夏目は退官準備に向けて出勤回数も減り、以前のように毎日顔を合せなくなっていた。そんな井上の心情をミスターXは察したのではないかと井上は感じた。

冬の寒さがいまだに厳しい2月、ミスターXの優しさが井上の心を温めた。

2

この日、夏目は32年間の自衛官人生に幕を閉じた。2023年の桜は例年よりも10日も早く開花したため、満開の桜並木で記念撮影はできなかったが、労苦を労う大きな花束を手に防衛省前で記念撮影をした。多くの部下に囲まれながらの退官は夏目の人望の厚さを意味し、井上は、

「二人だけの記念写真をお願いできますか」

と頼んだ。夏目は照れくさそうにしながらもそれに勝る喜びの表情をしていた。

「どうもお疲れさまでした」

「井上とはこれで4回目の乾杯じゃないか」

井上は夏目の退官のお祝いにと最初は二人だけで、次は職場全体の退官祝いをした後、3回目は小西を呼んでお祝いをし、最後に再び二人だけの退官祝いをしていた。

「それだけお世話になりましたからね」

二人が会ったのはゴールデンウィーク直前の4月の末で、待ち合わせ場所は現役時代と同じ「越後酒房八海山」だった。井上は夏目の自宅付近で店を探そうとしたが、

「私はあの店が気に入っているので店は同じでいいんだが、少し肝臓を休ませてやりたい」

と退官から時間を空けてのお祝いになった。

「これ、退官祝いにお渡ししたかったので……」

井上がそう言って渡したのは、青い包装紙に包まれたA5サイズの箱だった。開けると一冊の簡易アルバムが入っていた。夏目は嬉しそうにアルバムを取り出した。

開くと、最初のページに貼られているのは、夏目が防衛大学校を卒業して間もない頃、小西と二人で迷彩服を着て肩を組みながらカメラに向かって大きく口を開けている写真だった。少し色褪せてはいたが、夏目には今もその時の色彩は色褪せることなくはっきり目に焼き付いていた。

「小西さんに昔の写真がないか聞いたら、『この写真を一番最初にしてくれ』と言われました」

夏目は懐かしそうに、そして嬉しそうにアルバムを捲(めく)りながら自分の自衛官人生を振り返っていた。

そして最後のページには退官日に井上と防衛省前で撮影した写真が貼られていた。

「井上との写真が最後か……。本当にありがとう」

「そう言ってもらえると嬉しいです。ところで新しい職場はどうですか？」

「どうかと聞かれても、まだ一ヵ月も経ってないだろう」

夏目は都市銀行本社の法人担当相談役として再就職した。具体的には自衛隊員の口座開設に伴う窓口として防衛省から斡旋された職場だった。

「ただ、今までとまったく違う世界だから『面白いな』と思うことがいっぱいあってな、そういう意味では毎日が新鮮だな」

「例えば、どんなことですか？」

「いろいろあるぞ。最初、人事に挨拶に行くだろう。その時に『自衛隊にいたらミサイルとか銃とか撃つんですよね。怖い！』と驚かれたぞ。私は『訓練弾ですけどね』とは言ったが、世の中の人にとって我々の世界はやはり一種独特のものなんだろうな。それにフェイクニュースもそうだな」

「フェイクニュースが……ですか？」

「我々は中国で言えば人民日報、北朝鮮で言えば労働新聞。基本的に嘘を前提に分析していたからフェイクニュースなんて今に始まったことじゃないだろう。そう考えると『みんなニュースというのは真実しかないと思っていたんだろうか』と思うわけだよ」

「それは私も感じます。プロパガンダの情報ばかりですからね。ただ内容は嘘でも情報を流したのは事実ですから、その意図が大事だと教わったので、それを今、部下たちには教えています」

「そんな偉そうなことを私は教えたかな」

「はい。ただネット情報は映像を加工できるので、それを見分けるのが難しいのだと思います」

「映像技術は革新的に向上しているが、流れを見ていれば分かると思うぞ。たとえ映像を加工しても主張が変遷すれば、それは取り込まれたか、弱みを握られたかと考えるべきだろう。人間の主張が急に百八十度変わることなんてないからな」

「それを素人にできるかと言えば、それが無理なので社会問題になっているのでしょうね。ところで32年間を振り返って、どうですか？」

「ある思いがあって自衛官になるために防衛大学校に入校したんだが、現役時代に感じていたことでも退官すると考え方も変わるんだなと感じたぞ。特に感じたのが情報機関の変遷だな。自分がいた分野だから余計そう感じるのだろうけどな」

夏目の語った「ある思い」が何であるかを井上はその後、何度か質問したが夏目は最後まで答えなかった。井上は隠し事をされているようで嫉妬のようなものも感じたが、無理に聞くこともできなかった。また質問する機会もあるだろうと井上はそれ以上触れなかった。

「東西冷戦時代というよりも、60年安保、70年安保というべきなんだろうな。ある組織では特務の情報担当者には制服の着用を一切禁止しただけでなく、当直勤務もさせなかったんだ。つまり組織の人間であることを秘匿させるためにな。当時の人事異動の名簿にも名前が載ることはなかったと思ったな。当時はそれでも物足りないと思っていたからな」

「それって、『別室』のことですか？」

井上は身を乗り出して夏目に尋ねた。だが夏目は何も答えず、黙って自分のお猪口を手にすると入っている酒を飲み干した。井上は飲み干したお猪口に酒を注(さ)しながら同じ質問を繰り返したが、夏目は首を振ることさえしなかった。

「日本の情報機関は『暗殺』という仕事がないだろう。当時というか、映画というべきなのか、海外の作戦では暗殺まで許可されているのを見て『日本は何て甘い国なんだろう』と思ったこともあったが、振り返ると『なくて良かったんじゃないか』と思う日が増えたよ。この気持ちは現役の井上にはなかなか理解できないだろうけどな」

「そうですね。私はもっと踏み込んで自由にやらせてもらえればと、何度も思っています。あっ、夏目さんの時は自由にやらせていただきましたけど、日本の情報機関の活動はどうなんだろうといつも思いますけど……」

「ある狙撃手の話を聞いたんだが、スコープから見える相手の顔を夢に見るというんだ。やはり任務とはいえ人を殺すという業(ごう)を背負うのは経験した者でないと分からんと思うな。その話を聞く前は『暗殺』の一つも必要だと思っていたが、今はそんな仕事に手を染めることなく無事に退官を迎えられたことを幸せに感じているよ」

自分のお猪口を見つめながらしみじみと語る夏目を見て、井上は何も語る気にはなれなかった。井上も夏目の話を聞きながら自身が退官した時に何を感じるのかを考え、そして夏目と過ごしたこの2年を振り返っていた。

ロシアのウクライナ侵攻時に情報課長として最善を尽くしたこと、小杉元総理狙撃事件、スタンド・オフ防衛能力の保有などこの一年を振り返っただけでもいろいろな出来事があった。だがこれらは経験したことであって、自らが成したことではない。井上は自衛隊幹部として何を成し、後世に何を伝えるのかを夏目の言葉を聞いて少し思うところがあった。

「井上は日本の情報機関のあり方を気にするが、仮にＪＣＩＡができれば日本が変わると思うか?」

「ＪＣＩＡとは日本の中央情報機関という意味で……ですか? やはり変わるんじゃないでしょうか」

「その根拠は何だ?」

「スパイ防止法の法的問題や誰がそこまでの責任を負うのかという責任問題、そして内閣情報調査室の焼き直しになるという批判。確かにいろいろな課題はありますが、やはり防諜だけではなく工作というか、仕掛ける組織がないと今のままでは駄目なんじゃないかと思うんです。その意味では単なる寄せ集めのＪＣＩＡではなく、打って出ることのできるＪＣＩＡができれば変わると思います」

「そうだな。そのためにも井上は後任を育てる必要があるな。箱ができても中身がないんじゃ意味がないだろう。私は井上ひとりしか育てられなかった。もちろん井上は期待以上に成長してくれたが、井上があと10人、20人いれば今のままでも十分世界と戦えるし、それがＪＣＩＡとなればもっと強い組織になるんじゃないかと私は思っている」

井上は夏目に見透かされている思いがした。特にミスターXも同じ話をしていただけに「後継者の育成」がどれだけ大事なのかという夏目の言葉は心に刺さった。

「そうですね。頑張ります！」

この言葉を最後に師弟関係による退官祝いは幕を閉じた。今後も定期的に酒席の場を設けることを約束して楽しい時間は終わりを告げた。


「やはり無事に終わることはなかったか……」

3

井上との退官祝いを終えた10日後の夜、帰宅途中の夏目は前から近付いて来る二人の男を見て身構えた。都道から街灯が距離をあけて点在する区道に入ったあたりである。二人は無言で下を向き、時折顔を上げた。二人ともフードを被っていることも不審に思ったが、顔を上げるのは夏目の位置を確認するためのようだった。距離にして200メートル。夏目はこの距離でも対峙すれば敵味方を判別する能力があった。

そして後ろを見ると同じくフードを被った者がやはり夏目を尾行するように、そして退路を塞ぐように一人いた。この3人はフードを被ったこと以外にも身長は170cm前後で大柄でも小柄でもなく、また見た感じやや太り気味の体格だった。ただ筋肉質の体型には見えず、歩き方にもシャープさはなかった。「さすがに3人は倒せないだろうな」と夏目はこの難局を乗り切る方法を考えた。

すでに夏目は挟まれている。夏目は直ぐに二人よりも一人の方が、そして都道に出た方が勝率も上がると判断した。だが急に行動を起こせば駆け寄られて囲まれるのは明らかだった。夏目は鞄の中に仕舞っておいたスリングロープを気付かれないように取り出した。

夏目は元レンジャーである。レンジャー隊員の任務は敵地内における襲撃と伏撃などであるが、そのための重要な訓練は敵戦闘員の隠密処理である。相手の陣地などに潜入して気付かれないうちに相手の警戒員を処理する。その際、銃などでは目的を達成できても、発砲音で敵の主力に気付かれその後の襲撃や伏撃ができない。そのためにナイフやロープなどを使い様々な手段で隠密処理する訓練を何度も血がにじみ出るほど繰り返していた。

夏目は小池の事件で「王興瑞」と接触して以来、鞄の中にロープを常在させていた。本来、夏目はナイフ、特にサバイバルナイフが得意だったが、日本で鞄の中に入れて持ち歩くことはできない。万が一警察に職務質問でもされれば銃砲刀剣類所持等取締法違反で検挙されてしまう。そのため武器と認定されないザイルのような強度のあるスリングロープを持ち歩いていた。

夏目はロープを取り出すと鞄を左脇に抱え、出したロープを右手に一部巻き付けた。戦うのであれば鞄など捨てて両手をフリーにすべきだが、夏目の鞄にはアルミ合金でできたジュラルミンの薄い鉄板が入っていた。ジュラルミンはアルミ合金のため銃弾は貫通してしまうが、小型の22口径程度の銃弾であれば角度を斜めにすれば弾いて被弾せずに済む。相手が拳銃を持っているのか分からない段階で鞄を手放すことはできなかった。

夏目は右手にロープを巻き終えると百八十度回転して一気に後方にいた一人に向かって全力で走り始めた。前方にいる二人との距離を考えれば、追い付かれるまでの時間は30秒から45秒程度しかない。この時間に一人を倒して都道まで逃げられるか否かで勝負は決まる。そう考えた夏目は目標とした一人、一点だけを目がけて駆け寄った。

夏目の突進に一瞬怯んだようにも、また驚いたようにも見えたが、直ぐに特殊警棒のような武器を腰の辺りから取り出した。「カチン、カチン」と引き延ばす金属音がした後、後方の一人はその場で特殊警棒を前に突き出し戦闘態勢で身構えた。

それを見た夏目は「銃は持っていないんだな」と鞄を投げ捨てた左手で残ったロープの端を握って

一気に詰め寄った。そして1対1で対峙した時、相手は力一杯特殊警棒を上段から振り下ろした。振り下ろされた特殊警棒を夏目はロープを左右に力一杯に広げて受け止めこれを右側へ流すと、体勢を崩した後方の者の右脇腹を左の正拳で力の限り打ち抜いた。

右足を前に出して腰に身体を乗せて突き出した正拳は腰の回転を利用したフックのようなパンチではなくても十分に効いていた。空手の有段者である夏目の正拳は最短距離で男の肝臓と腎臓の間にめり込むように突き刺さった。

「うぉ」

苦痛のあまり悶絶した声を上げた時にフードの合間から見えたのはアフリカ系黒人の顔で、夏目は「中国人ではないのか！」と驚いた。夏目とすれば「王興瑞に雇われた刺客」だと思っていただけに、なぜ黒人に襲われているのか一瞬戸惑った。だがそんな一瞬の集中力の欠如が生死を分ける世界である。しかも二人が合流すれば1対3の構図になる。その前にこのアフリカ系黒人を倒す必要があった。

この黒人は年齢が45歳前後で日頃から運動をしていないのか、夏目の正拳を一発食らうと身体はくの字に曲がるくらい屈折した。「こいつは本当に刺客なのか？」と思うほどにもろく、夏目は直ぐに左手にロープを掴むと後ろからこの男の顎のラインに沿って力の限り引っ張った。

顎のラインに沿った耳の下付近には頸動脈があり、その頸動脈を締め上げるようにロープを後頭部で交差させた。

「うぅ」

夏目の一瞬のロープさばきに呼吸もできなかった男は空気を求めて特殊警棒を捨てて両手でロープを摑んだ。しかしすでに首に巻き付いたロープの間に指を差し込むのは至難で、男の顔は直ぐに鬱血し始めた。

「気道の圧迫」、つまり口や鼻から肺に空気を送る気道を圧迫することで窒息させることができるが、この戦いでは不可能だった。窒息死させるには3分から5分が必要で、仮に息を吐いた状態であっても肺への空気の流動が止められても直ちに窒息死するわけではない。前にいた二人が合流するまで残り30秒程度だとすれば、呼気性呼吸困難期から仮死状態にはできても殺すことはできない。

夏目は男の背後に右足を掛け、さらに締め上げたかと思うと、今度は一気に引き倒しながら上から顔面を両手で押し潰すようにして男の頭を道路のアスファルトに打ち付けた。

「ぐわぁ」

と声を上げる男の後頭部をさらにめり込むように打ち付けた夏目は、すぐに人通りのある都道に走り出そうとした。

しかしフードがクッションとなったのか、それとも気概なのか、男は夏目の右足に両腕を使ってしがみついていた。夏目は摑まれた右足を軸にするように一旦体重を乗せて左足を振り上げると、男の顔面を、前歯が折れ鼻が骨折するくらい力の限り踏み付けた。夏目は戦闘不能にするのではなく、相手を殺すつもりで踏み付けた。

男が脳震盪を起こしたのか死んだのか、ピクリとも動かず腕も力なく路面に落ちた。夏目は摑んでいたロープを両手から素早く解くように捨てて、走り出そうとしたその瞬間、

「Screw you!（くたばれ！）」

という声とともに夏目の背中に激痛を超えた痛みが走った。直後、今度は右頭部に激痛が走った。駆け付けた二人の男が夏目の身体目がけて特殊警棒を振り下ろしていた。

夏目は両足を踏ん張り正面にいた男に正拳を突き出したが、今の攻撃で頭部が割れ噴き出した鮮血で視界は不十分だった。手の感触では胸か腹部に当たり、正面にいた男は一歩、二歩と後退りしたが、次の瞬間、後方にいた男が2度目の特殊警棒を振り下ろした。

「うっ」

夏目は血と声を同時に吐くようにして、その場に崩れるように倒れ込んだ。その鮮血の量を考えれば頭部を直撃したことが自分でも分かった。すでに都道まで逃げる力はなく、踏ん張っていた両足は右膝、左膝と崩れていった。血が流れ込む目から見た男もやはりアフリカ系の黒人で、二人の男は英語で何か大声で叫んでいたが、意識を失っていく夏目には聞き取ることはできなかった。

事態を目撃していた通行人からの通報で警察官と救急隊が現場に急行し、現場で「社会死状態」、

つまり明らかに死亡しているとの判断ができなかった救急隊は夏目を救急病院へ搬送した。現場に残された鞄から夏目の妻、そして妻から連絡を受けた井上は病院に駆け付けた。

「すいません。こちらの病院に救急搬送された夏目はオペ中でしょうか?」

21時の静まり返った病院の夜間受付を抜けて廊下を走ると手術室手前に設けられた待合室の隙間から灯りが見えた。その部屋の扉を開けると夏目の妻が長椅子に座って俯き、両手でハンカチを持ちながら目を覆っていた。その両手は小刻みに震え、それを目にした井上は何一つ声をかけることができなかった。

夜中の1時、帰宅した井上は全身の力が抜け、心に穴が開いた状態だった。夜中に帰ってきてもいいようにと久美子が気を遣って点けていた電気を自ら消し、月明かりがわずかに差し込む部屋のソファに腰かけた。呼吸する力さえも残っていない井上に考える力などあるはずもなく項垂(うなだ)れていた。

そんな井上を久美子は後ろからそっと包み込むように抱きしめると涸れたはずの涙が再び頬を濡らした。そして井上は憚ることなく号泣した。それはまさに今まで我慢していた感情の堰が崩壊した瞬間でもあった。

4

井上のぶつける当てのない怒りと鬱屈した気持ちは右手に巻かれた包帯に表れていた。翌日献花で

現場を訪れた井上はその場にあった電柱に何度も皮がめくれ肉片が電柱に残るほど、自分の拳を叩き付けながら、

「くそ、くそ、くそぉ！」

と自分の無力さを嘆いた。

井上も写真を撮影した小西も夏目を襲った犯人は、すでに帰国しているが「王興瑞」だと確信していた。だが警察の捜査に委ねるしかなかった。井上と小西は何度もこの事実を匿名情報として警察に連絡しようとした。しかしこの事実を明かすことは小池のスパイ疑惑を再燃させる可能性があり、それを夏目が望むとは思えなかった二人は警察の捜査を見守ることに決めた。

警察では傷害致死事件として捜査したが期待した進展はなく、都内に設置された防犯カメラの数をもってしても犯人が逮捕されることはなかった。そんな警察の捜査に二人は憤懣（ふんまん）を覚えたが、唯一救われたのは現場に夏目以外の血痕が大量に残されていたことを聞かされたことだった。

「夏目さんも死闘の末、相手を無傷では帰らせなかったのか……」

そんな慰めの話も深く傷付いた心の痛みを癒やすことはできなかった。

喪服姿の井上と小西は告別式において夏目に最後の別れを告げた。出尽くして涸れたはずの涙が遺影を見ていると再び流れ始めた。遺影は凛々（りり）しい制服姿の写真が使われていたが、井上には穏やかに微笑む夏目の笑顔を思い出させた。そして隣にいた小西も俯きながら歯を食いしばるようにしていた

が、止まらない涙が足元を濡らしていた。

出棺を終えて帰ろうとした時、夏目の妻が二人を呼び止め、

「すいません。こちらは井上さんで、こちらは小西さん。今日はありがとうございました」

と言って一度渡した香典返しを別の香典返しと取り替えた。それにどんな意味があるのか分からなかったが、二人はそのまま葬儀場をあとにした。

帰宅後の井上は当日のことを再び思い出すと何も手に付かず、喪服姿のままソファに腰かけながら手に巻かれた包帯を見つめていた。どのくらい時間が経過したのか分からないが、胸ポケットに入れていた携帯電話が震えた。井上は何とか力を振り絞るようにして電話に出ると、

「井上さん。香典返しを見ましたか？」

と小西が井上に問いかけた。その言葉に「確かに何で香典返しを取り替えたのだろう」と思い紙袋の中を覗いた。

「私の方には夏目さんからの手紙と写真が入っていたんですが、そちらにも入っていますか？」

井上の香典返しにも小西の言うような一見して香典返しには不似合いな茶封筒が潜ませてあった。それを手にしながら井上は、

「手紙っていうのはどんなことが書いてありますか？」

と自分の茶封筒のことには答えず小西に尋ねた。

「いいですか。読みますよ」

電話の向こうの小西は一度大きく深呼吸してから手紙をゆっくりと読み始めた。

「この手紙を読んでいるということは、私は駄目だったということになるな」

小西の声であったが感情を込めて読まれる手紙はまるで夏目が語りかけているようで、井上は耳に当てていた携帯電話を持つ手が震え始めた。

「実は王興瑞と会った後、私は王興瑞が裏切るような気がしたので後日、もう一度王が大使館から出て来るのを待って写真のことを告げたんだ。それを黙っていたことをここで詫びておく」

その事実を初めて知った井上は、

「えっ」

と思わず声を上げた。その声に小西も、

「驚きましたか？　私もこの手紙で知ったのですが、まさかひとりで王を訪ねていたとは……」

と言った後、再び手紙の続きを読み始めた。

「お願いとしては同封した写真を同封した送付リストのところへ全部送って欲しいんだ。最後にこんなお願いをして申し訳ないんだが、頼めるのは小西しかいないんで頼むよ。

妻には誰にも気付かれないように香典返しの中に入れるように指示しておいたので、ちゃんと最後の頼みを果たしてくれたことに感謝を伝えて欲しい。

こんな結果になったことは残念だが、私は小西と出逢えて素敵な人生だったよ。先に旅立つことを許してくれ」

小西はこの言葉を最後に電話の向こうで泣いていた。この言葉が最後なのか、続きがあったのか分からないが小西はこの言葉を最後に手紙を読み終えた。しばらくの間、小西が涙していただけでなく、井上も涙していた。小西は涙を必死に抑えながら、

「送るための写真と手紙はビニールに入れて指紋が付かないようになっているから、私が全部この送付先のリストに送っておきます。絶対に足が付かないように都内まで行って発送するつもりです」

と力を振り絞るように言い切った。

「すいません。お願いします。私の方にも手紙が入っていましたが、写真は……」

井上はそう言うと自分の紙袋に入れられた茶封筒の中身には触れずに電話を切った。

小西の茶封筒には3枚の写真が入っていた。1枚目は夏目が封筒をテーブルに滑らせながら王に差し出している写真、2枚目はそれを王が手にした写真で、3枚目は封筒の中を確認して現金を引き出している写真だった。

そして送付先リストには在日中国大使館の大使や領事部、そして中国共産党指導部だけでなく、外交部などの複数機関とアメリカやロシアにある中国大使館も記載され、それに添えられる手紙として、

「これは王興瑞が中国の情報を日本の自衛隊に流して金を受け取っている証拠の写真です」

と、それだけがA４の紙に印刷されていた。

井上の茶封筒の中には同じような書き出しで夏目が王と会った話に始まり、「この資料は小杉元総理狙撃事件と同じくらい日本にとって重要な話だと思っている。それを調べていたんだが……それを井上に託したい」

と書かれ、それはまさに夏目の「進取の精神」を感じさせるものだった。

5

井上たちが事件の真相を知ったのは事件から1年4ヵ月が過ぎた2024年9月だった。

「ミスター夏目の真相が分かり次第、必ず日本に戻ってきます」

という言葉を最後に横田基地より旅立ったミスターXが、その約束を果たすため再来日したのだ。

久しぶりに再会した井上はミスターXの離日は遠い過去のことに感じたが、夏目の事件は昨日のことのように思えた。

久しぶりに「ざくろ」で再会したが二人に笑顔はなかった。情報提供を依頼していた井上は最初にミスターXに感謝の意を示した。

「いいですか？」

話を始める前にミスターXは井上に心の準備ができているかを尋ねると井上は黙って頷いた。その時の井上は何事からも目を背けない覚悟を持った力強い目をしていた。

「2022年10月、王興瑞は中国の在日西アフリカ共和国大使館に男の殺害を依頼しました。しかし現職では無理だと断ると退官してからに話は変わりました」

ミスターXは夏目という言葉は使わず「男」と表現した。すでに1年以上が過ぎ、井上も自分なりに気持ちの整理をしたつもりではいたが、憤怒と絶望、悲嘆と傷心、失望と挫折、どんな言葉を並べても胸の奥底から湧き上がる苦しさと怒りは時間では解決できなかった。

「王は西アフリカ共和国に対する借款を利用しましたが実際は恫喝で、この暗殺は個人的な計画に基づくものでした。西アフリカ共和国の大使館員も一人死亡したことから、これに関わった人間を西アフリカ共和国は本国に召還したと聞いています」

と付け加えたが、西アフリカ共和国の誰が関与したのかを語ることはなかった。

西アフリカ共和国はアフリカ中央の西側にある軍人が実権を握る小規模で政情不安な軍事国だった。そのため各国大使館に派遣される職員も軍出身者で、しかも特殊部隊などのエリート軍人が選ばれていた。したがって夏目を襲った3人も元特殊部隊の暗殺要員だったが、権力におぼれた軍人は軍人と言っても名ばかりだった。権力太りした身体の実力は知れていた。

最初は夏目を拉致する計画でいたが元レンジャー隊員の夏目を拉致などできるはずもなく、結果的に夏目を殺害してしまった。この襲撃自体、一部の西アフリカ共和国大使館職員が勝手にやったことで、犯行にかかわった人間はすべて本国で処刑されたという。

「それと王ですが、本国で裁判を受けることなく、昨年処刑されました」

ミスターXが本国でも許されなかった王の最後を語った時、井上は改めて席を立つと、

「本当にありがとうございました」

と深々と頭を下げた瞬間、夏目への無尽な想いから溢れていた涙がテーブルに落ちた。

2022年1月に美保の交通事故の「真相」の扉を開いた時と同じように無力な自身への悔しさも感じたが、それを凌駕する憤怒の感情は抑えられなかった。すでに告別式で受け取った夏目の手紙で首謀者も原因も知っている。そして事件から1年以上の月日も過ぎた。だが井上の中では今も生き続ける夏目の魂を救おうともがき苦しんでいた。

ミスターXも立ったまま拳を握りしめ、動こうとしない井上にかける言葉は見つからなかった。情報という牙が井上を傷付け、再び苦悩を与えることが分かっていても知りうるすべてを伝えるべきだと決めていた。だがこれほどまでの苦悩を与えることになるとは想像もしていなかった。

井上はわざわざ情報を伝えるために再来日したミスターXを歓迎したかった。しかしうわべだけの歓迎でさえもできない自分に気付いてしまった。そんな井上の心中を察したミスターXは黙って席を立ち、井上の右肩に手を置くと、

「ミスター夏目は戦士として立派に戦った。私たちもそんな偉大な戦士になれるといいな」

と言い残して立ち去ろうとしたが、井上はミスターXの右手首を摑み、

「小杉事件での石田の暗殺計画を本当は知っていたんですか？　次はその話を教えてください」

と言った。この言葉が今の井上に絞り出せる最大限のものであることを知っていたミスターXは黙って頷き改めて正対し、

「また来日する日も近いでしょう。ですが今度はミスター井上が来てください」

と右手を差し出し、二人は再会を約束して固い握手を交わした。このとき力強く握り返した井上にミスターXは安心するとともに新たな一歩を踏み出したことを確信した。

帰宅した井上は机に飾られた夏目との最後の記念写真にすべての事実を知った報告を終えると、夏目から託された資料をそっと開いた。

あとがき

日本と米国との意思決定は大いに異なる。どれだけ日本通になろうと、米国人では日本の意思決定の仕組みはどうしても完全には理解できない。それは外国人に限らず一般の日本人にとっても国家レベルの意思決定の仕組みは分からないことだらけなのだろう。テレビや新聞など報道される内容は、「政治家の誰と誰が○○で会合をした」、「ある席上、とある大臣がこのような発言をした」といったことが多く報道される。しかしながら政治レベルの意思決定過程はほとんど表には出てこない。責任者は誰で、どのような案が出され、その案に対してどのような話し合いを経たのかなどは分からないままである。出てきた法案や政策は野党の賛同を得るために微修正を行うなどの過程はあるものの、基本的に原案のまま決定されることが多い。

本郷矢吹氏の小説では、令和4年12月16日に国家安全保障会議及び閣議で決定されたいわゆる「戦略3文書」の成立過程が詳しくフィクションとして描かれている。井上が父親の意志を受け継ぐ形で、スタンド・オフ防衛能力の保有を3文書に組み入れることが実現している。3文書が閣議決定されるまでの詳しい意思決定過程は、一般の報道には出ないままでほとんどが表面化していない。

3文書におけるスタンド・オフ防衛能力の保有に至る意思決定過程は、個人の働きが始まりとなり米国の外圧を梃子（てこ）にして政府内の意思として取り入れられ、その後の決定まで継続して外部からの邪魔や妨害を局限化するべくブラックボックスの中で熟成され、全容が見えるのは決定後である。反して、妨害する側も個人的な考えに基づいて動いている。実現しそうな政策に対してそれが国家にとって有害だと思われれば、組織としてその政策に対して反対意見を述べ民主的に意思決定を行うという構図は日本ではほとんど存在しない。防衛省の高級官僚が個人的に陰に隠れて、マスコミを使い空気を醸成して反対意見を世論に仕立てていくという極めて個人的かつ陰湿な動きとして小説では描かれている。この描かれている状況は極めて現実に近いのだと感じる。

国家間の外交交渉などでは当然秘密裏に動かなければ、国益をかけた戦いで勝つことはできない。しかし日本の意思決定の過程は、国民に対しても国内の他機関に対しても徹底的に秘密のベールがかぶせられる。こうした動きがこの小説では見事に現実感をもって描かれている。読者にとっては国家機関の官僚がどのような動きをし、どのように意思決定にかかわっているのかが極めて具体的にイメージできよう。

意思決定と同じく日本の情報活動も組織よりも職人気質の個人の資質に委ねられていることが多い。本郷矢吹氏は現役時代に公安部で腕利きとしてならし、更にはその関係で防衛省・自衛隊の調査機関、米軍の調査機関などとも深く接触した経験を有すると思われる。よってフィクション小説ではあるものの、リアルさは通常の国家機関を描く小説とは明らかに一線を画している。

米国家機関では組織的に動くことが多く、個人の技量に頼るよりも組織力を発揮して必要な情報を敵国からも味方国からも入手する。そうして組織的には総合力を発揮し連携するものの、米国各情報機関に在籍する情報員相互の連携はほぼ皆無である。9・11以降、米国の総力を結集して情報を入手し分析を行い大統領に進言する仕組みとなったが、情報員相互の秘密主義は変わらない。

一方、日本の情報活動は残念ながら組織力がしっかりしているとはお世辞にも言い難い。小説では井上だからこそ、情報課という組織を使い有益な情報を効率的に入手している。このように動いている情報組織が日本にどれだけあるのだろうか。夏目は自分が育てた情報員は井上ただ一人であったと引退する台詞の中で述べている。しかし「井上が日本に10人、20人いれば国が変わる」とまで言い切っているものの、それは裏を返せば質の高い情報員を組織的に育成しきれていないという日本の現状を述べているに等しい。そのような日本の現状においても、意志と能力のある官僚や自衛官はあきらめることなく理想を追求するのである。ここにこそ、日本の強さがあるのだろう。

第二次世界大戦では米軍は本当に大日本帝国軍を恐れた。それは大日本帝国陸・海軍という組織に対する恐れではない。組織を運営し意思決定を行う立場にあった当時の上級将校は残念ながら極めてお粗末な人材しか組織的には育てきれていなかった。属人的には海軍の山口多聞（やまぐちたもん）のようなリーダーシップに優れた高級軍人はいた。しかし総合的に評価すると、大日本帝国陸・海軍の上級指揮官になるほど欧米軍の上級指揮官には遠く及ばないレベルにあった。人事では年功序列が優先され、戦争中においてさえも能力に応じた人材配置というものは行われなかった。

一方で個々の兵士の戦闘員としての質の高さ、精神力の強さには欧米諸国の軍人たちは驚愕をしたものであった。そのような兵士が集まった集団は、団結、規律、士気が飛び抜けて高く、間違いなく当時の世界最高峰であった。この伝統は今でも日本に根付いている。しかし極めて残念ながら、上級幹部の質の低さも継承されている。そのため組織的な機能発揮がされない組織や集団が日本に